Las vidas ajenas

JOSÉ OVEJERO

Las vidas ajenas

Galaxia Gutenberg

Este libro se publicó originalmente en la editorial
Funambulista, en 2005

Publicado por
Galaxia Gutenberg, S.L.
Av. Diagonal, 361, 2.º 1.ª
08037-Barcelona
info@galaxiagutenberg.com
www.galaxiagutenberg.com

Primera edición: mayo de 2022

© José Ovejero, 2005, 2022
© Galaxia Gutenberg, S.L., 2022

Preimpresión: Maria Garcia
Impresión y encuadernación: Romanyà-Valls
Pl. Verdaguer, 1 Capellades-Barcelona
Depósito legal: B 143-2022
ISBN: 978-84-18807-71-8

LEBEAUX

Lebeaux pulsó el botón para detener la cinta y fue a sentarse tras el escritorio. Su abogado no hizo un gesto; sencillamente se quedó donde estaba, de pie a un lado del escritorio, mirando la grabadora como si todavía estuviese escuchando. A Lebeaux le hacía hervir la sangre la pachorra del abogado. Si se le dejaba, se quedaría ahí parado durante una hora, con el maletín de cuero en la mano –¿por qué demonios no lo dejaba en el suelo?–, observando la grabadora por encima de las gafas y restregando unos contra otros, en un movimiento lento, deliberado, irritante, los dedos de la mano que no sujetaba el maletín.

–La cinta se ha acabado, Degand.

El abogado asintió despacio, sin perder de vista la grabadora; parecía creer que de un momento a otro se iba a poner sola en marcha. Seguía restregando las yemas de los dedos.

Carraspeó dos veces, en lo que podría haber sido un preparativo para la frase que iba a pronunciar, pero después del carraspeo no vino nada.

–Por el amor de Dios, Degand, diga algo, opine, laméntese, consuéleme, blasfeme. Pero diga algo.

El abogado salió de su fascinación por la grabadora; levantó la vista. Volvió a carraspear.

–¿Le importa que me quite el abrigo?

–Por mí puede quedarse en pelotas, si me dice qué piensa de la grabación.

Degand se quitó parsimoniosamente el abrigo que, como toda la ropa que llevaba, parecía recién estrenado; lo colgó en el perchero. Pidió permiso para sentarse con un gesto y entendió como asentimiento la mirada de desesperación que su jefe elevó al cielo.

–Es un sucio chantaje –afirmó.

Lebeaux le contempló unos instantes maravillado. Nadie adivinaría jamás que en ese hombre de aspecto alelado, respetuoso hasta el servilismo, enfermizamente pulcro, de conversación lenta y no siempre muy coherente –podría imaginárselo uno fácilmente envejeciendo en los archivos del Palacio de Justicia–, habitasen una inteligencia fuera de lo común y una decisión que no toleraba obstáculos. Sólo le faltaba capacidad para expresarse.

–¿Qué más?

–Si no le molesta, me gustaría preguntarle...

–Degand, no se eternice; lo que quiera preguntar, lo pregunta. Y lo que quiera decir, lo dice.

–Sí. Exactamente. Exactamente. Por eso quería preguntarle cómo ha hecho la grabación. ¿Cómo sabía que le iba a llamar?

–No lo sabía. Me llamó aquí al despacho. La secretaria pasó la comunicación porque la convenció de que era cosa de vida o muerte. Cuando empezó a contarme de qué se trataba, le dije que no podía hablar, que no estaba solo y que me llamase un minuto más tarde para cambiar de despacho. Colgué, puse en marcha el dictáfono y pulsé ese botón del teléfono que permite escuchar la conversación sin el auricular, ya sabe el que digo.

Degand asintió.

–Cuando sonó el teléfono, contesté.

–Bien hecho, señor Lebeaux. Bien hecho.

–Gracias, Degand.

–El acento no es de africano –reflexionó el abogado.

–No, y de chino tampoco, ni de italiano. ¿Y qué?

–Por el tipo de chantaje. Podría haber sido un africano.

–¿Hm?

–Un africano con motivaciones políticas.

–Quinientos mil euros no son una motivación política.

A Lebeaux le pareció que, por una vez, era Degand quien se impacientaba; al menos así se podía interpretar que plegase los labios hacia adentro, volviéndolos, si cabía, aún más invisibles de lo habitual, porque Degand era un hombre de labios tan finos que parecía carecer de ellos.

–¿Hay algo que no he entendido, Degand?

–Si me permite...

–Continúe, Degand.

–Si me permite, no es que piense que el chantaje tiene motivación política. Pero sí que podría disfrazarse de acto político en caso de necesidad.

–¿Por ejemplo?

–No llamándolo chantaje, sino contribución de una familia de explotadores coloniales a reparar el daño realizado en el Congo; una indemnización a los pobrecitos africanos que fueron expoliados y tratados de forma inhumana por personas como su bisabuelo. Esas cosas.

–No creo que vaya a dar los quinientos mil a Médicos sin Fronteras.

–Pero presentándolo así el chantaje tiene más peso. Usted sabe que la gente es imbécil, la opinión pública se solidarizará con ese delincuente antes que con usted si intuye en él algún ánimo justiciero. El daño para su prestigio sería mayor... porque tendría más difusión en la prensa.

–O sea, que lo que quiere es que a mí me dé miedo una publicación de la foto en los periódicos y pague para evitar que se ensucie el nombre de mi familia y se ponga en tela de juicio el origen de mi fortuna. Quinientos mil euros a cambio de una foto de hace cien años. –Degand hizo un gesto de duda, pero no respondió–. Ya. Si no fuese por la última frase, yo tampoco me preocuparía mucho.

Lebeaux rebobinó unos segundos y volvió a poner en marcha la grabadora: «...pero la corrupción de su familia dura hasta hoy; si no paga, haremos llegar más pruebas a la prensa, que le conciernen directamente a usted».

Degand sacudió la cabeza.

–Póker.

–¿Qué?

–Está jugando al póker, y yo creo que va de farol. Pero claro, puede que no. Nunca se sabe, ¿verdad? ¿Qué piensa hacer usted, señor Lebeaux?

—Esperar, Degand. Esperar a que insista, quizá a que ponga más cartas sobre la mesa, a que me envíe esa foto, según él atroz que atestigua la maldad de mi familia y todas esas idioteces. Y a ver si averiguamos cuánto sabe o no sabe para evaluar la gravedad de la situación. Pero yo creo que sabe; no tendría sentido que se basase únicamente en una foto roñosa.

—¿De qué número, quiero decir, han comprobado...?

—Sí, tenemos el número desde el que se realizó la llamada. Y ha resultado ser de una cabina.

—Eeh, ¿dónde?

—Ya se lo estoy diciendo. De una cabina telefónica, no de un domicilio privado ni una oficina. Un teléfono público al que cualquiera podría acceder.

—Ah.

—¿Degand?

—¿Señor Lebeaux?

—O me dice lo que está pensando o lo despido en este instante.

—Pensaba, es decir, pienso, que sería bueno saber de qué cabina se ha hecho la llamada. La gente no es muy lista.

—De acuerdo. ¿Puede encargarse de averiguarlo?

—Con gusto. Teniendo el número de origen de la llamada no será difícil. No, no será difícil.

—Espero que actúe con discreción.

—¿Con discreción? Claro; claro. No pensaba preguntar a la policía. Tenemos suficientes amigos en Belgacom. Es lo bueno de tener amigos, ¿verdad?

Lebeaux se quedó en silencio y Degand interpretó correctamente la situación. Se incorporó haciendo una leve inclinación, se dirigió al perchero y se puso el abrigo.

—Degand; ¿si estuviese en mi pellejo, pagaría usted? Al fin y al cabo, no es tanto dinero.

Degand se giró hacia su jefe. Suspiró. Frunció el entrecejo. Agachó un poco la cabeza para mirarle por encima de las gafas.

—Yo, si fuese usted, señor Lebeaux, le arrancaría las tripas.

Sophie estaba sentada en el borde de la bañera, vestida sólo con ropa interior negra de encaje, cortándose las uñas de los pies. Lebeaux había terminado de afeitarse pero, en lugar de dirigirse al vestidor, se quedó apoyado sobre la repisa de mármol que unía los dos lavabos, espiando a su mujer en el espejo que cubría toda la pared.

Sophie sonrió sin apartar la vista de su tarea.

–Mirón.

Para Lebeaux uno de los pequeños placeres de la vida era contemplarla mientras se aseaba o vestía, mientras se aplicaba desodorante o se quitaba el maquillaje con un algodón, presenciar la desnudez total o parcial de su cuerpo en esos instantes, no tanto por el hecho mismo de la desnudez –mujeres desnudas había visto Lebeaux más de las que merecía la pena recordar–, como porque ser testigo de esos movimientos y actos, que en principio no estaban destinados a ser vistos por nadie, lo volvían ligeramente nostálgico, como si le devolviesen recuerdos de una ingenuidad perdida no sabía cuándo, si es que la había tenido alguna vez.

Sophie, desde hacía tiempo, le permitía entrar en el cuarto de baño y observarla. Ya no era aquella chiquilla pudorosa con la que se casó tres años después de quedarse viudo y que, a pesar del descaro del que hacía gala en público y también cuando quería seducirlo, enseguida protestaba si se daba cuenta de que su marido la espiaba cuando ella se creía sola, concentrada en esas actividades íntimas: ay, no me mires así.

Tú haz como si yo no estuviese.

Al principio corría a encerrarse en algún lugar a salvo de su mirada; pero ya no; se había ido transformando, en parte para satisfacerle, y él se sentía culpable de esa pérdida de pudor; porque al convencerla para dejarse mirar estaba destruyendo precisamente lo que quería encontrar contemplándola; ya no se quedaba absorta en sus pensamientos, ausente, concentrada en esas mínimas acciones del cuidado corporal; tú haz como si no estuviese aquí, haz lo que harías si no estuviese aquí, insistía él. Pero no era posible. Sophie había empezado a posar, abría las piernas más de lo necesario, se agachaba delante de él para procurarle una buena perspectiva de sus nalgas, se extendía crema hidratante sobre los senos lenta, deliberadamente. La estaba convirtiendo en una mujer vulgar.

Lebeaux se dio la vuelta, la miró sin el espejo como intermediario.

–Sophie

Sophie no levantó la cabeza.

–Sí, cariño.

–¿Por qué no vas a la manicura?

–¿Ya no te gusta mirarme?

–Me encanta.

–¿Ves?

Sophie le guiñó un ojo. Lebeaux se preguntó si de verdad podía quererlo. Nunca había contado con ello. Sí esperaba que no llegara a aborrecerlo. Pero no puedes casarte con una mujer cuarenta años más joven y confiar en que el interés no desempeñe ningún papel en su decisión o que acabe profundamente enamorada de ti. Lebeaux no era hombre de hacerse ilusiones; prefería saber cuál era la situación, por desventajosa que fuera, y extraerle el máximo partido.

Había conocido a Sophie –que en realidad se llamaba Sofía– en una cena de negocios en el restaurante del hotel Quinta Real de Monterrey, un pastiche pretencioso a base de elementos populares, aztecas, y clásicos que le hacían sentirse a uno en un decorado de teatro. Estaba interesado en comprar parte de una cervecera mexicana, por cuyas acciones le pedían un precio muy ventajoso a cambio de que el que figurase en los documentos fuese muy superior al real. Lebeaux se beneficiaría fiscalmente al reducir los beneficios del holding, y los empresarios de Nuevo León podrían aprovechar la diferencia entre el precio real y el más alto que figuraría en los documentos para hacer aflorar dinero negro, que, aunque Lebeaux tuvo la delicadeza de no preguntarlo, probablemente provendría del narcotráfico. Para dificultar cualquier intento de verificación de los pagos por parte de las autoridades mexicanas o belgas, las operaciones se realizarían a través de cuentas en paraísos fiscales a nombre de empresas creadas expresamente para ello.

Nunca supo de quién fue la idea de sentar a esa chiquilla a su lado. Aparte de Sophie se encontraban allí los tres accionistas principales de la cervecera, sus mujeres y la hija de uno de ellos, que era quien había llevado a su amiga supuestamente para que le hiciese compañía, aunque sin duda una de las razones era que Sophie había hecho sus estudios en el Liceo Anglo Francés de Monterrey, por lo que podía participar en la conversación en inglés y también hablar en francés con Lebeaux para hacerle sentirse más cómodo. Durante la cena casi no se habló de negocios; era más bien una reunión social, en la que se intercambiaron anécdotas, referencias a conocidos comunes, comentarios sobre campos de golf –Lebeaux era un gran aficionado, orgulloso de mantener un hándicap 8 a pesar de que sus brazos iban perdiendo fuerza–, todo ello adornado con joviales risas, que fueron haciéndose más sonoras a medida que se vaciaban botellas de Monte Xanic. Por supuesto, nadie olvidaba que se trataba de una reunión de tanteo, una forma civilizada de medir al contrario antes de iniciar aquella operación en la que era imprescindible no la confianza mutua –excluida de antemano– pero sí la convicción de que el socio sería capaz de realizar algunas gestiones delicadas. Nadie mencionó el auténtico motivo de la reunión; ya habría tiempo al día siguiente. Fingieron ser amigos dispuestos a paladear una buena cena, a fumar juntos sus habanos con ademanes de gente de mundo, y las mujeres premiaban con sonrisas la seguridad que les ofrecían esos hombres poderosos, capaces de defenderlas de las miserias de la vida.

Sophie participaba en la conversación con descaro, haciéndoles reír con anécdotas de la universidad; Lebeaux recordaba cómo contó, mientras comía un pastel de chocolate, que un profesor suyo tuvo que solicitar plaza en otra universidad –Sophie había comenzado sus estudios de Diseño de Interiores en la Universidad de Monterrey–, después de que ella se le sentase en las rodillas. «Él hacía como que yo no le gustaba, el muy perro. Porque en la UDEM todos se hacen los católicos, así, piadosones. Pero yo sabía que sí. ¿Ves? ¿A que no me pides que me baje de aquí?, le dije. No me lo pidió. Pero a mitad de curso ya se marchó a la Autónoma de Guadalajara. Qué cobarde.» Sophie se miró las uñas con un mohín de disgusto. «Una pena. Me habría dado seguro un sobresaliente.»

No era vulgar. Lo sorprendente es que no era vulgar, porque lo contaba todo con un aire tan divertido que parecía que le había ocurrido a otra. Y Lebeaux se daba cuenta de que los hombres la miraban con orgullo, y después a él asintiendo con los ojos, como animándolo a no desaprovechar la ocasión. Pero fue ella quien tomó la iniciativa. Por Dios, él no se habría atrevido nunca. No porque fuese mojigato o ignorase el atractivo que ejerce el poder sobre las mujeres, pero la diferencia de edad le parecía tanta que no podía imaginar que ella estuviese dispuesta a saltársela.

Pero poco a poco fueron aislándose de la conversación y acabaron hablando en francés; ella le preguntaba por su trabajo como si de verdad le interesase. Parecía apasionarse cuando él le contaba de sus viajes, de grandes operaciones financieras, de sus empresas en África, incluso le explicó su estrategia de realizar compras anticíclicas.

–Comprar empresas en un momento de expansión lo puede hacer cualquiera; hacerlo en momentos de crisis es el arte.

Tenía la sensación de presumir como un jovenzuelo. Pero lo estaba pasando bien; disfrutaba la admiración real o fingida que se leía en la cara de Sophie, su curiosidad por ese mundo que ella desconocía, y se excitaba al sentir su aliento en la cara, o cuando la mano de Sophie le tomaba un momento el antebrazo para acentuar lo que estuviera contando.

Dios, si yo pudiese tener una mujer así, no una joven prostituta, sino una mujer como Sophie, despreocupada, ligera, feliz, joven, claro, tan joven como para que no se le vean las cicatrices de la codicia, los desengaños, el cálculo, aún sin endurecer por la vida.

También él aprovechaba cualquier ocasión para rozarla con la mano, para mirarla a los ojos o a los labios.

Aunque pensó que iba a sentirse ridículo ante los demás, no dudó más que unos segundos cuando ella, casi en voz baja, le preguntó

–¿Por qué no me llevas a tomar algo a un sitio más divertido?... Aunque no hay muchos sitios divertidos en Monterrey. –En realidad, no tuvo ni que responder. Antes de hacerlo ella volvió a apoyar la mano en su antebrazo–. Espera. Voy al baño. Cuando vuelva nos vamos.

Uno de los socios –cuyo nombre ya no recordaba, un hombre de unos cincuenta años, calvo y con la cara algo deformada quizá por una hemiplejía–, mirando marcharse a Sophie hacia el baño, levantó el índice como para emitir un juicio sesudo:

–De una mujer mexicana puedes esperártelo todo. –Y después, volviéndose hacia Lebeaux–: Todo, salvo la verdad. –Y estalló en una carcajada que provocó que su mujer le diese un manotazo juguetón y chasquease la lengua con fingido disgusto antes de sumarse a sus risas.

No fue una noche memorable, al menos no por los motivos adecuados. La comida le sentó mal –su estómago nunca soportó bien el picante– y no fue capaz de satisfacer a Sophie. Podría haberla masturbado para que se fuese medianamente contenta, pero le pareció indigno; él no estaba allí para servirla, para esforzarse por llevarla a un orgasmo que a lo peor no llegaba nunca; eso podía hacerlo ella sola. Y tampoco iba a darle explicaciones, no iba a rebajarse a buscar una excusa en su indisposición. Mejor que se marchase, y así se lo insinuó.

Pero no se fue.

Se quedó toda la noche con él y, cada vez que Lebeaux regresaba de vomitar del baño, se la encontraba medio incorporada en la cama, despierta, atenta.

–¿Estás bien, mi amor?

Qué más daba que fuera mentira, que su interés no fuera real. Se sentía real. Su mirada preocupada, sus caricias lentas, casi maternales.

La ira que había empezado a experimentar hacia ella se fue disipando y Lebeaux acabó feliz por tenerla a su lado, sin pedirle nada, sin querer nada, sin decepción alguna por tanto. Incluso prolongó diez días su estancia para pasarlos con Sophie en Puerto Vallarta. Y entonces decidió ofrecerle irse a Europa con él, en un arranque que años después aún le sorprendería, y del que años después aún se sentiría orgulloso.

Al final, fue lo único que sacó del viaje a México, porque a su regreso, Degand le recomendó que no hiciese la operación:

–Se van a hundir, y es mejor que no nos salpiquen.

Lebeaux no solía pedirle muchas explicaciones para no implicarse más de lo imprescindible. Y mientras los consejos de Degand siguiesen mostrándose atinados continuaría haciéndolo así. No le sorprendió pocos meses después la noticia de la intervención por el Estado de los libros de contabilidad y el material informático de la cervecera ni que sus principales accionistas, aquellos hombres tan seguros de sí mismos que lo habían invitado a cenar, acabaran acusados de fraude, evasión de impuestos –¡en México, hay que ser verdaderamente idiota para ir allí a la cárcel por evasión de impuestos!– y blanqueo de dinero.

Lebeaux se dirigió a la puerta del vestidor; aún llevaba puesto el batín de seda granate. A él, por el contrario, no le gustaba que Sophie lo mirase mientras se desnudaba. Se detuvo antes de salir.

–Sophie.

–Sí, cariño.

–Tengo problemas.

Esa vez Sophie levantó la vista. Llevaban ya dos años juntos y ella no sabía gran cosa de sus actividades. Que era un gran banquero, que tenía inversiones en un montón de países, quizá había escuchado comentar a socios o competidores que podía ser un hombre muy duro. Pero él prefería hablar con ella de sus caprichos y pasatiempos a comentar cuestiones de trabajo. Cuando Sophie le veía preocupado y quería saber lo que sucedía, él siempre le quitaba importancia, hacía alguna broma, dejaba claro que no era interlocutora para esos temas.

Para preocuparme ya estoy yo, le había dicho más de una vez.

La mantenía apartada de su trabajo con el fin de no contaminarla, como si la quisiera, precisamente, para crearse un mundo sin mancha ni amargura. Sophie había acabado dándose cuenta de lo que su marido deseaba y se limitaba a ser la joven que Lebeaux quería a su lado.

Era la primera vez que Lebeaux le confesaba que tenía problemas.

Notó su indecisión, su miedo. No estaba entrenada para esa situación.

–Problemas graves. –Sophie se levantó y descolgó el albornoz del perchero–. No, no te vistas. Al contrario, quítatelo todo.

Sophie no protestó. Se quitó las bragas y el sujetador y se quedó parada sin saber qué hacer. En su cara juvenil revoloteaba el pánico. Quizá estaba ya pensando en la ruina o la cárcel, estaría pasando revista a esas noticias que a veces se leen en los periódicos sobre escándalos financieros, empresarios condenados por malversación de fondos o estafa al fisco. Le conmovió su temblor.

–¿Qué sucede?

–Me atacan. Vienen por mí.

Sophie se acercó a él, lo abrazó y se dejó acariciar la cabeza como si fuese ella la necesitada de consuelo.

–No te preocupes –le dijo Lebeaux–. No saben con quién se la juegan. Anda, dame un beso.

Lebeaux se quedó con sabor a dentífrico en la lengua.

–Dales duro.

Lebeaux asintió.

–No te preocupes –repitió, y salió del baño.

Sophie volvió a sentarse en el borde de la bañera y continuó cortándose las uñas.

La fiesta de cumpleaños la había organizado Charlotte. Había escogido para la celebración el restaurante La Villa Lorraine y reservado el salón de recepciones. Lebeaux puso como única condición que no hubiese discursos.

–En mi funeral, cuando no tenga yo que oírlos, que hagan los discursos que quieran, pero antes no.

–Papá, cómo eres. Dale a la gente la oportunidad de expresar su agradecimiento, y su admiración. Sí, no pongas esa cara. Has trabajado mucho en tu vida. Otros en tu lugar ya estarían pensando en jubilarse.

–Por Dios, Charlotte, Sophie se va a aburrir como una ostra con esos discursos de viejos excombatientes.

Charlotte hizo un mohín de disgusto pero levantó las manos, con las palmas hacia su padre, al tiempo que elevaba los hombros.

–Es tu cumpleaños –resumió. Nunca se atrevía a argumentar en contra de Sophie. Eso lo habían aprendido sus hijos desde el primer día, cuando Lebeaux les comunicó que había conocido a una mujer en México y se iba a casar con ella. Antes de que se les pasase la perplejidad se ocupó también de decirles la edad de su prometida.

–Papá, te has vuelto loco –había respondido Albert levantándose del sillón en el que se encontraba. –Joder, ni siquiera la conoces.

Nunca le había hablado así, ni una vez en su vida se había atrevido a levantarle la voz. Lebeaux no respondió. Charlotte intervino a su manera, poniendo mirada cariñosa.

–Pobre papá –dijo, y no se inmutó cuando Lebeaux esquivó su intento de abrazarlo–. Mira, no hagas nada todavía. Espera unas semanas, no lo anuncies. Aguarda a vivir unos días con ella. Por cierto ¿dónde está? –Se volvió repentinamente como si creyese que Sophie pudiera encontrarse a sus espaldas.

–Aún no ha llegado de México. Está arreglando algunas cosas; llegará dentro de una semana.

–Ya sé que no es fácil estar solo. Va para tres años...

–Papá, ¿no te das cuenta?

–De qué.

–Tiene cuarenta menos que tú. Cuarenta y pico. ¿De verdad crees...? Al menos espero que hagas un contrato en condiciones.

–Albert –le recriminó su hermana sin más palabras.

–¿Tenéis algo más que decirme?

Albert resopló. Charlotte acarició un hombro a su padre. El golpe que pegó con la mano contra la mesa sobresaltó a los dos. De pronto estaba rojo. Lebeaux tenía esa capacidad para pasar en un segundo a violentos ataques de cólera.

–Pues entonces ya he escuchado todo lo que tenía que escuchar. El próximo que ponga una sola objeción a Sophie no vuelve a pisar esta casa. ¿Está claro?

–No es eso papá, es...

–¡¿Está claro?! –a Lebeaux le temblaban las manos, y sus hijos sabían que en esos momentos no había réplica posible.

–Sí, papá.

–Albert, no me has contestado.

–Sí, papá, está claro.

Lebeaux observó que a su hijo también le temblaban las manos, y que se apresuró a esconderlas en los bolsillos.

–No os preocupéis: no tendréis que llamarla mamá.

Sophie tenía diez años menos que Albert. Y seis menos que Charlotte. Habría esperado de ellos que le hiciesen más fácil la llegada, la adaptación a la nueva vida. Eso es lo que había esperado; lo que exigía lo cumplieron, por supuesto: ser corteses con ella, integrarla en las celebraciones familiares, dirigirse a ella con respeto, acordarse de su cumpleaños. Y naturalmente todos acudieron a la boda, felicitaron a la novia con una sonrisa fingida, les hicieron regalos particularmente costosos; Charlotte, una vajilla de Meissner, como era de esperar. Desde hacía años, el poco tiempo que le dejaban su profesión y sus hijos lo dedicaba a ir a subastas, examinar colecciones de vajillas antiguas, leer catálogos y tratados sobre los distintos tipos de porcelana, porque Charlotte lo hacía todo con una entrega casi vocacional, meticulosa, científica. Era una pena que hubiese dejado el piano –que ya sólo tocaba en las fiestas familiares–, porque habría podido ser una buena concertista. Decidió con buen tino que no podía compaginarse la vida de artista con la de familia, no como ella habría querido, dando el cien por cien de su empeño a las dos actividades, así que prefirió acabar la carrera de Medicina, quizá porque nunca le interesó especialmente, y ejercer por la mañana en su consulta –mientras tanto el aya cuidaba a las dos niñas– y por la tarde de madre ejemplar.

A Lebeaux le hubiese gustado saber cuál era la relación de Charlotte con su marido; por supuesto que era cariñosa con él; le besaba con cierto aire condescendiente en la mejilla, hablaba afectuosamente de él en público –refiriéndose a él una y otra vez como «mi cielito», con una mezcla de ternura e ironía en la que no estaba claro cuál de las dos cualidades predominaba–, pero no podía imaginárselos en la cama; él era un joven sin duda brillante, cirujano de prestigio, absolutamente incapaz de valerse por sí mismo fuera de la sala de operaciones, por lo que aceptaba agradecido la dirección de Charlotte en la organización de las actividades cotidianas.

¿Harían el amor su hija y ese lechuguino?

Habían tenido hijos, así que debían de hacerlo. Pero se figuraba un amor blando, hecho de besitos tiernos, de una penetración breve y sin estridencias, –ella tumbada de espaldas, con su sonrisa medio irónica medio tierna, y por supuesto sin dejar escapar un grito, como mucho un leve gemido–, y de visita inmediata al bidé para borrar las huellas de tan excesiva intimidad. Charlotte había pasado de ser hija a ser madre sin ser mujer entremedias. Era tan distinta de Sophie, tan carente de erotismo…

En ese momento, Charlotte sonrió desde el otro extremo de la sala y levantó en su dirección la copa de champán. Te quiero, papi, dijo, o al menos formó esas palabras con los labios, y le envió un beso.

Albert tampoco se había esforzado en darles una sorpresa en su boda: les regaló una cuba de tres hectolitros de borgoña de Mersault, que se embotellarían en su momento con etiquetas diseñadas por un artista de San Diego. Parte del regalo eran también tres noches de hotel en un castillo cercano a la propiedad, para que pudiesen ir a inspeccionar su vino cuando lo desearan.

–¿Pero el vino está dentro de la cuba? –preguntó Sophie–. ¿Qué sentido tiene ir a visitarlo?

–Podéis ir a ver cómo evoluciona, charlar con el bodeguero. Hacer alguna cata de otros vinos de la propiedad.

–¿Y no podemos embotellarlo ya? Las etiquetas son bien lindas.

–No, mujer. ¿Cómo vas a embotellarlo ahora? Perdería casi todo el valor.

–O sea, que no es para beberlo. Es como tener dinero en el banco.

A Lebeaux le divertía ver a Sophie discutir con Albert. Eran dos mundos distintos. Él se impacientaba con ella cada vez que conversaban, aunque se esforzaba por disimularlo. Y ella no lo tomaba en serio. «Tu hijo es más joven que yo», le había dicho una vez, y aquello le había dolido. Pero era cierto. Albert, aunque laborioso, entregado a su futuro de director de las empresas familiares, viajero incansable, negociador implacable, en cuanto abandonaba su papel de hombre de negocios recuperaba un carácter de adolescente mimado que le preocupaba; una vez que se salía del entorno empresarial, el mundo era para él un lugar de diversión y no admitía reglas ni frenos. Le habían quitado ya tres veces el carnet por conducir ebrio –y si se lo habían devuelto era tan sólo por ser quien era–, y en una ocasión había atropellado a un ciclista, aunque los daños fueron leves. Lo que le preocupaba es que cuando Lebeaux le regañó por su temeridad al volante, Albert comenzó a despotricar contra la gente que iba en bicicleta estorbando el tráfico y que se merecía mucho más de lo que le pasaba. No parecía darse cuenta de que la realidad le impone a uno sus límites, incluso a alguien como él. Y eso era verdaderamente preocupante, dadas sus responsabilidades.

¿Por qué no había salido a él ninguno de sus hijos? Buscó con la vista a Albert entre los asistentes al cumpleaños. Lo descubrió, rodeado de algunos de los invitados más jóvenes, haciendo una minuciosa comparación de la comodidad o incomodidad de la primera clase en las distintas líneas aéreas.

–Generalizando un poco, las mejores condiciones se dan en las líneas aéreas de Extremo Oriente. Las azafatas orientales tienen algo de geishas; están allí para darte placer, no sé si me entendéis. Tratan al cliente no sólo con profesionalidad, sino con entrega. Aún se respeta a quien paga una fortuna por un asiento de avión. No hay ese igualitarismo falso que hoy...

Albert estaba perdiendo prematuramente el cabello, que además era muy fino, y sus facciones se estaban afofando ya antes de adquirir arrugas. Su mismo cuerpo era demasiado informe para su edad. Era un cuerpo blando, que en nada reflejaba el corazón de su dueño. Nunca había tenido novia –salvo en el colegio– ni mostraba interés alguno por las mujeres –afortunadamente, tampoco por los hombres–. A él sí se lo imaginaba haciendo el amor, pero no con mujeres de su entorno, sino con prostitutas de lujo a las que intentaría impresionar con sus aires de hombre de mundo, sus negocios millonarios, sus conocimientos inútiles, y no le habría sorprendido que las maltratase. Lebeaux esperaba, al menos, que fuese discreto en sus contactos. O quizá no los tenía y se limitaba a usos pornográficos de internet. De hecho, Lebeaux había hecho inspeccionar una vez su ordenador –no para saber a qué se dedicaba su hijo, sino porque alguien había introducido un troyano en el sistema de comunicaciones de los directivos de la Société Minière de Belgique, una empresa del holding, y, buscando documentos a partir de los cuales hubiese podido entrar el troyano, quedó claro que Albert no usaba el ordenador sólo para asuntos profesionales. Lebeaux prefirió no comprobar personalmente qué mostraban algunas de las páginas de pago visitadas por su hijo. Degand llegó con retraso a la celebración. Ya habían terminado los primeros brindis y estaban a punto de pasar al salón donde se serviría la cena. Entró empapado, sacudiéndose el agua de la gabardina, por lo que dos camareros acudieron casi a la carrera a ayudarle a quitársela. Un tercer camarero le trajo una pequeña toalla de color naranja, con la que Degand se secó la cara y el pelo. La humedad pegada a los cristales de sus gafas impedía verle los ojos. Limpió concienzudamente los cristales con un pañuelo que sacó del bolsillo de la gabardina antes de que la llevaran al guardarropa y se quedó un momento parado en el recibidor, como si no se decidiera a unirse a la celebración. Por fin avanzó unos pasos, buscó con la mirada entre la gente, respondiendo con gestos secos a los saludos que le iban llegando de los distintos grupos de personas: un asentimiento de Albert, un par de guiños del director de una cadena de supermercados, de la que el holding era accionista mayoritario, el brindis al aire de un exsecretario de Estado. Sólo se quedó sin respuesta la sonrisa de un ministro de la Región de Bruselas que no había cumplido la promesa de adjudicar a la principal constructora del holding una contrata de obras públicas en las reformas de la Gare du Midi. También lo saludó desde lejos Sophie y le señaló con la cabeza el lugar en el que se encontraba Lebeaux.

Degand, al principio, cuando se enteró de los proyectos de boda de su jefe, se había preocupado. Lógico, pensaba Lebeaux. Si un hombre como él toma una decisión que va a provocar escándalo entre sus socios y que puede disminuir su estatus social –por estúpidos que sean los prejuicios que dan lugar a tal daño– podría tratarse del primer indicio de declive: al contrario de lo que se piensa, a un hombre con poder debe preocuparle siempre la opinión de sus pares y fingir que la tiene en cuenta. La demostración de independencia moral es la antesala del fracaso. Pero las reticencias –nunca expresadas abiertamente– de Degand fueron disipándose cuando vio que Lebeaux mantenía a su mujer apartada de los negocios; no era como esos viejos que de pronto ponen a su esposa a ocuparse de actividades para las que no están capacitadas, no se empeñaba en hacer demostraciones de cariño en público, no buscaba imponer la presencia de Sophie más de lo imprescindible, e incluso en las reuniones sociales en las que hubiese resultado extraña la ausencia de Sophie, para no forzar situaciones incómodas, solían evitar pasar juntos mucho rato, de tal manera que quien deseaba acercarse a Lebeaux pero no sabía cómo comportarse con alguien como Sophie, tenía oportunidad de hacerlo. Y ella mostraba el buen gusto de vestirse de manera poco llamativa, sin grandes escotes ni prendas ajustadas, al menos fuera de casa. Degand incluso se había permitido abandonar su circunspección habitual para comentar su aprecio por la actitud de Sophie, una mujer que, según el abogado, «conocía sus límites y los riesgos de rebasarlos». Sophie se había reído como una loca cuando Lebeaux se lo comentó.

–¿Así que le gusto a Degand? Mira tú, quién iba a imaginarlo.

Lebeaux había espiado la llegada de Degand en el reflejo del vidrio que les separaba de la terraza; tampoco se volvió a saludarlo cuando el abogado se acercó y se detuvo discretamente a un paso del grupo en el que se encontraba Lebeaux; prefirió no interrumpir la conversación, entre otras cosas para permitir al abogado escuchar lo que se decía. Formaban un grupo heterogéneo, seis hombres y una mujer: dos negros y cinco blancos, dos políticos –si se podía llamar así a dos aves de rapiña cuya principal actividad era hincar las uñas en cualquier negocio que se terciara–, cuatro personas del mundo empresarial, una burócrata.

Pero tenían algo en común. Y poco a poco, mientras tomaban champán, sonreían, saludaban, intercambiaban bromas con los distintos invitados, habían ido acercándose unos a otros, como amantes clandestinos que, incluso rodeados de otras personas, buscan la mutua proximidad para intercambiar un par de palabras. Todos ellos, de una u otra manera, estaban relacionados con el Congo: el libanés propietario de una importadora de diamantes de Amberes; el ministro ruandés que servía de enlace al holding con los despachos de venta de diamantes en Kisangani; el secretario de Comercio de Uganda; el presidente de una empresa belga de telefonía móvil que había montado con el banco una sociedad anónima para la importación de coltán de la República Democrática del Congo; el aristócrata británico, conocido intermediario en operaciones de ventas de armas en varios países de África Central, cuya mediación había sido fundamental para que el gobierno de Paul Kagame obtuviera helicópteros y ametralladoras con los que pacificar la región de Kivu, y de paso ocuparla para explotar sus riquezas; y la funcionaria de la Comisión, responsable para el Congo de la Dirección General de Desarrollo, una mujer menuda y combativa que al parecer había decidido alegrar la velada criticando a los presentes por sus actividades en África Central.

El libanés alababa el acuerdo obtenido en el Proceso de Kimberley, que permitía realizar inspecciones en los países productores de diamantes para garantizar que no se financiara con ellos a terroristas ni a grupos armados.

–Es lo mejor para todos. Porque nuestra reputación empezaba a sufrir por culpa de unas cuantas ovejas negras, y no es alusión a la raza de nadie –el libanés pareció a punto de reír, pero se esforzó en fruncir el entrecejo, como si se arrepintiese de su broma–. Ahora, con la certificación de los diamantes, todo aquel que compre una joya sabrá que no está manchada de sangre.

–Mi gobierno está muy satisfecho con el acuerdo –afirmó el ministro ruandés.

–No me extraña –dijo la mujer–. El Proceso de Kimberley no sirve de nada. Una certificación voluntaria y sin controles obligatorios no vale más que como coartada. Es como pedir a un cocodrilo que sólo se coma a los animales de un determinado rebaño.

El ruandés asintió, como si estuviese de acuerdo.

–Sí, es un paso importante. –Probablemente no había escuchado lo que decía la mujer.

–Habría que preguntarse quién es el cocodrilo en este cuento.

La mujer dio un trago de lo que estaba bebiendo –no champán, como los demás, sino zumo con hielo– y no respondió.

–Los hipopótamos son más peligrosos que los cocodrilos. Eso nos lo enseñan desde pequeños.

Todos se volvieron hacia el ruandés.

–¿De qué hablan? –El presidente de la empresa de telefonía móvil parecía haberse perdido entre tanta metáfora.

–De animales –dijo la mujer–, de la ley de la jungla.

–Señor Lebeaux. –El abogado aprovechó el segundo de silencio que se hizo tras las palabras de la mujer, para llamar la atención de su jefe.

–¡Degand! Miren, les presento a mi secretario y abogado. Aunque supongo que casi todos ya lo conocen.

–¿Y qué clase de animal es? –preguntó el ruandés riendo.

–Felicidades, señor Lebeaux.

–Gracias, Degand. ¿Aún no le han puesto de beber?

–Un tiburón –afirmó el libanés divertido–. Sale de las profundidades para atacar.

Degand se puso las gafas y comprobó que ya no estaban empañadas. Miró a los circundantes como si sólo en ese momento se hubiera apercibido de su presencia.

–Soy un humilde perro guardián. Y ni siquiera tengo el pedigrí de ustedes –añadió sonriendo al aristócrata.

–El Proceso de Kimberley es una operación de relaciones públicas. Para que no le remuerda a nadie la conciencia. Pero los diamantes no estarán mucho más limpios hasta que las inspecciones sean obligatorias –insistió la mujer.

Nadie en el corro parecía tener muchas ganas de continuar la discusión.

–No se puede hacer todo de una vez –dijo a regañadientes el empresario de telefonía móvil, que no había dado su opinión hasta ese momento. Pero mientras lo decía no miraba a sus interlocutores, sino que parecía buscar a su alrededor un lugar en el que le apeteciese más encontrarse.

–Mientras tanto sigue usted importando coltán del Congo para sus teléfonos.

–Hace años que todo el coltán que compramos viene de China y Kazajstán.

–Que a su vez lo importan del Congo, comprándolo a milicias ruandesas y a mercenarios internacionales.

–Eso es una acusación muy grave.

–Yo creía que lo grave era hacer negocios con asesinos.

–No peleemos –terció el libanés–. Es el cumpleaños del señor Lebeaux.

–Dudo que lo que estoy diciendo sea una novedad para él.

La funcionaria se volvió hacia el banquero invitándole a participar en la conversación.

–Es verdad, se han hecho muchas cosas indebidas. –Lebeaux hizo una pausa que todos respetaron–. Pero por buena voluntad que se tenga es complicado saber con quién se está negociando en un país sumido en el caos. Hay un entramado de empresas fantasma y hombres de paja que no es fácil de desentrañar ni siquiera para los que conocen el terreno, como Degand.

–Su banco está en la lista de la ONU de empresas que no respetan el código de conducta para multinacionales de la OCDE.

–Si me permiten –Degand habló en voz tan baja que todos se inclinaron instintivamente hacia adelante para poder escucharle–, nuestro consorcio ha iniciado un proceso de consultas con la ONU y con la Comisión Europea para cumplir no sólo con el código de la OCDE, sino también para respetar el Libro Verde sobre la Responsabilidad Social. No se trata de mejorar nuestra imagen, como algunos podrían pensar. –Degand hablaba casi sin entonación, como si repitiera un texto aprendido de memoria. Sin embargo, todos asentían regularmente, menos la funcionaria, que le escuchaba con una ceja levantada–. Estamos convencidos de que se pueden obtener beneficios en África y al mismo tiempo contribuir al desarrollo de la región. Lo que a la larga será bueno para todos, salvo para unos cuantos elementos criminales que por desgracia se encuentran en las más altas instancias gubernamentales. –Degand consiguió el primer asentimiento de la funcionaria y bajar su ceja un centímetro–. Convendrá conmigo en que las empresas podemos ayudar a hacerlo, pero necesitamos la colaboración estrecha de las instancias supranacionales. Lebeaux dejó de escuchar. Era el discurso estándar de Degand y se lo sabía tan al dedillo como Degand. Igual que se sabía el de la funcionaria. Lebeaux conocía al marido, un activista ugandés de los derechos humanos, que tenía una cuenta en una filial luxemburguesa del banco: a la cuenta llegaban regularmente cantidades nada despreciables procedentes de bancos saudíes. El propio Lebeaux había hecho valer muy discretamente su influencia para que su esposa obtuviese el cargo en la Comisión.

Lebeaux se dio cuenta de que la mujer se había marchado cuando escuchó al ministro ruandés musitar entre dientes: vieja puta.

–He visto esta mañana a nuestro amigo –dijo Lebeaux de pasada sonriendo a Degand.

El abogado no dio muestras de haber escuchado, salvo porque cesó en él todo movimiento. Al cabo de un rato, parpadeó.

–¿Han podido conversar?

El grupo los escuchaba ahora agradecido por el cambio de tema y a Lebeaux le divertía la situación.

–Sí, nos hemos encontrado en el campo de golf.

Degand asintió como si acabase de escuchar algo perfectamente razonable. Pero al cabo de unos segundos de intentarlo, no pudo reprimir su sorpresa.

–¿Juega al golf?

–¿Quién juega al golf? Tendrías que ver cómo he mejorado mi drive, Degand. –A pesar de la copa que llevaba en la mano, Albert hizo un movimiento con los brazos, como si golpeara a cámara lenta con un palo de golf–. Papá, dice el maître que podemos pasar al salón cuando desees.

–Muy bien. Dile a Charlotte que se ocupe de que todos vayan yendo para allá. Supongo que habéis colocado bien a los comensales.

–Charlotte se ha encargado.

–¿Con quién estoy sentado?

–Estamos en la misma mesa la familia más cercana…

–Sin niños, supongo.

–Sin niños. Luego están el ministro Dubois y su esposa, el presidente de Cogemin, la señora con la que estabas hablando hace un momento… y creo que nadie más.

–¿Sophie?

–A tu izquierda.

–De acuerdo. Dile a tu hermana que ya sabe lo que pienso de la etiqueta. Estoy harto de las rebeliones adolescentes de su marido. Ponerse corbata no le cuesta nada a nadie. Salvo que quieras destacar por las razones equivocadas.

–Se lo diré.

Lebeaux se volvió hacia Degand.

–Como le decía, he recibido la simpática visita de nuestro amigo.

Albert no quería marcharse quizá intuyendo que estaban hablando de algo importante, pero no había ningún motivo que justificase su presencia. Se alejó después de buscar unas palabras que no encontró.

–¿Y?

–No creo que haya que preocuparse mucho. No es más que un pobre desgraciado.

El abogado meneó la cabeza dubitativo.

–Quizá mañana podría contarme el encuentro con detalle.

–Hay cosas más preocupantes, Degand.

–No será el Proceso de Kimberley.

–No diga bobadas. Mañana hablamos. Sophie, ¿dónde está Sophie?

–Creo que ya ha entrado en el salón –Albert había vuelto a remolonear alrededor de su padre.

–¿Y cómo se le ocurre entrar sin mí? Que la llamen inmediatamente.

Lebeaux se puso rojo en cuestión de segundos; el color le cubrió la cara y el cuero cabelludo visible entre la cabellera poco poblada.

–Ya voy yo a buscarla –se ofreció Albert.

–Espera.

Lebeaux detuvo a su hijo sujetándolo por una manga. Acababa de descubrir a Sophie a la puerta del salón, conversando con la funcionaria. Se tomaban afectuosamente del brazo y las dos reían con una familiaridad que no podían tener.

A Lebeaux se le pasó inmediatamente el enfado. Sophie no era tonta; intuía las cosas aunque nadie se las contase. Sabía perfectamente lo que hacía, y sabía sobre todo algo muy inusual a su edad: fijar prioridades.

Lebeaux introdujo la tarjeta magnética en la ranura, la barrera de acceso se levantó, y condujo hasta el aparcamiento. Sacó los palos de golf del maletero, atravesó con ellos al hombro el patio situado entre las dependencias del club, tomó un carrito eléctrico para transportar los palos y se dirigió al *tee* de salida. Eran las ocho y media de la mañana de un domingo y no había nadie en el campo de golf, abierto en fin de semana sólo para miembros. Nadie que molestara, ni familias jugando, ni adolescentes bulliciosos, ningún ruido de coches llegaba aún de la avenida de Tervuren. La hierba brillaba, con reflejos verdes y dorados allí donde daba el sol desde hacía rato, blanquecinos en las zonas umbrías, en las que la escarcha aún no se había fundido. Las últimas brumas matinales se enredaban en los rododendros y en los abetos, se teñían de azul al fondo del pasillo, formado por distintas especies de árboles, por el que Lebeaux pretendía lanzar la bola.

El primer hoyo era un par cinco. Lebeaux tomó el driver, hizo algunos amagos para desentumecerse y golpeó. Siguió la bola con la vista; un golpe demasiado corto y desviado hacia la derecha; tenía la impresión de haber perdido fuerza en las manos en cuestión de meses. Lo que más le preocupaba era el dolor en las articulaciones, que empezaba a volverse crónico. Volvió la vista hacia atrás y descubrió al caddie master parado delante del edificio de ladrillo blanco en el que se encontraba el restaurante. ¿Qué miraba? ¿Por qué no se ocupaba de sus asuntos? Lebeaux devolvió el driver a la bolsa y emprendió el camino hacia la bola. En otros tiempos, cuando empezó a jugar allá por los años sesenta, era habitual hacerse acompañar por un caddie que le llevaba los palos y le aconsejaba discretamente antes de cada golpe. Lebeaux echaba de menos aquellos tiempos, que se habían ido a la mierda, como casi todo, por culpa de los sindicatos y de los supuestos avances sociales, porque al parecer era eso la protección de los trabajadores: aumentar sus salarios y prestaciones sociales de tal manera que dejase de merecer la pena solicitar sus servicios Una profesión que desaparecía y de la que, salvo en la alta competición, sólo quedaba el nombre –el caddie master en realidad era un recepcionista–: casi ningún club europeo –salvo St. Andrews no recordaba otro– mantenía permanentemente un grupo de caddies a disposición de los jugadores. A Lebeaux le gustaba atenerse a las tradiciones. No por apego especial al pasado, sino porque la tradición es un instrumento de orden. Tampoco era mojigatería la razón de que, cada vez que se había discutido el tema en el club, él siempre defendiese que se mantuviera el largo de falda para las mujeres –no más de cinco pulgadas por encima de la rodilla–, o que los hombres tuvieran que llevar camisa con cuello metida por dentro del pantalón; las normas de vestimenta son fundamentales, no en sí mismas, sino porque su incumplimiento es tan sólo el primer paso antes de comenzar a derribar lo que de verdad importa. Los ataques contra el orden y el sistema no se dirigen inicialmente a su corazón; primero se lanzan contra aquello que parece secundario, trivial, como ejércitos que acosan lejanos puestos de vanguardia, pero el objetivo último es la invasión del imperio, la contaminación de todo el cuerpo social.

Pero esa mañana se alegraba de no tener que conversar. Había ido a jugar tan temprano precisamente para estar solo, para poder perderse en sus pensamientos sin interrupciones molestas. Además, hacía una mañana tan hermosa que habría sido una pena tener que hacer el recorrido acompañado, por mucho que el caddie hubiese guardado absoluto silencio; siempre había que comentar qué hierro se iba a utilizar, el caddie hacía una sugerencia..., a veces, pocas, tenía sus ventajas el cambio de los tiempos.

Lebeaux respiró dos o tres veces despacio, llenando bien los pulmones de aire frío y húmedo. Algunos grajos revoloteaban entre las hayas, cuyas primeras hojas, atravesadas por los rayos oblicuos del sol, parecían transparentes. El rojo de las hayas, el azul del cielo, el verde del campo, la arena de los búnkers. No había para Lebeaux paisaje más hermoso, más plácido, más ordenado que el de un campo de golf. No le gustaban esos campos de los que se hacían lenguas tantos esnobs, rodeados de selva o de montañas, precisamente por eso. Porque los paisajes espectaculares que los rodeaban interferían en la armonía del campo.

Por suerte la bola no había caído entre los arbustos de la derecha; se había quedado en el borde interior de la calle; si la elevaba lo suficiente con el segundo golpe para salvar el recodo que tenía delante, podría recuperar una posición que le permitiría terminar el hoyo en su par. Sacó una madera del tres. Aún estaba un poco entumecido, por lo que antes de enfrentarse a la bola repitió algunos amagos en el aire y movió los dedos de la mano derecha como si tocase el piano. De todas formas, le faltó flexibilidad al golpear: la bola volvió a tomar demasiado efecto y se perdió hacia la derecha de la calle. Bah, no estaba compitiendo con nadie. Guardó el palo en la bolsa y comenzó a caminar. Se volvió hacia los edificios del club: el master seguía allí parado, con los brazos en jarras. Lebeaux le aguantó esa mirada impertinente hasta que el hombre desapareció en el interior del patio.

El terreno aún estaba mojado. El carro iba dejando dos huellas profundas en la hierba. Las ruedas no giraban bien y costaba tirar de él. Levantó la vista mientras caminaba y recorrió con ella las suaves pendientes del campo. Necesitaba esa laxitud, le hacía bien. Casi se arrepentía de haber insistido a Sophie para que ella también aprendiese a jugar. Ahora muchos días se empeñaba en acompañarlo. Por supuesto que podría haberse negado, pero también le divertía su entusiasmo casi infantil, su espíritu competitivo, su alegría con cada buen golpe, su fingido enfurruñamiento cuando, como siempre, perdía.

Pero no había nada comparable a esos momentos de soledad y concentración… Lebeaux se detuvo perplejo. En el búnker que quedaba a unos treinta metros más allá de la bola, como escondido contra uno de sus bordes, había un hombre tumbado. Primero pensó que podía estar muerto, pero enseguida vio que sus ojos estaban abiertos, mirándolo, y parpadeaba, quizá porque tenía el sol de frente.

—¡Eh!

El hombre no se movió.

—¡Eh, usted!

No parecía escucharlo.

—¡Qué demonios hace ahí! Salga del búnker.

El hombre comenzó a moverse, despacio; le costaba levantarse; debía de estar helado. ¿Habría pasado la noche allí? Apoyó un brazo en el suelo, después una rodilla. Empezó a sacudirse la arena húmeda de los pantalones y el pecho. Por fin acabó de levantarse, miró a sus espaldas, hacia la carretera, siguió limpiándose, ahora las mangas.

—¿Puede decirme qué hacía tumbado en la arena?

—¿Yo?

—¿Cómo ha entrado? — El hombre hizo un gesto vago con la mano, primero en una dirección, hacia los árboles situados a su espalda, después hacia la entrada del campo—. ¿Es usted miembro del club?

La pregunta sobraba. Bastaba mirarlo: iba vestido con unos vaqueros desgastados, unas zapatillas deportivas —prohibidas por el reglamento interno—, y una chaqueta de cuero cruzada por numerosas cremalleras. Y desde luego no estaba allí para jugar al golf: de lo contrario, ¿dónde se había dejado los palos?

Lebeaux, curiosamente, no sentía miedo. A pesar de que ese extraño podría haber sido un atracador, no sólo no había adoptado una actitud amenazante sino que parecía deseoso de marcharse cuanto antes.

—¿Me va a decir qué hacía aquí?

—Nada. Mirar.

Esa voz. Le irritaba aún más cuando hablaba que cuando se quedaba callado.

—Mirar qué. No hay nadie.

El hombre ensayó una sonrisa tímida y señaló hacia Lebeaux.

—Ah, estaba usted viéndome jugar. Es usted un aficionado que viene a las ocho de la mañana a mirar a los jugadores.

Lebeaux buscó con la vista al caddie master, pero el muy inútil había desaparecido. No podía recurrir a nadie para que se ocupase del intruso. Quizá podía gritar, pero le pareció indigno. Y no llevaba móvil porque también lo prohibía el reglamento.

–Supongo que no habrá pagado usted para entrar.

–¿Para qué lleva usted tantos palos?

–¿Cómo?

–¿Puede llevar todos los que quiera, o hay un límite?

–¿Pero qué hace aquí? ¿De qué tonterías habla? ¿No le he dicho que hay que pagar para entrar en el campo?

–Son para distancias diferentes, ¿verdad? Si está más lejos del agujero le pega con uno más pesado; así manda más fuerza, ¿no?

Esa voz...

Debía de tener treinta o treinta y cinco años. Llevaba una melena ridícula. Tenía aspecto de... no, de obrero no; demasiado endeble, quizá de camarero o de profesor de escuela pública. Lo último que deseaba Lebeaux era que un tipo así le estropease la mañana, si es que no se la había estropeado ya.

–Le estoy diciendo que se marche. ¿Quiere que llame a alguien?

–No, no hace falta. Era curiosidad. Estaba pensando en aprender.

Lebeaux se fue hacia el carrito. Sacó un hierro cualquiera. Empezaba a sentir el impulso de golpear al imbécil aquel. Mientras pensaba en cómo abrirle la cabeza –en su fantasía bastaba un golpe para obligar al intruso a hincarse de rodillas en la hierba ofreciendo la nuca para el segundo impacto– recordó dónde había escuchado la voz, y tuvo que contenerse para que no le temblaran las manos: era él.

O sea, que eso, un individuo con aspecto tan mediocre, pusilánime, inseguro, era el chantajista. El que quería que pagase quinientos mil euros a cambio de una foto vieja. Lógico que a alguien así se le ocurriese un plan tan descabellado. Tenía que haberlo seguido desde su casa. Y si lo había seguido debía de tener un coche allí cerca.

–Bueno. Pues le voy a enseñar algo. Este es un hierro del seis, uno de los más versátiles. Muy útil para gente con poca experiencia. Se puede usar en muchas situaciones… ¿Quiere probar?

Se lo sugirió sin un propósito definido, salvo el de ganar tiempo, retenerlo a su lado, aunque no sabía bien para qué. Podía satisfacer su fantasía, reventarle la cabeza con un palo y después contar que lo hizo para defenderse. Si le machacaba el cráneo se le quitarían las ganas de molestarle. O entablar conversación con él, averiguar algo que le ayudase a localizarlo más tarde, y pedir a Degand que se ocupara de él. Era lo más seguro.

El intruso levantó las manos para rechazar la invitación y sonrió.

–No, gracias.

–Tiene que abrir un poco los pies, de perfil a un paso de la bola –Lebeaux iba ejecutando los movimientos que decía en voz alta–, la mano izquierda empuña primero… tome uno de esos palos. El que sea, es sólo para probar.

–Viene alguien.

Lebeaux miró hacia atrás. El caddie master llegaba a paso rápido, casi al trote. A buenas horas. Justo cuando ya no hacía falta. Lebeaux levantó la mano para detenerlo, pero el otro no hizo caso o lo interpretó como una llamada.

–No se preocupe.

–Bueno, yo me marcho.

–Le digo que no se preocupe.

–Es que no soy socio.

–La mano derecha se pone más abajo, ¿ve?

El hombre comenzó a retroceder, primero despacio, después acelerando a medida que giraba, para finalmente lanzarse a la carrera hacia el paseo arbolado que iba de la entrada a la avenida de Tervuren. El caddie master dudó si seguir corriendo hacia Lebeaux o cambiar de dirección para perseguir al hombre que huía. Tropezó, resbaló, estuvo a punto de caer al suelo y detuvo su carrera ante un gesto imperativo de Lebeaux, que había oído el motor de un coche ponerse en marcha cuando el fugitivo estaba llegando al paseo.

–¿Está bien? Lo siento mucho, no sé…

–Deje de sentirlo y corra, por Dios, pero detrás de él. A ver si puede anotar la matrícula.

–¿La matrícula?

–Del coche, ha llegado en coche, le estoy diciendo.

El caddie master salió disparado en dirección al paseo. Corría sorprendentemente deprisa para su edad –sin duda más de cuarenta– y para lo resbaladiza que estaba la hierba. Lebeaux oyó el motor que aceleraba con un exceso de revoluciones. Era un motor diesel. Vio entre los árboles el techo blanco de una furgoneta como las que se utilizan para pequeñas mudanzas. Al cabo de un rato el caddie master regresó, con un trote más lento. Ya desde lejos realizó un exagerado encogimiento de hombros y sacudió la cabeza.

Imbécil, pensó Lebeaux. Le hizo un gesto con la mano para interrumpir su camino, no quería darle explicaciones. El empleado dudó, se detuvo; lógicamente creía que era su obligación aclarar el incidente. Lebeaux le hizo otro gesto, esta vez señalando la dirección de la entrada. El hombre volvió a encogerse de hombros, como para sí mismo, y se encaminó en la dirección señalada.

Cuando Lebeaux llegó al quinto hoyo llevaba seis sobre par. Guardó los palos, tiró una pelota con rabia al estanque y se encaminó a la salida. Aquel sucio desgraciado le había arruinado la mañana.

Lebeaux sólo tenía de su bisabuelo, el iniciador de la aventura africana de la familia, recuerdos en blanco y negro o en sepia. Murió, al parecer, de una infección de origen tropical que había permanecido latente durante años; cuando se la descubrieron hacía ya casi dos décadas que no ponía los pies en África, continente que había comenzado a detestar después de que el Parlamento belga arrancase al rey la propiedad del Congo, aunque fue a partir de entonces cuando empezó la etapa más próspera para el viejo Lebeaux: una vez concluido el monopolio real del caucho, se hizo con varias concesiones de explotación, y con el capital acumulado participaría más tarde en varias empresas mineras de Katanga y Kasai. Sin embargo, en cuanto tenía oportunidad, hablaba con desprecio de los «tenderos» que corrían a saquear el Congo tras criticar durante años a hombres como él, que habían levantado las estructuras que les iban a permitir enriquecerse.

Una foto colgada junto con otras muchas en una de las paredes del despacho de Lebeaux mostraba al bisabuelo al lado de Leopoldo II durante las fiestas coloniales de Amberes, los dos con grandes patillas y barba casi cuadrada, el rey canoso, anciano, vestido con uniforme militar y banda cruzada sobre el pecho, apoyado en un bastón, con aspecto distraído; su acompañante serio, consciente de la importancia del momento, ligeramente envarado, con una chistera en la mano izquierda, pequeño de estatura pero ancho de tórax, embutido en un frac que parece tirar demasiado en las costuras mientras se inclina ligeramente ante el rey.

En otras fotos se le ve, siempre ligeramente ceñudo, como si considerase que una mirada grave era la más atinada para la cámara o, más bien, para la imagen que quería dejar de sí a la posteridad, en su oficina de Leopoldville, con unos impertinentes que no parecen encajar con el salacot y las estatuillas africanas sobre el escritorio, y tampoco encajan con la casaca de manga corta sus brazos escuálidos más de oficinista que de explorador. También hay fotos de él visitando las minas, acompañado de ingenieros, geólogos, capataces, él siempre en el centro de la foto, a veces señalando hacia un lugar indefinido, con la pose que adoptan los que quieren pasar a la historia como pioneros o grandes generales y que aún cultivan algunos políticos para fingir que son ellos los que marcan el camino. Hay más fotos: en la oficina de Bruselas durante un consejo de administración –presidido por él–; en una de las salas del Parlamento, junto a ministros y políticos que ya nadie recuerda; y sólo una empuñando un fusil, por una vez sonriente, con varios servidores negros igualmente radiantes, a una distancia respetuosa, que parecen escuchar alguna broma del bwana. No hay animales muertos en la foto, sólo un fondo boscoso y difuminado por la mala calidad o los muchos años de la emulsión.

Lebeaux llegó a conocerlo de muy niño, pero sus únicos recuerdos son esas fotos y las numerosas historias que se contaban del *viejo Lebeaux* en la familia, al que se llamaba así dando la impresión de que había sido el fundador de la dinastía, de que fueron sus logros, inversiones, ventas, explotaciones, iniciativas empresariales las que fundaron realmente el apellido, pero no había sido de esa manera: el padre del viejo Lebeaux, condenado al olvido por los éxitos del hijo, fue ya un hombre destacado en la vida empresarial y social, que se codeaba con los Solvay, Lambert, Nothomb…, pero cuyo título de químico no le ayudó más que para fundar algunas empresas que, si bien permitieron ofrecer a la familia una vida digna de su estatus, no podían considerarse verdaderamente la base de la riqueza de los Lebeaux. No, las riquezas de los Lebeaux, como la de muchas otras grandes familias belgas, se iniciaron con la explotación del Congo. El viejo Lebeaux no fue una excepción, tan sólo alguien que sacó el máximo partido a los nuevos tiempos, las nuevas oportunidades y la cercanía al poder.

Según contaban, el tatarabuelo se opuso a que su hijo, por aquella época joven e impaciente, fuese al Congo. Lo necesitaba en Bruselas no para apoyarle en la dirección de sus fábricas de pinturas y tintes, sino porque quería que el chico, que también había estudiado Química por orden del padre, dirigiese una empresa de investigación de compuestos de fenol y formaldehído, para producir un plástico rígido y poco combustible que, según él, sería la base de un nuevo salto tecnológico. Cuando años después, el belga Baekeland, antiguo compañero de estudios del tatarabuelo, dio a conocer en Estados Unidos el invento de la bakelita, este se presentó ante el resto de la familia, llorando, verdaderamente con lágrimas en los ojos –era una época en la que el anciano había perdido el control de los líquidos contenidos en su cuerpo–, acusando a su hijo de haberle impedido realizar el mayor invento del siglo y robado a la familia riquezas incalculables. «Tu África es un fiasco –le dijo–, y tú también.» Pero para entonces ya casi nadie le hacía mucho caso, aunque aún le permitían presidir banquetes y ceremonias, le servían en primer lugar la comida y le consultaban pro forma las decisiones menos importantes, porque *el viejo Lebeaux* ya había creado un imperio que dejaba en la sombra las realizaciones e incluso los sueños de su padre.

Lebeaux no recordaba haber visto fotos del tatarabuelo y su hijo juntos, aunque seguramente existían. Y tampoco recordaba fotos como la que le había enviado el chantajista: quizá alguien las arrancó del álbum familiar para no manchar la memoria del bisabuelo. Aunque, ¿qué creían? ¿Que África era un jardín para dar paseos? ¿Que no fue necesario emplear mano dura para poner orden? A él, la foto le dejaba perfectamente frío. Lebeaux sabía lo que era luchar a favor del progreso y que la piedad con sus enemigos causaba muchas más víctimas a la larga.

No merecía ni un segundo vistazo, y ya al primero se dio cuenta de que no era un original, sino una fotocopia. La había recibido con el correo diario, en un sobre sin nota alguna, y la conservó suponiendo que contendría huellas dactilares y que el matasellos diría de qué oficina de correos provenía el envío. A media mañana recibió una nueva llamada telefónica. No era el mismo hombre que había llamado la primera vez y con quien había hablado en el campo de golf. Este tenía una voz más basta, una entonación vulgar, como los habitantes de los barrios más miserables de Bruselas. Lebeaux consultó el reloj electrónico de su escritorio; metió en una carpeta de plástico el sobre, la foto y la cinta con la conversación y llamó a su secretaria por el interfono.

–¿Han llegado todos?

–Sí, señor.

Lebeaux tomó la carpeta de plástico y se dirigió a la sala de reuniones. No tenía ninguna gana de participar en la reunión. Sólo se trataba de decidir los últimos detalles y firmar los documentos de una concesión de tratamiento de cobalto y cobre para la extracción de germanio en la República Democrática del Congo. Pero él estaba allí, como decía Degand, para dar solemnidad al acto, para que los socios se sintiesen importantes; la negociación técnica la llevarían Degand y el consejero delegado. Hubiese preferido que esa mañana le dejasen en paz. El chantaje empezaba a irritarle de verdad. ¿Quiénes se creían que eran esos miserables? Iba a tener que adoptar medidas drásticas.

Lebeaux entró en la sala y se sometió al engorroso ritual de saludar uno por uno a todos los presentes. Al llegar a Degand le entregó la carpeta.

–Cuando terminemos viene Vd. a mi despacho.

Degand iba a preguntar algo, pero Lebeaux se separó de él para dirigirse a su sillón. Antes de sentarse miró por el ventanal hacia la ciudad que quedaba a sus pies. No se veía gran cosa: un cielo opaco, que parecía hecho de cemento, la pesada cúpula del Palacio de Justicia, unos cuantos edificios de oficinas cercanos cuyas luces estaban encendidas como si fuese de noche, y el resto se difuminaba en la bruma espesa de la mañana. Un día asqueroso, pensó, y se dejó caer en el sillón con un suspiro.

Eran aproximadamente las siete de la tarde cuando el chófer detuvo el Jaguar XJ en la puerta del garaje, salió rápidamente del vehículo y abrió la puerta trasera del lado del conductor. Mientras lo hacía, abrió también la puerta del garaje con el mando a distancia. Lebeaux tuvo más dificultades para apearse de las que parecieran normales a sus años: por un problema en las articulaciones a veces se movía con lentitud y trabajo de anciano. Otras veces, dependía del tiempo, se le olvidaban los dolores artríticos y sus movimientos, sin llegar a ser ágiles, al menos no dejaban traslucir dolor ni esfuerzo.

Permitió al chófer que lo tomara por el brazo para ayudarle. Era un chófer nuevo, más joven que el habitual, que le había asignado Degand desde que empezaron las amenazas, por lo que era de suponer que se trataba más bien de un guardaespaldas. No era la primera vez que tenía que llevar uno, ni sería la última. Los niños tuvieron guardaespaldas en cuanto empezaron a ir al colegio y también se lo pondría a sus nietos. Siempre hay desalmados dispuestos a secuestrar a un niño para hacerse con dinero.

–Váyase a casa.

–¿No desea que le acompañe al interior?

–No, muchas gracias… –No se acordaba de su nombre, pero tampoco se lo preguntó–. Márchese.

El joven titubeó.

–El señor Degand…

–El señor Degand puede irse al carajo. Recójame mañana a las ocho.

–Sí, señor. Tendré el móvil encendido toda la noche.

–Me parece muy bien. –El joven regresó al coche y se quedó otra vez dudando. Tenía un aspecto más blando, casi melancólico, de lo que se podría esperar de un guardaespaldas–. El Peugeot.

–¿Perdón?

–Que deje el Jaguar en el garaje y se lleve el Peugeot.

–Ah.

–Ah –le imitó Lebeaux.

El chófer accionó el mando a distancia que llevaba en el llavero y la puerta del garaje empezó a cerrarse. Entonces se dio cuenta de que lo que deseaba era abrirla, pero ya estaba abierta. Volvió a pulsar el mando. Se sentó tras el volante, puso el motor en marcha, se apeó de nuevo.

–¿Señor Lebeaux?

En ese momento Lebeaux se dio cuenta de que Sophie los estaba mirando desde la puerta de la casa, sonriente.

–En la rampa de la entrada.

El chófer miró en aquella dirección.

–¿El Peugeot…?

–Meta el maldito Jaguar en el garaje, cierre el garaje, camine hasta la rampa y llévese el Peugeot que está junto a la rampa de la entrada.

El chófer asintió, accionó sin querer el mando de la puerta del garaje y Sophie soltó una carcajada. El chófer le sonrió. Volvió a abrir la puerta, levantó las cejas hacia Sophie de modo cómico y se montó en el coche. La joven entre tanto había bajado los escalones que la separaban de Lebeaux, lo había abrazado por la espalda y miraba al chófer por encima de su hombro. A Lebeaux le hubiese gustado ver su expresión.

–¿No debería quedarse? Para eso son los guardaespaldas, ¿no?

Había cámaras de seguridad en el jardín, controladas las veinticuatro horas del día por un guardia privado, y un sistema de alarma en la casa –conectado a la vez con la policía y con una empresa de seguridad–; también tenía una pistola cargada en la mesilla, lo mismo que el guardés, que vivía en un pabellón contiguo. No, no era necesario tener al guardaespaldas en casa por la amenaza de unos delincuentes aficionados. Y de todas formas Lebeaux prefería que Sophie y el chófer no se encontrasen más de lo imprescindible. Cada vez que la veía conversar con un hombre que le llevaba pocos años, cuando escuchaba sus risas –porque todos los que conversaban con Sophie acaban contagiados de su risa–, Lebeaux hubiera querido golpearlos. También a Sophie. Era lo malo de vivir con una mujer más joven: él había creído que se sentiría rejuvenecer estando con ella, pero le estaba ocurriendo justo lo contrario; antes de estar con Sophie nunca había sido tan consciente de su edad, de sus achaques, del progresivo deterioro de su cuerpo.

Entraron en casa agarrados de la mano. Lebeaux entregó el abrigo al criado y fue al salón con Sophie. Tomó un mando a distancia de la mesa de arce canadiense y lo accionó: las persianas descendieron lenta y silenciosamente y los apliques del salón comenzaron a arrojar una luz tenue que fue ganando en intensidad a medida que las persianas ocultaban la luz del día. Era como estar en un submarino; la casa parecía flotar en un lugar impreciso; en ella no entraba ninguna interferencia del exterior.

Sobre la mesa estaban desplegados los planos de la casa que estaban construyendo cerca de Lucerna, a orillas del Vierwald-stättersee. Aunque no pensaba retirarse de los negocios, Lebeaux quería irse a vivir más al sur, pero a un lugar civilizado. Suiza le parecía ideal, no sólo por sus ventajas fiscales. Degand ya había preparado la solicitud de residencia y no parecía que hubiese ninguna razón para negársela, puesto que cumplía los tres requisitos fundamentales: era mayor de sesenta años, podía demostrar una larga relación con Suiza –de hecho varias sociedades pertenecientes al holding del que era director general tenían su sede en el país–, y contaba con suficientes recursos para mantenerse el resto de sus días; las autoridades suizas podían estar tranquilas: nunca tendría que recurrir a prestaciones sociales.

La construcción de la casa –un edificio de cuatrocientos metros cuadrados de planta, con un jardín de tres mil– estaba ya muy avanzada. Dos meses atrás se habían cubierto aguas y ya comenzaban a tener que ocuparse de los detalles de la decoración; había pedido a Sophie que se encargase de ellos; al menos así pasaría menos horas delante de la televisión. Sophie preparó dos vasos de whisky, fue a la cocina y regresó con una cubitera. Apartó con el antebrazo los planos y dejó los vasos y la cubitera sobre la mesa.

–Yo preferiría una piscina al aire libre.

Señaló con aire escéptico el rectángulo que ocupaba parte del plano del sótano. Era una piscina cubierta de quince por seis metros climatizada, como exigía la ley, con energía geotérmica. Cuatro columnas extraerían agua a unos ciento setenta metros de profundidad y una bomba de calor aprovecharía los cuatro o cinco grados adicionales del agua para el sistema de calefacción y de agua caliente, piscina incluida.

–Si quieres bañarte al aire libre, tienes el lago. Muy refrescante.

El resto del sótano estaba ocupado por un vestuario, un cuarto de baño, un gimnasio y una bodega, que albergaría la colección de vinos de Lebeaux, compuesta por casi mil botellas de Borgoña, a las que en los últimos años se habían añadido algunas de Burdeos, desde que Lebeaux había descubierto que le sentaba mejor. La última pieza del sótano, contigua a la bodega, era un refugio nuclear. Sophie depositó el dedo índice sobre el dibujo, la punta de su uña rosa justo en el centro del búnker.

–¿Y de verdad es necesario un búnker? Suena a película de guerra.

–Es la ley.

–¿La ley exige que se construya un búnker? ¿Para qué?

–Imagínate que hay una guerra nuclear, o una nube de gas tóxico, o una epidemia. Te encierras en el refugio hasta que se pase el peligro.

–¿Te imaginas, tú y yo encerrados allí durante semanas? Qué romántico. –Lebeaux dio un trago de whisky y negó con la cabeza. Sophie se puso en jarras y fingió escandalizarse–. Ah. ¿No te parece romántico estar conmigo a solas durante semanas, monstruo?

–Claro, cariño, sería maravilloso. Nosotros dos solos mientras fuera se funde el universo. Pero ¿qué piensas hacer con los criados, dejarlos fuera expuestos a la radioactividad o a la dioxina, o les vas a permitir entrar en el refugio? Además, está pensado para veinte personas. Tenemos que compartirlo con los vecinos.

Sophie hizo un mohín de disgusto. Se quedó mirando los planos.

–Podríamos hacer otro para el servicio y los vecinos. Y uno para nosotros dos solos.

–¿No pasas ya bastante tiempo sola?

Lebeaux se arrepintió enseguida de haberlo dicho. Estaba cansado, no tenía ganas de hablar de cosas serias. Pero Sophie depositó el vaso sobre la mesa con mano insegura e, inmediatamente, sus ojos se enrojecieron. Aun así intentó hacer una broma.

–Estar contigo no es estar sola, aunque a veces hablas tan poco que se parece.

–Deberías salir más. ¿Por qué no le dices a Charlotte que te acompañe a buscar muebles y esas cosas? Seguro que lo hace de mil amores.

–Y si no lo hace de mil amores lo hace porque se lo dices tú.

–¿Y qué hay de malo en eso? Es mi hija, ¿no?

Sophie se arrimó a él. Apoyó la cabeza en su pecho y él se puso a acariciarle el pelo automáticamente. Se daba cuenta de que no era fácil, para una chica de su edad, encontrar amigos, amigos convenientes, en el círculo de un banquero de más de sesenta años. ¿Qué iba a hacer, salir con los hijos de sus socios? Y con las esposas de sus conocidos se aburría. Pero ella había sabido desde el principio que no iba a ser fácil. Lebeaux se lo advirtió honestamente en Monterrey: Ten en cuenta que vas a vivir rodeada de gente mayor, y que no vas a poder buscarte tú tus amigos y salir por ahí sin mí. Sophie le respondió con un guiño: Ya te me estás poniendo celoso, y eso que aún no vivimos juntos. Dime tú si yo voy a querer salir sin ti; ni a la puerta de casa.

Pero una cosa es lo que se dice y otra lo que se siente más tarde. Entendía que a veces se aburriese, pero ¿qué podía hacer él?

–¿Qué puedo hacer por ti, Sophie?

Sophie se incorporó. Se secó las lágrimas con el dorso de la mano. Sonrió, como siempre.

–¿De verdad quieres saber qué puedes hacer por mí?

–Te lo estoy preguntando, ¿no?

Sophie le tomó de la mano; le pasó un dedo por los nudillos, después por encima de las uñas.

–Deja de mirarme las manos y responde.

–No son manos de viejito.

Siempre conseguía enternecerle con ese afecto ingenuo, con esa manera sencilla de nombrar las cosas que adornaba con una timidez algo infantil. Y le excitaba su fragilidad tenaz, que fuese capaz de sonreír y gastar bromas mientras las lágrimas le afloraban a los ojos. Le dieron ganas de hacer el amor. La besó en la boca, largo rato, rebuscando en ella con la lengua, y ella correspondió. Casi nunca dejaba de hacerlo, aunque a veces Lebeaux pudiese –o temiese– percibir el esfuerzo.

Cuando se retiró, en los ojos de Sophie encontró temor. ¿La habría amenazado también el chantajista? Lo haría pedazos. Iba a encontrarlo y a romperle los huesos uno a uno. Había sido demasiado pasivo y tenía que reaccionar. Daba igual lo que pidiese o qué sabía o no sabía. Al día siguiente hablaría con Degand.

–Sigues sin contestarme, Sophie. ¿Pasa algo?

Sophie negó con la cabeza. Volvió a tomarle la mano.

–Me gustaría tener un hijo. Un hijo tuyo.

–No digas tonterías.

Sophie se llevó una mano a la boca, lloró unos segundos en silencio. Lebeaux bebió su whisky, molesto. Hay niñerías que ni siquiera se plantean, que no puedes ni avenirte a discutir. Cosas que, sencillamente, están fuera de lugar.

Sophie se limpió la nariz con un pañuelo de papel que llevaba metido en una manga. Hizo un esfuerzo por sonreír.

–Ya. Ya está. –Lebeaux la miró con desconfianza. Levantó el índice con el ceño fruncido, aunque algo apaciguado. No necesitó decir nada–. Te digo que ya está. Venga, estábamos hablando del búnker. Pero espera, ahora vuelvo, tengo que ir al baño.

–Antes de marcharse le besó en la mejilla.

Mejor que llore en el baño, pensó Lebeaux. Rescató de debajo de los planos el mando a distancia del DVD. Consultó el reloj y decidió cambiar de mando para ver las noticias. Antes ordenó a la cocinera por el interfono que preparase la cena. Cuando Sophie regresó, Lebeaux se había quedado dormido frente al televisor.

Sophie le contempló un momento. Puso gesto severo de niña enfurruñada. Con los labios, pero sin pronunciarla, formó una palabra claramente reconocible:

–Cerdo.

Después hizo un puchero infantil y formó otras dos palabras silenciosas.

–Mi amor.

–¿Podría explicármelo, Degand?

Degand balanceó la cabeza lateralmente, en un gesto cuya probable interpretación era «sí y no». Hacía una mañana espléndida, el sol volvía brillantes los tejados aún húmedos y el perfil de los edificios más altos se recortaba limpiamente contra un cielo en el que no había una nube. La aguja del ayuntamiento parecía una filigrana de encaje.

No sólo la ciudad, también el despacho de Lebeaux estaba bañado por una luz matinal que habría dado ganas a cualquiera de salir a pasear, pero ninguno de los dos hombres estaba de humor como para disfrutar la mañana.

Los asquerosos chantajistas habían vuelto a llamar a Lebeaux, y la amenaza se había concretado. En tres días querían el dinero. Después entrarían en acción. La voz había sido esa vez de mujer, que le había resultado mucho más amenazante, más creíble, que la de los dos hombres anteriores. ¿Cuántos estaban metidos en esa mezquina historia? ¿Sería verdad lo que la mujer había dicho al teléfono sobre Degand, ese hombre pulcro y retraído que estaba sentado ante él, balanceando la cabeza como uno de esos perros que solían ponerse sobre la repisa del maletero de los coches, y que aún tardaría medio minuto en encontrar las palabras adecuadas? No podía ser verdad. Pero, suponiendo que lo fuese, la amenaza se convertía en algo aterrador. Sin embargo, era preferible no preguntar nada al respecto: si las cosas se ponían muy difíciles, lo mejor era poder decir que no estaba al tanto de lo que había hecho su abogado. ¿Era para eso para lo que iba a África con tanta frecuencia, el muy pervertido?

Lebeaux hervía de rabia e impotencia; hubiese querido ponerse a dar gritos; mantenía las manos tras el escritorio, incapaz de controlar su temblor.

Unos días antes habría buscado consuelo en el cuerpo de Sophie, sus gemidos de placer le habrían devuelto la confianza en sí mismo; pero desde que le confesó que quería tener un hijo, Lebeaux había empezado a mirarla de manera diferente. El contrato matrimonial estipulaba, por supuesto, la separación de bienes y una renta en caso de separación, que iba creciendo con los años que llevasen casados: un divorcio temprano apenas habría aportado a Sophie lo suficiente para vivir, lo que fue una forma de evitar que se casara con él para separarse poco después y darse la gran vida.

Sophie no había puesto la menor objeción al contrato: hacemos como tú quieras; tú corres más riesgos que yo, le había dicho. Así se había apaciguado el temor de Lebeaux a que todo fuese una maniobra de su suegro potencial, un industrial de medio pelo –y más joven que él– que quizá veía en la boda una manera de ampliar el capital social de sus fabricuchas de muebles.

Lo que le preocupaba de que Sophie quisiera un hijo no era cómo pudiesen reaccionar Albert y Charlotte ante la pérdida económica que les habría supuesto, ni tampoco que la división de la herencia en tres abriese las puertas a una sangría de capital si el pequeño, que no tendría el mismo grado de implicación en la empresa familiar, decidiera retirar su parte. Todo eso no le preocupaba porque Lebeaux no pensaba tener hijo alguno, y afortunadamente las pruebas de ADN excluían cualquier maniobra de Sophie. Lo que le preocupaba era si ella se había casado con él y aceptado un contrato poco generoso con la esperanza de moverlo algún día con arrumacos y lloros a convertirla en la madre de un rico heredero, o en la divorciada de un padre pudiente que sí tendría que pasar a su hijo una pensión considerable.

Ya nunca podría saber con certeza que Sophie no se había ido con él para exprimirlo como un limón.

Y, por si fuera poco, el gusano de Degand llegaba con la propuesta de retirarse de uno de los negocios más jugosos en los que se habían metido en los últimos años. Según el abogado, se había vuelto tan peligroso que podía no sólo obligarlos a desmantelar algunas de las empresas intermediarias, sino también hundir el banco y enviarlos a todos a la cárcel.

–Degand, no está preparando un discurso para el Parlamento. Haga como si yo fuese tonto. Explíqueme por qué de pronto es tan peligroso un negocio que hasta hace poco no lo era.

Degand suspiró.

–En parte, la culpa es de las mafias rusas.

–No le sigo. ¿Por qué son distintas las mafias rusas de las libanesas? Los diamantes son los mismos, las operaciones bancarias también. A casi nadie le importaba que los diamantes viniesen de Sierra Leona o del Congo.

–No es lo mismo.

–Ya, Degand, ya imagino que no es lo mismo. Si no, no estaríamos teniendo esta conversación.

–A ver cómo se lo explico.

Degand contempló unos momentos el fondo de la taza vacía que tenía en la mano. Lebeaux contuvo su impaciencia para no interrumpir con un exabrupto la larga reflexión del abogado.

–Mire –dijo por fin, se aclaró la garganta, continuó hablando sin levantar la mirada de la taza–, el banco nunca ha participado directamente en la extracción de diamantes en África Central. No se nos puede culpar de las condiciones, digamos, sí, no siempre irreprochables, en las que se realiza dicha extracción. Eso que quede claro.

–Degand, le agradezco la defensa del honor del banco, pero no está usted ante un tribunal. Al grano.

–Lo que quiero decir es que nuestras empresas de importación compran los diamantes en despachos oficiales en el Congo, o bien en países vecinos. Por lo demás, nuestra intervención ha consistido en financiar operaciones de compraventa realizadas por terceros, conceder préstamos con garantías *back-to-back,* y realizar transferencias entre distintas entidades financieras, en parte propiedad del banco, en las Islas Vírgenes, Mauricio o la Isla de Man.

–Hasta ahí lo he entendido todo, Degand. Quizá exageré cuando le pedí que me lo explicase como si fuese tonto.

A Degand se le tensaron los músculos maxilares, pero no replicó.

–Es decir, se nos puede reprochar –y lo hizo el famoso informe de la ONU– que prestemos nuestros servicios financieros a capitales procedentes del contrabando de diamantes, a traficantes de armas libaneses o belgas, a personajes corruptos de Zimbabue, Ruanda, Congo, etc.

Pero sería difícil –y muy laborioso– demostrar que conocíamos la procedencia del dinero, puesto que, con los documentos que obran en nuestro poder, siempre tratamos con consorcios internacionales en los que no aparecen los nombres de los tales, digamos, delincuentes. Y cuando hemos financiado ventas de armas o de tecnología que puede usarse civil y militarmente, ha sido con documentos en los que el destinatario final era un país no sometido a embargo alguno. No hace falta que le explique...

–No, Degand, no hace falta. La mafia rusa.

–Bien, digamos que es posible, digo posible, que los servicios del banco hayan facilitado operaciones ilícitas de políticos africanos, traficantes del Medio Oriente, y también de políticos y empresarios europeos, incluso que el destinatario de las armas no fuese el que figuraba en el contrato sino un grupo rebelde, como la UNITA en Angola. Pero los delitos que originaron el dinero tuvieron lugar en África, las armas que se compraron con ese dinero fueron a parar a los conflictos armados africanos, a veces a los de Oriente Medio. También se han usado para comprar armas para la guerra de los Balcanes, pero en general con el apoyo de los servicios secretos europeos y americanos, que por esa vía podían sortear el embargo que ellos mismos aprobaban en la ONU. Pero, no sé si me sigue: todo eso son asuntos de política exterior. ¿Qué le importa eso a la policía belga?

–Supongo que nada.

–Lo ha comprendido usted.

–Gracias, Degand.

–Absolutamente nada. Primero, porque por mucho empeño que pongan la policía y los jueces, una y otra vez se encuentran con obstáculos políticos, con la rivalidad de los servicios secretos, con pruebas que desaparecen, con..., sí, en fin, con testigos que mueren. Mientras la opinión pública no se escandalizó por ello, del aeropuerto de Ostende salían con frecuencia cargamentos de armas con destino a países africanos en guerra.

Degand detuvo su largo discurso, se quedó un momento como asombrado de haber hablado tanto. Miró a su jefe pidiendo permiso para continuar; Lebeaux siguió con los ojos clavados en él, sin hacer un gesto. Degand se revolvió inquieto en la silla; decidió seguir su exposición.

—Si han detenido a algunos traficantes importantes de diamantes y armas es porque se volvieron demasiado ambiciosos o porque dejaron de ser útiles: los mismos traficantes que estaban protegidos cuando enviaban armas a Irán con el apoyo de los servicios secretos estadounidenses cayeron en desgracia cuando siguieron haciéndolo por su cuenta; lo mismo sucedió en el Congo: al principio era bienvenido cualquier apoyo a Kabila contra Mobutu; pero cuando Kabila decidió instaurar un monopolio del comercio de diamantes y no someterse a los dictados del FMI, de pronto se persiguió a quienes comerciaban con él.

—¿Qué tiene que ver eso con nosotros?

—Poca cosa. El banco y las empresas que dependen de él han sido muy sensibles a los deseos de la política; digamos que nos hemos sabido adaptar a las necesidades del momento, y renunciar a negocios jugosos que podrían habernos enfrentado con gente muy poderosa. Pues bien, ahora es uno de esos momentos.

—Corríjame si me equivoco, Degand, pero estábamos hablando de la mafia rusa.

—Y de los diamantes, señor Lebeaux.

»Cuando los indios empezaron a sustituir a los judíos en Amberes no pasó nada. Indios, judíos, todo es lo mismo. Compran sin preguntar mucho, venden, se conocen todos entre sí; el delito está en la procedencia de los diamantes o en que el suministrador use el dinero para blanquear dinero, pero no en la transacción propiamente dicha. Y, como decía, los delitos tienen lugar fuera de Bélgica, y además esas operaciones han supuesto unos ingresos considerables al Estado belga. Buena parte de los diamantes acaban en el mercado legal, y Amberes es el centro principal del comercio de diamantes legales. El problema se plantea con la llegada de los rusos. Ahí la policía empezó a mostrar interés por el origen del dinero, por la procedencia de los diamantes, por las prácticas comerciales. ¿Por qué?

–Dígamelo usted, Degand.

–Porque el dinero de los rusos proviene del tráfico de drogas y de mujeres. Y estos tráficos ilícitos sí tienen lugar en Europa. Hacen aumentar la delincuencia, suponen un drenaje de capitales –que van a parar fuera de Europa Occidental–, interfieren con las estructuras de poder establecidas, que pueden aceptar numerosos delitos, pero no aquellos que las debilitan.

–Se me está usted volviendo comunista, Degand.

Degand carraspeó y se llevó a los labios la taza vacía. A Lebeaux siempre le fascinaría su falta de sentido del humor.

–Además, suministran con armamento los conflictos internacionales –a menudo junto a serbios y ucranios– no siempre respetando los intereses de nuestros gobiernos, más bien, tienen una cierta tendencia a ir en su contra. Pero es que hay más.

–¿Más?

–Quiero decir que las cosas son aún más graves de lo que le estoy diciendo.

Lebeaux dio un repentino empujón al escritorio, proyectando hacia atrás el sillón con ruedas en el que estaba sentado. Se quedó separado metro y medio del escritorio, pero tras ese gesto violento que parecía anticipar un exabrupto o alguna acción igualmente impulsiva, no vino nada. Pasaron bastantes segundos antes de que, con gesto resignado, incitase a Degand a seguir el relato de desdichas. La ironía con que lo hizo le sonó falsa a él mismo.

–A ver, Degand. ¿Con qué va a seguir alegrándome la mañana? Seguro que tiene usted muchísimos recursos.

–Es que, además de los rusos, están Al Qaeda y Hezbolá.

–Yo dirijo un banco, estoy en el consejo de administración de varias empresas.

–Hay cosas que se tienen que tener en cuenta.

–¿Quiere que le diga cuántos ministros y exministros se sientan en los consejos de administración de los bancos belgas?

–Los americanos se han despertado por fin, señor Lebeaux.

–¿Cuántos de ellos tienen cuentas en Luxemburgo y en Suiza?

–Y los israelíes también.

–¿Cuántos políticos están en la nómina de Elf-Aquitaine y sabían de los tratos de esta con dictadores africanos, de sus sobornos? ¿Cuántos están al tanto de la creación de bandas armadas por empresas occidentales que expulsan y aterrorizan a los habitantes donde hay metales, petróleo o diamantes? ¿De verdad tengo que decir yo estas cosas?

–¿De qué estamos hablando, señor Lebeaux?

–Dígamelo usted, ¿de qué demonios estamos hablando? Los servicios secretos y los gobiernos hacen lo mismo que nosotros, y además nos utilizan. ¿Qué me importa a mí un puñado de fanáticos musulmanes? Soy un banquero, no un espía. Y hago lo que hacen todos los demás. Negocios. La política no me interesa.

–Podemos hundirnos, señor. En este negocio no hay que nadar contra la corriente, sino a favor de ella.

–Bonita imagen. Pero dígame: ¿Sabe usted cuánto ha costado crear las estructuras bancarias, hacer los contactos, pagar las comisiones que nos han permitido estar activos en el sector?

–No con exactitud.

–¡Por el amor de dios, Degand! Tampoco yo lo sé con exactitud. Era una pregunta retórica.

–La retórica nunca fue mi fuerte, señor Lebeaux. Por eso no me hice fiscal. Pero de todas formas no estoy proponiendo desmontar toda la infraestructura. Lo que propongo es:

»A: no importar directamente diamantes del este de la RDC (cuya extracción la controlan rebeldes y guerrilleros), comprárselos únicamente a las empresas del gobierno central, y dedicar una mayor parte de nuestro esfuerzo financiero a las importaciones de coltán de Ruanda y Mozambique –siempre a través de empresas interpuestas que lo reexporten a países menos problemáticos–, y de diamantes de Sudáfrica; el banco prestará los servicios financieros a dichas operaciones a través de bancos en paraísos fiscales y el producto lo comprarán empresas participadas por nosotros;

»B: en la RDC debemos ampliar nuestra colaboración con la empresa estatal Gécamines, para que parezca que todas nuestras actividades llevan la aprobación del gobierno;

»C: sólo financiar operaciones con diamantes certificados –aunque la certificación sea falsa sería muy difícil exigirnos responsabilidades–;

»D: no aceptar garantías en metálico salvo de clientes de confianza;

»E: realizar una investigación de las distintas empresas del ramo para no operar con aquellas que tengan una fuerte participación rusa.

»Y, el punto más importante, F: distanciarnos de nuestros socios libaneses que podrían estar reciclando dinero por cuenta de Al Qaeda y Hezbolá.

Los dos hombres se quedaron en silencio. Lebeaux mirando al techo, Degand por encima del hombro de Lebeaux y a través del ventanal hacia la calle.

–Supongo que estará preparando propuestas detalladas.

Degand dejó de juguetear con la taza, la depositó en la mesa y extrajo una carpeta de plástico del maletín que había tenido todo el tiempo sobre las rodillas.

–Aquí tiene una descripción de la situación. Debería usted organizar un encuentro con los representantes de las industrias de metales no ferrosos africanas y con las refinerías que compran el metal –en particular la americana, la china y la finlandesa; con la ucrania habría que organizar una reunión aparte, ya le explicaré por qué–. Y creo que debería permitirme ir a África unos días.

Lebeaux no respondió inmediatamente. Así que su buen Degand quería marcharse unos días a África. ¿Tendrían razón los chantajistas? ¿Era Degand uno de esos que abusaba de niñas, que organizaba orgías con soldados en las aldeas que conquistaban? De ser así, tenía que librarse de él cuanto antes. Eso sí que podía destruir, no el banco, pero sí su propia reputación: Degand era su colaborador más estrecho, quizá demasiado estrecho, desde hacía muchos años.

Degand aguardaba instrucciones. Con el maletín sobre las rodillas, sentado con la espalda tiesa, el peso ya casi sobre las plantas de los pies, como un hombre que en el autobús está llegando a la parada en la que se va a apear.

–Ha estado usted en África en enero. ¿Le ha cogido el gusto?

–Si me permite que me exprese así, África es un vertedero. Nadie iría allí por gusto.

–Déjeme primero leer el informe. Después le diré lo que hay que hacer. El precio del coltán está por los suelos. No estoy seguro de que sea una buena opción.

–Yo le hablo desde un punto de vista jurídico; la estrategia económica debe fijarla usted.

–Que es exactamente lo que estoy diciendo, querido Degand. Pero antes de que le envíe de viaje a África, hágame un favor.

–El que usted quiera, señor Lebeaux.

–Déjeme resuelta esta mierda del chantaje.

–Estoy en ello, señor.

–Pues termínelo. Saben más de lo que creíamos.

–¿…?

–Dicen que están dispuestos a tirar de la manta y a desvelar mis negocios con diamantes. Que estamos aliados con asesinos. Al parecer piensan ustedes igual; deberían quedar para tomar unas copas. Han llamado. Quieren el pago en tres días.

–¿Dan algún detalle sobre nuestras actividades allí? ¿Tiene usted la grabación?

Lebeaux inspeccionó el rostro de Degand: una máscara funeraria.

–No.

–¿No? Sería útil…

–Le digo que no la tengo. La grabadora no funcionó. No le hace ninguna falta. Era una mujer, quiere el dinero en tres días. Me van a llamar para darme las instrucciones. Le he dicho que estoy de acuerdo con el pago. ¿Qué más quiere saber?

–Una mujer.

–Eso es.

–¿Y dónde quieren el dinero, en un paraíso fiscal?

–En un maletín. Como en las películas.

–Mejor. Mucho mejor así. Son unos aficionados.

–Es todo. Degand. Prepare un plan para dentro de tres días.

Tras algunos titubeos, Degand se puso en pie. Quería preguntar algo más, pero no se atrevía. Lebeaux dejó de prestarle atención; abrió la agenda y se puso a consultarla con gran concentración.

—Claro, claro. Ya le diré... Por cierto, cuando vuelva a llamar..., si no le importa, escuche los detalles de la entrega. No discuta. Acéptelo todo. En fin, me retiro.

—Adiós, Degand.

Pero Degand no se movía de su sitio. Sin duda sospechaba que faltaba algo; no le gustaba que le ocultasen información. Se creía que nada podía funcionar si no controlaba él todo. Pues bien, las cosas no eran así.

—¿Señor Lebeaux?

—Hum.

—Cuando hable con ellos, el día de la entrega...

—Hum.

—... insista mucho en que le lleven la foto.

Lebeaux levantó la cabeza sorprendido. Degand siempre conseguía desconcertarle.

—¿Y para qué queremos esa foto mugrienta?

Hacía mucho tiempo que no veía a Degand sonreír, pero esa vez la sonrisa, primero un mero amago, una ligera contracción de los labios, acabó por abrirse casi hasta las orejas del abogado, quien incluso se permitió soltar una carcajada. Lebeaux no le encontraba la gracia.

—Para nada, señor. Absolutamente para nada. Pero ellos deben pensar que es importante para nosotros, que de verdad estamos dispuestos a pagar por ella.

En ese momento la secretaria llamó por el interfono.

—Sí.

Degand se despidió en silencio y salió del despacho.

—Su mujer está al teléfono.

—Dígale que estoy ocupado.

—Ya llamó antes, señor Lebeaux. Y le dije que estaba usted ocupado.

—Perfecto. Pues entonces ya tiene usted experiencia y sabe cómo se hace.

Lebeaux cortó la comunicación. Hizo girar el sillón y se quedó mirando la ciudad a sus pies. A pesar del tiempo espléndido que hacía, Lebeaux torció la boca con desagrado. En algún lugar, en esas callejuelas de aldea medieval que aún sobrevivían como residuos de otros tiempos, se paseaba gentuza que se creía con derecho a extorsionar a otros porque habían sabido desenvolverse en la vida mejor que ellos. Paladeaban su rencor enjuagándolo con cerveza en baruchos llenos de fracasados, justificaban su propia impotencia echando la culpa al sistema, al capitalismo, a la globalización; ignorantes que nunca comprenderían el significado de esas tres palabras, pero daba igual, el caso era desfogarse, berrear en manifestaciones, inventarse un enemigo común, creerse víctimas inocentes: antes culpaban al demonio o a los judíos, ahora a la globalización; vivían con la cara metida en el barro, pero en lugar de levantarla y salir de la porquería se limitaban a buscar un responsable de sus desdichas. Y que no le dijesen que a los pobrecitos la sociedad les había dado menos oportunidades. Era una cuestión de genes: por eso los padres de esos miserables no fueron menos miserables que ellos. En fin. Pronto, en dos o tres años, se iría a vivir a Suiza, al borde del lago. Lejos de ese hormiguero de mediocres, del rebaño informe y vulgar que había ocupado las calles.

Estaba deseando perder de vista esa ciudad de mierda.

MARLENE Y CLAUDE

El canario se había caído del columpio y se apoyaba contra un costado de la jaula. Tenía un tic raro en una pata. Claude habría tenido que inclinarse hacia delante para verlo, porque Marlene iba sentada en el asiento central de la furgoneta y ocultaba la jaula con su cuerpo, pero no le hacía falta ninguna ver el animal. Marlene se encargaba de contarle con detalle cada uno de sus síntomas. Sin omitir que abría el pico una y otra vez, buscando aire, el pobrecito.

Claude apretó las mandíbulas.

–¿Y no vas a hacer nada? –preguntó Marlene.

Claude resopló por la nariz.

Quitó las manos del volante y las tendió hacia el parabrisas, mostrando la larga hilera de automóviles parados que obstruían el túnel. ¿Cómo podía preguntarle si no iba a hacer nada? ¿No veía que era imposible hacer nada? ¿Tenía que insistir así, machacarle, volverle loco precisamente porque no podía hacer nada?

–Se va a morir –anunció Marlene.

Claude se esforzó por no mirarla. Hacía varios minutos que Marlene se pasaba una y otra vez la lengua por los dientes superiores como si les estuviese sacando brillo. El labio de arriba se iba abultando de un lado a otro según la lengua se deslizaba sobre los dientes o insistía en uno de ellos, quizá entre dos, eliminando alguna partícula molesta. Claude buscó los cigarrillos en la guantera. La cajetilla que sacó estaba vacía. La estrujó con una mano y abrió la ventanilla con la otra. La bocanada de gases de combustión que entró en el coche le hizo carraspear.

–Cierra esa ventanilla, que pareces subnormal.

Claude tiró la cajetilla despachurrada por la ventana; subió el vidrio.

–Dame un cigarro, anda.

–Eres un mierda.

–¿Qué quieres que haga? ¿Eh? ¿Qué quieres que haga? ¿Me lo puedes decir? Tú dime algo práctico en lugar de pasarte la mañana jodiéndome. ¿Tienes algún plan para salir del túnel? ¿Una salida de emergencia? ¿Una puerta a otra dimensión o a un universo sin coches? Dímelo. Dímelo y yo hago lo que sea para dejar de oírte.

Marlene no respondió enseguida. Mantuvo fija la vista al frente, y cuando respondió lo hizo en voz baja, controlada, como si recitase de memoria un verso del que no estaba segura.

–Comenzar a tocar el claxon, yo saco un pañuelo por la ventana y al menos salimos del túnel.

–Qué lista. Y si nos para la policía, ¿qué?

–Les explicas que el canario se estaba asfixiando.

–Y se mean de risa.

Marlene hizo otra pausa. Sentía sobre ella la mirada de Claude. Por eso, no porque le hiciese ninguna gracia el asunto, fingió una sonrisa irónica.

–¿Vas a dejar que se muera para que no se rían de ti? Qué poco coraje.

Claude se asomó por delante de Marlene; al canario se le habían doblado las patas y parecía que, si no lo sostuviese la pared de la jaula, caería de costado.

–Haberlo dejado con tu madre. Nadie te mandaba traerlo a casa.

Marlene volvió a pasarse la lengua por los dientes. Bajó el quitasol, se inclinó hacia adelante e inspeccionó los dientes en el espejo del reverso. Se puso a limpiar los intersticios con la uña. Cuando terminó, volvió a subir el parasol.

–Cobarde –dijo, sin rabia. Una mera constatación.

No hubo respuesta. Claude murmuraba entre dientes como si conversase con un ser sobrenatural responsable del estado del tráfico en Bruselas. Gesticulaba con las manos dando énfasis a sus críticas. Nada se movía allá afuera, salvo el temblor de los tubos de escape y las nubes de gases de combustión que le provocaban picor en los ojos.

–Daniel seguro que me está esperando.

–Se va a morir.

–Si es que no se ha quedado dormido.

–Cómo se va a quedar dormido si está asfixiándose.

–Daniel, que lo mismo Daniel se ha quedado dormido. No sería la primera vez. Además, también me estoy asfixiando yo. ¿No te preocupa que yo me trague toda esta mierda?

–No digas tonterías.

La fila de automóviles no se movía. Debía de haber ocurrido un accidente a la salida del túnel. Y siempre había imbéciles que no pensaban en apagar el motor o que lo dejaban encendido para mantener la calefacción. Claude puso la radio y empezó a pulsar botones sin ton ni son a ver si encontraba por casualidad una emisora que diese información sobre el tráfico: desde el principio le había desconcertado ese aparato cubierto de botones y teclas; si los fabricantes le preguntasen a él, y seguramente a muchos otros, volverían a las radios con una rueda que hace moverse una aguja mientras va pasando de una emisora a otra. Pero los fabricantes no preguntaban a nadie. Sacaban al mercado productos que nadie quería ni sabía cómo utilizar. El caso era obligarle a uno a comprar aparatos con miles de funciones inútiles. Y vete a una tienda a pedir el modelo de radio o de televisor que te ha durado treinta años, uno de esos modelos sencillos que cumplen exactamente el objetivo para el que fueron diseñados. Te miran como a un retrasado mental; como a un pobre idiota que no se entera del mundo en el que vive; como a un anciano desorientado al que hay que hablar con voz y sonrisa particularmente amables y ayudarle a encontrar la puerta de salida, y luego los empleados sacudirán la cabeza con la misma sonrisa aún pegada como una careta y se sentirán superiores y a la vez eso, tan, tan amables.

–Me rindo.

Dejó de toquetear los botones y se recostó contra el respaldo. Quizá porque estaban dentro de un túnel, no salía del aparato más que una sucesión de chirridos y crujidos que nada tenían que ver con la voz humana.

–Apaga de una vez.

Claude apagó la radio. Volvió a abrir la guantera y tanteó en el interior agitando rápidamente su manaza como un hurón hambriento que acaba de meterse en la madriguera de un conejo. La sacó vacía. Tras algunos segundos pegó un puñetazo contra el salpicadero y apretó el claxon con las dos manos, ininterrumpidamente.

–A buenas horas.

»Mira. Ya está.

»Se murió.

»Gilipollas.

El canario se había caído de costado y tenía las patas en el aire. Claude se quitó el cinturón bruscamente, se apoyó en los muslos de Marlene para alcanzar la jaula –no le era fácil mover sus casi cien kilos entre el asiento de la furgoneta y el volante–, dio un tirón de ella para acercársela, abrió la puertecilla y, arañándose la manaza contra los barrotes, empuñó el pájaro, antes de que Marlene acertase a reaccionar. No se paró a comprobar si de verdad estaba muerto. Bajó nuevamente la ventanilla.

–Te juro que me las pagas. Como lo tires me las pagas.

Claude dudó. Dejó la mano unos segundos en la manivela de la ventanilla.

–Ni se te ocurra, Claude. Si lo haces, por estas que…

Marlene no supo cómo terminar, qué amenaza bíblica podía hacer caer sobre la cabeza de su marido.

–¿Si lo hago, qué? –preguntó Claude, pero no esperó la respuesta. A pesar de que lo reducido del espacio le impedía estirar el brazo, estrelló el canario contra la pared del túnel. Lo lanzó como quien arroja una piedra para verla rebotar sobre la superficie de un lago; tan sólo con la fuerza del giro de muñeca–. Se acabó. Ya no hay canario. Ahora te tranquilizas y me dejas en paz.

La cola de coches no avanzaba un milímetro. Y el aire estaba cada vez más cargado de gases. Claude encendió el motor. Si los demás le estaban asfixiando porque no querían pasar frío, que tragasen ellos también su humo. Escuchó el sonido del motor frunciendo el ceño, ligeramente inclinado hacia adelante, con la preocupación de un hipocondríaco que vigila el ritmo de las propias pulsaciones buscando aceleraciones o arritmias, indicios de una enfermedad solapada; y era verdad que había un leve petardeo, una irregularidad en la combustión que le preocupaba; quizá era que estaba bajo de punto, o que la gasolina estaba adulterada y llevaba menos octanos de lo que decían –de cualquier manera a él le parecía que desde que se introdujo la gasolina sin plomo los coches tiraban peor–. Mientras escuchaba atentamente los síntomas que sin duda desembocarían un día en una costosa reparación, observó de reojo que Marlene se estaba mordiendo el labio inferior; la barbilla le temblaba ligeramente. Hacía todo lo que podía por no llorar. Pero la conocía bien. Era cuestión de tiempo. Un minuto, en un minuto se va a poner a llorar, pensó.

–Tiene que haber sido un accidente de los gordos– comentó y, tras no obtener respuesta, puso una mano en la rodilla de Marlene. No era cuestión de pasar el día entero de morros por un maldito canario, un canario que para colmo tenía el pico roto y había que alimentarlo con un cuentagotas y un palillo en el que Marlene pinchaba diminutas partículas de comida para mantener con vida al bicho. Al fin y al cabo, la noche anterior lo habían pasado bien. A quien se le dijese: después de tantos años juntos todavía se divertían de lo lindo en la cama. En la cama o donde les pillase. Claude sonrió, una sonrisa pícara que no obtuvo réplica. Era verdad que tenían que beber un poco para entonarse, no demasiado, pero si bebían lo justo la cosa iba sola. Después de doce años. A quien se le dijese.

La pierna de Marlene era de granito, una pierna de estatua griega, e igual de fría era la mirada que clavaba en el coche de delante. Claude retiró la mano y sacó el móvil del bolsillo de la camisa. No había cobertura.

–Daniel estará harto de esperar. Menos mal que no tiene otra cosa que hacer.

Varios de los vehículos situados más adelante pusieron el motor en marcha o sus conductores pisaron el acelerador como para despertar a la máquina, eh, atención, allá vamos, y una nueva nube de gases emergió de los tubos de escape. Aunque nada se había movido, Claude también pisó el acelerador.

–Por fin.

Ahora sí, lágrimas silenciosas corrían por las mejillas de Marlene, que rebuscaba en el bolso, probablemente un kleenex. Cuando lo encontró, se sonó con él. Giró otra vez el parasol para verse en el espejo. Retocó con el kleenex usado las manchas de rímel. Guardó el pañuelo y miró un buen rato por la ventanilla.

–Qué mala leche tienes, Claude. De verdad.

–Mujer.

–Qué mala leche. Te juro…

Marlene le dio un puñetazo en el hombro y una palmada en el muslo derecho, que Claude recibió esperanzado. Eso quería decir que se le estaba pasando el enfado.

Claude fingió que le hacía mucho daño.

–Ay, ay, salvaje. –Era lo bueno de Marlene: rencorosa, cero. No una de esas mujeres que se pasan días sin hablarte porque has dicho una tontería o se te ha olvidado darle las buenas noches, que de esas hay por ahí a montones–. Anda, cariño, encuéntrame un cigarrillo. Total, con el humo que estamos tragando…

Marlene sacó una cajetilla del bolso.

–No te lo mereces.

–Si ya estaba muerto. No lo íbamos a enterrar en un tiesto.

Marlene le dio otro puñetazo en el hombro, encendió el cigarrillo, se lo puso en los labios.

Como para celebrar la reconciliación, la fila de coches empezó a avanzar lentamente. Al cabo de un par de minutos habían salido del túnel y Claude abrió la ventanilla para respirar aire un poco más limpio. Giró en la Puerta de Namur, entró en la avenida de Ixelles y después, casi inmediatamente, en la de Wavre. Marlene aguardó sonriendo para sus adentros a que Claude hiciese el comentario habitual cada vez que, al llevarla al trabajo, llegaban a la avenida de Wavre. Tampoco faltó esta vez.

–Yo no sé cómo puedes trabajar en este barrio de negros. Míralos, ahí parados, sin hacer nada, rascándose las pelotas. Esperando a ver si pueden robar un coche. El día que yo gane lo bastante…

Claude se paró junto al bordillo, sin importarle detener el tráfico tras de sí. Sorprendentemente, nadie tocó el claxon. Marlene se apeó. Se asomó a la ventanilla antes de marcharse como si esperase escuchar algo.

–Anoche estuviste muy bien, muy, muy bien –le dijo Claude, y a Marlene le bastó. Se perdió en una de las galerías, un poco tambaleante sobre sus tacones de aguja, como si el rato sentada en el coche hubiese entumecido sus piernas. Tenía una buena figura Marlene; y eso que no se cuidaba particularmente, a lo mejor era que se ponía ropa que la favorecía, en este caso la falda que más le gustaba a Claude, una falda roja ajustada imitación de cuero que le llegaba hasta unos centímetros por encima de la rodilla. Al parecer también le gustaba a un africano que estaba parado a la entrada de la galería: se giró para mirarle el culo. Claude lo conocía de sobra.

–Eh, tú que miras.

El africano ni le oyó. Asintió con un gesto apreciativo y se volvió otra vez hacia el culo que tanto le había gustado, pero Marlene ya había doblado una esquina y se había perdido en la parte posterior de la galería.

–Negros de los cojones –murmuró Claude. Arrancó con un violento acelerón.

Claude entró en el salón, después de empujar la puerta entreabierta, mirando a su alrededor con desconfianza, como si hubiese esperado encontrar allí mujeres desnudas por el suelo, un cadáver, el rastro de alguna depravación. Iba vestido de faena, remangado hasta los codos, el vientre haciendo presión contra los botones del mono, la cabeza algo hundida entre los hombros, parecía un boxeador retirado que ha cogido grasa por estar alejado del cuadrilátero y los entrenamientos.

Había dejado la furgoneta mal estacionada, bloqueando en parte una salida de vehículos; le tenía dicho a Daniel que le esperase siempre abajo, para no tener que buscar aparcamiento. Pero ni caso, y esa vez ni siquiera le había contestado por el portero automático cuando le gritó que bajara. Se había limitado a abrirle la puerta y Claude subió los doce pisos –por suerte esa vez el ascensor no estaba estropeado– pensando que tenía que haberle sucedido algo. Cualquiera de sus catástrofes habituales.

Lo encontró sentado en el borde de la cama, ya vestido, pero aún sin zapatos. Se frotaba la frente con los ojos cerrados.

–¿Qué pasa?

–Nada. No pasa nada. He soñado que se me caía el cabello. Toda la almohada estaba llena de pelos míos.

–¿Has estado tomando alguna mierda? Habíamos quedado hace media hora.

–Ya, ya lo sé. No empieces otra vez.

Claude lo contempló unos instantes, pero no consiguió que levantase la cabeza o abriese los ojos.

–Bueno, pues cuando te salga de los huevos nos vamos a trabajar.

Salió pegando una patada al marco de la puerta y bajó en el ascensor sin esperar a Daniel. Él también se emborrachaba a veces, pero no tomaba ninguna de las porquerías que se metía Daniel en el cuerpo. Y la cuestión no era tomar o no tomar, eso allá cada cual. Pero a las ocho de la mañana él estaba ya dispuesto para el trabajo, sí señor. Con la bebida es así: quien aguante, que beba, y el que no, que tome leche.

Daniel no tardó más de cinco minutos en reunirse con él en la furgoneta. Entró en ella sin decir una palabra, y así, en silencio, realizaron buena parte del trayecto.

–Esta vez nos toca St. Josse –dijo Claude al llegar a la plaza Madou. No aguantaba mucho tiempo las situaciones de tensión, enseguida buscaba el apaciguamiento o el encontronazo. Daniel aceptó de buena gana la oferta; necesitaba animarse un poco para soportar el día, a ver si así salía del sopor de las pastillas.

–¿Sabes algo del piso?

–No, no fui yo a verlo, pero por la calle que es será un piso de moros.

–No creo.

–Ya estamos, ¿y por qué no va a ser de moros, listo? ¿Tú te has paseado por esas calles? Sólo se ven chilabas y chadores. Si aquello parece El Cairo, te lo juro.

–Ya, pero los moros no llaman a una empresa como la tuya. Los moros tienen familias numerosas, muchos amigos y poco dinero. Un belga puede morirse solo sin que nadie se entere salvo el perro; la muerte de un moro es un acto social. Y no van a pagar el poco dinero que tienen contratándote a ti. Además, que la mayoría de las cosas no las tiran; si no quieren algo, lo venden.

–Moros o cristianos, da igual, en ese barrio no nos vamos a hacer ricos.

Claude aparcó la furgoneta delante de la casa. Era un edificio de ladrillo, de exigua fachada, probablemente construido en los años treinta. El estado de la puerta y las ventanas delataba que desde entonces no se habían hecho muchos arreglos. En medio de la calle un grupo de adolescentes jugaba al balón. Claude lanzó una mirada preocupada a la furgoneta, pero no se atrevió a pedirles que se fuesen con el balón algo más lejos.

—Estos te rajan los neumáticos en menos que te lo cuento —murmuró.

Claude comprobó la dirección en un papel que se sacó del mono y buscó el timbre que correspondía al nombre. Les abrió un anciano escuálido y de ojos vivaces que adornaba su cabeza con un bonete de rayas y el mentón con una barba larga, rala y canosa. El ropón hacía juego con el gorro. Dio la llave a Claude y le explicó que el apartamento que buscaban estaba en el segundo piso y había pertenecido al antiguo dueño de la casa, un belga, hasta que se la fue vendiendo piso a piso a él y su familia, también el apartamento del segundo, pero con la condición de quedarse en él hasta morir. Precisamente, el hombre había muerto unos días atrás y no habían conseguido localizar a los parientes. Alguno de los muebles era aprovechable, a él mismo le habría venido bien una cama que aún estaba arriba, una cama doble en muy buen estado, y un frigorífico casi nuevo, pero, conociendo a los europeos, lo mismo si aparecía algún pariente le acusaba de haber robado a un muerto. Por supuesto, sintiéndolo mucho, iba a tener que ser un trabajo con factura, por si luego se complicaban las cosas. Pero no podía darles más de doscientos euros, y ya era mucho para él.

Claude dudó un momento, pero, de todas formas, no tenía otro encargo para ese día.

Ya desde el bajo notaron un olor raro. En el primer rellano se encontraron con tres chicas jóvenes; llevaban la cabeza cubierta por el hiyab y, aunque no usaban velo, se tapaban el rostro subiéndose casi hasta los ojos los bordes de sus chaquetas de lana. Se estaban riendo.

—Sí, taparos la cara, golfas, como si no viésemos que os estáis riendo de nosotros.

Claude y Daniel continuaron ascendiendo las escaleras, seguidos a unos pasos por las tres jóvenes, a las que vinieron a sumarse dos chiquillos también norteafricanos. El olor se hacía más intenso a medida que subían.

–Claude, ¿tú qué crees que nos vamos a encontrar ahí arriba?

–Un cadáver. El chivo ese de las reverencias lo mismo espera que vaciemos la casa con muerto incluido.

–Y si está todavía ahí el muerto ¿qué hacemos?

–Qué quieres que hagamos, dejarlo ahí. Somos traperos, no la funeraria.

–Bueno, pero ¿lo dejamos sobre la cama o lo depositamos en el suelo y nos llevamos la cama?

Ambos empezaron a reírse, más por nervios que por otra cosa. Al llegar al segundo se pararon delante de la puerta. Sus seguidores también se pararon unos escalones más abajo, cuchicheando y riendo.

–Qué peste. ¿Y si nos vamos y dejamos al chivo que se las arregle solo? –propuso Claude.

–Necesito el dinero. Debo el alquiler y ya me han enviado la carta avisándome que si no pago me quitan el apartamento.

Claude suspiró. Metió la llave en la cerradura, giró, y dio un empujón a la puerta. El hedor les llegó con una vaharada tan asfixiante como si hubiesen abierto la puerta de un piso en llamas.

–Yo me voy –anunció Claude tapándose la nariz–. Si ahí dentro hay un cadáver, lleva un mes sin sepultura.

Daniel estaba conteniendo las arcadas, pero negó con la cabeza. Desapareció en la vivienda, lanzándose por la puerta con decisión de bombero.

Claude casi había alcanzado la calle cuando Daniel lo llamó por el hueco de la escalera.

–No es un cadáver –le animó.

–Da igual. Apesta.

Claude subió unos tramos de escaleras, pero se quedó indeciso en el penúltimo.

–El retrete no funciona. Y quien ha vivido aquí no lo ha mandado arreglar. La bañera también está llena de mierda –le dijo Daniel desde el rellano.

–Qué asco. Yo no entro.

–Venga –Daniel bajó de dos saltos hasta donde estaba Claude y le arrastró de un brazo sin hacer caso de sus protestas–. Casi no hay muebles. En dos horas hemos terminado.

Claude remontó los peldaños de mala gana, subiéndose las solapas del mono hasta los ojos; entonces entendió que las chicas no se tapaban la cara por pudor, sino porque habían sabido lo que se avecinaba. Daniel ya había abierto las ventanas del salón y de la cocina. Le siguió al dormitorio, comprobando con alivio que la cama estaba vacía y abrió la ventana de par en par.

Hicieron el trabajo a toda prisa, sin importarles si los muebles, pocos y baratos, se llevaban arañazos o se les rompía la vajilla que iban casi tirando dentro de las cajas. Claude se negó a entrar en el baño, así que fue Daniel quien descolgó el armario sin vaciarlo y arrancó la lámpara de un tirón, intentando no mirar el interior de la bañera, lleno de una masa oscura, acuosa, en la que flotaban hojas de periódico medio podridas. Cuando terminaron, bajaron la escalera corriendo, seguidos por las risas de varios inquilinos de la casa.

Ya en la furgoneta, con las ventanillas bien abiertas, se les fue pasando el asco.

–Hoy no te has comido el bocadillo.

–Ni tú te has parado a investigar los cajones e inventar historias.

–No las invento. Las deduzco.

–Ya. Y ¿has deducido algo?

–Poca cosa.

–Yo sí he descubierto una: era un cerdo. Esta semana no hay más encargos –dijo Claude cuando llegaron ante el edificio donde vivía Daniel, un bloque gris de trece pisos de viviendas sociales, construido en los años sesenta en medio del barrio popular de Les Marolles, en cuya puerta dos placas, una en neerlandés y la otra en francés, conmemoraban la inauguración por el rey Balduino en 1958, el año de la Exposición Universal y de la construcción del Atomium–. Te aviso en cuanto salga algo. ¿Vienes luego al bar?

–No sé, ya veré.

–Venga, no te quedes ahí encerrado. Se te está poniendo cara de murciélago.

–Bueno, a lo mejor nos vemos luego.

Marlene aún dormía, arrebujada en la manta, de la que sólo asomaba su cabello color óxido, en cuyas raíces se distinguía una mezcla de canas y cabellos castaños. Parecía mentira que, siendo peluquera, no prestase algo más de atención. Se había tapado hasta casi la cabeza cuando Claude abrió la ventana para fumar un cigarrillo. No es que no quisiese fumar en el dormitorio –los dos lo hacían–; sencillamente, le gustaba fumar el primer cigarrillo de la mañana asomado a la ventana, exhalando el humo hacia el aire fresco.

Era domingo. Y era también la primera mañana en la que se sentía la primavera. El cerezo del jardín de enfrente, un árbol descomunal que ocultaba la vista de las fachadas traseras de varias casas, se había cubierto de diminutas flores color rosa. Las palomas las picoteaban. O a lo mejor lo que picoteaban eran los brotes tiernos. A saber. Claude había comprado una escopeta de perdigones y de vez en cuando se ponía a matar palomas. Los disparos eran poco ruidosos y, como disparaba desde el interior de la habitación, sin asomarse a la ventana, nadie sabía de dónde salían. Cuando no tenía nada que hacer y el clima lo permitía, abría la ventana del dormitorio, se sentaba en una silla en el otro extremo del cuarto con la escopeta sobre las piernas y aguardaba, sin prisa ninguna, inmóvil. No era raro que una paloma, a veces incluso una pareja, fuese a posarse sobre el alféizar. Entonces él, tan lentamente que se sorprendía las escasas ocasiones en las que las palomas levantaban asustadas el vuelo, encaraba la escopeta. La paloma recorría el alféizar con sus movimientos intermitentes, sincopados, organizados alrededor de ese ojo alucinado que de vez en cuando le descubrían allí al fondo, apuntando.

Pum.

Lo que más le llamaba la atención era que si llegaba una pareja de palomas y él conseguía matar una, la otra no siempre huía. Miraba hacia arriba, hacia adentro, hacia abajo, giraba una y otra vez la cabeza como un periscopio en busca del barco enemigo, pero la orden de escapar al peligro no llegaba a su cerebro de pájaro.

Además de estúpidas, las palomas eran una plaga asquerosa. En un folleto repartido por el Ayuntamiento pidiendo a los vecinos del barrio que no les echasen de comer, se decía que transmitían no se sabía cuántas enfermedades y que sus cagadas corroían la piedra de los monumentos. No servían para nada; pájaros feos, grises –las blancas parecían haber desaparecido–, que no cantan ni se comen los mosquitos; sólo sirven para llenarlo todo de cagadas. ¿Quién sería el genio al que se le ocurrió llevar palomas a las ciudades? Los vecinos deberían estarle agradecido, hacer un monumento al hijo de puta, una estatua a la que fuesen a cagarse todas las palomas de la ciudad; y lo mismo tenían que hacer con la vieja de enfrente, una chiflada que salía siempre a fumar a la terraza –aunque nevase– y les echaba migas de pan, a pesar de la prohibición. Marlene se enfadaba si lo descubría disparando contra ellas. Qué burro eres. ¿A ti qué te han hecho los animalitos? Por eso Claude solía dispararles cuando Marlene no estaba.

Aún era temprano y no se escuchaba ningún ruido en las casas vecinas. La ventana del dormitorio de Marlene y Claude daba a la trasera del edificio, por lo que tenían una buena vista de los jardines encerrados dentro de la manzana: dos hileras de pequeños jardines, todos del mismo tamaño, separados por muros de ladrillo. Un vecino, dos casas a la izquierda, había añadido sobre los muros una alambrada de espino para que no pasasen los gatos, que pasaban de todas formas, sobre todo si olían del otro lado a alguna gata en celo, aunque obligados a realizar lentas y complicadas contorsiones.

No siempre había tanto silencio; a veces se escuchaba a los niños jugando, la música de un vecino, los gritos provocados por peleas conyugales, también a alguien que todos los días practicaba el saxofón sin que con el paso de los meses se apreciase progreso alguno; pero a Claude todo eso no le molestaba. Uno no puede vivir en la ciudad y esperar no oír más que el canto del gallo como si estuviese en el campo –aunque también durante un tiempo hubo un gallo en el vecindario–. Sólo le molestaban las palomas.

Las palomas y los vecinos de la izquierda. Una pareja de alemanes que había comprado todo el edificio: cinco pisos para ellos solos. Mientras unos se conformaban con un piso sin reformar, aún con todas las cañerías de plomo –que por lo visto también causaban enfermedades– y sin terraza, sólo con un balcón tan pequeño que apenas cabía una silla, otros rehabilitaban una casa entera, jodiendo al vecindario durante un año con el ruido de la obra, y tenían cinco pisos, terraza y jardín. Los de al lado no eran los únicos; como el barrio estaba cerca de las instituciones europeas, un montón de funcionarios estaba comprando casas por allí, haciendo que se disparasen los precios de la vivienda y echando a los antiguos inquilinos, gente que llevaba toda su vida en el barrio y que de la noche a la mañana se veía obligada a liar el petate e irse a la puta calle. Todo legal. Ancianos de ochenta años que vivían de una pensión miserable tenían que buscarse de pronto una vivienda; y encuentra un piso a un precio asequible en la zona. O te vas al extrarradio o te jodiste. Y luego dirán que la ley es igual para todos.

Pero los de al lado le caían especialmente mal; si se los encontraba en la calle hacía como que no los veía; nunca le habían gustado los alemanes; y esos habían pintado las paredes del jardín de amarillo, se habían gastado en plantas lo que ganaba él en un año y habían hecho un estanque en medio de un jardín que no tenía ni seis metros de ancho por diez de largo, un estanque…

Claude se quedó mirando el agua; allí abajo, en el fondo, se movía algo. Tiró la colilla hacia el estanque pero se quedó corto y cayó en la hierba.

–Cierra la ventana, anda, que hace frío.

–¿Sabes lo que han hecho los de al lado?

–¿Quién?

–Los alemanes. Han puesto peces.

–¿Eh?

–Peces. Han puesto peces de colores en el estanque; los estoy viendo desde aquí. ¿Cómo se puede ser tan gilipollas?

–Les gustarán los peces. Antes también teníamos uno en una pecera. ¿Te acuerdas de *Tommy*?

–¿Sabes lo que va a pasar como vuelva el frío? Que no va a quedar ni uno. Cuando se hiele el agua vas a ver. Van a quedar atrapados en el hielo y los va a dejar como una crepe. Así de finos.

Marlene había sacado la cabeza de debajo de la manta. Estaba pálida. Más bien: verdosa. A Claude le parecía que había envejecido muy rápidamente en los últimos tiempos. La piel se le había puesto…, no sabía cómo decirlo: rara, tenía una piel rara, como quebradiza. Y se le habían caído un par de dientes. A ver si iba a resultar que tenía algo malo.

–Creía que estabas dormida.

–Lo estaba. ¿Has hecho café?

–Eso si no se los comen antes los gatos. Qué risa me iba a dar. –Claude cerró la ventana. Entró en el baño, que se encontraba junto al dormitorio, dos escalones más arriba–. Yo me voy ahora. He quedado con Daniel. Ya sabes.

–En realidad, todo esto es una idiotez.

–Ya.

–Ese chico va a acabar mal.

–Ya.

–Y tú también si te metes en esas cosas. Además. ¿Para qué os sirve seguirle?

–Pues porque Daniel dice… –el resto fue incomprensible.

–Si te cepillas los dientes mientras hablas no se entiende nada. Voy a hacer café. ¿Quieres?

Marlene aguardó un momento la respuesta que no llegó. Fue a la cocina. Entre el ruido de cacharros escuchó de nuevo la voz de Claude. Qué manía tenía de hablar de un cuarto a otro. No le hizo caso. Al cabo de unos minutos, cuando el café ya estaba listo, apareció Claude.

81

—Toma, te he preparado a ti también.

—Te he dicho que no quería.

—No has dicho nada. Te pregunto las cosas y no respondes.

—Te contesto y no haces ni caso. Diga lo que diga da igual. Haces lo que te parece.

—Nunca respondes, Claude. Es como hablar con una pared.

—Estás sorda.

—Y tú idiota.

Claude se dobló con dificultad para atar un cordón que se le había vuelto a soltar. Antes Marlene le ataba los zapatos cuando se daba cuenta. Ven, desastre, le decía, y le ataba los cordones sonriendo, porque los zapatos de Claude siempre habían tenido una habilidad especial para desatarse. Eran como el gran Houdini. Por muchos nudos que hiciese a los cordones, sus zapatos siempre conseguían liberarse. Eso le había hecho mucha gracia a Marlene. «Mis zapatos son como el gran Houdini.» Bueno, no le hizo gracia al principio, sólo cuando le explicó quién había sido Houdini. Y luego le contó que murió ahogado en un río de no sabía dónde porque por una vez no consiguió zafarse de las cadenas, abrir el saco y la caja fuerte en los que le habían metido antes de lanzarlo al agua para que demostrase su arte. Era una historia que le había contado su padre, más o menos, quizá con un final diferente, aunque Claude recordaba que había algo trágico en él, y así se lo contó a Marlene, aunque no estaba seguro de cuánto era inventado y cuánto verdad; desde luego Houdini era alguien capaz de deshacer cualquier nudo. Hay que ser hombre para morir así de tontamente, fue el comentario de Marlene, cuyo sentido práctico era muy superior a su gusto por las aventuras. Pero probablemente tenía razón. Las mujeres nunca se ponen a prueba.

—Anda, dame una taza.

Marlene la puso sobre la mesa con un gesto brusco.

—Que digo que qué sacáis siguiéndolo. ¿Qué pensáis, que se pasa el domingo enterrando cadáveres o algo así, que vais a averiguar algo importante, precisamente un domingo?

—Te lo he dicho ya, mujer. Daniel dice que si sabemos más sobre él, sobre lo que hace, con quién está, dónde viven sus hijos, qué se yo, luego puede dejar caer esos detalles en la conversación, para que sepa que está vigilado. Para que le entre un poco de canguelo. No me mires así. ¿Qué? ¿Que no nos vendría bien el dinero? Si no es nada, mujer, para él eso es lo que se gasta en el perro.

–¿Tiene perro?

–Y yo qué sé si tiene perro. Qué preguntas más tontas haces.

–Eres tú quien ha hablado del perro.

Claude prefirió no seguir discutiendo. Marlene podía quedarse pegada a un detalle y todo lo demás le daba igual. Lo único que querría saber era si tenía perro y luego de qué raza o cómo se llamaba y hasta si tenía cachorros. No le importaba si el banquero era un asesino o un capitalista explotador y cabrón.

–Yo, con sacar para una furgoneta nueva me conformo –explicó, como si respondiese a una pregunta de Marlene–. Nada más. Una furgoneta. No es mucho pedir.

–¿Y yo? ¿Yo qué saco?

–Tú más que yo. Si compro una furgoneta me hago autónomo, gano más, y entonces sí que puedes gastar lo que quieras. Y un día dejas esa peluquería de negros. Te quedas en casa limándote las uñas.

Marlene soltó una carcajada.

–Nos mudamos a un apartamento con jardín y hacemos un estanque.

Claude se rio también.

–Con peces de colores.

Claude dejó la taza sobre la mesa, se frotó los labios con las manos. Dio un beso a Marlene. A pesar del café, el aliento le olía a mala digestión.

–Me vuelvo a la cama –dijo Marlene, al parecer más una reflexión en voz alta que una información.

–Tú que puedes.

Marlene escuchó al momento los pasos pesados de Claude descender la escalera. Iba a despertar a todos los vecinos. Los del piso de abajo se habían quejado más de una vez del ruido de las pisadas, pero qué querían, Claude no podía caminar ligero ni aunque se lo propusiese. Estaba en su naturaleza. Se asomó a la ventana del dormitorio y se quedó mirando los peces, que nadaban despacio, con leves ondulaciones de la cola, como si ellos tampoco hubiesen despertado del todo.

–He estado en la biblioteca.

Daniel levantó la vista de la cerveza que estaba bebiendo. Ja, dijo, como si fuese el inicio de una carcajada, pero no prosiguió. Enarcó las cejas, sacudió la cabeza, se encogió de hombros, sonrió. No parecía saber cómo reaccionar ante la información.

–¿Has aprendido mucho? Nunca es tarde.

–Si dejas de reírte de mí te cuento lo que he aprendido. Si no, te vas a la mierda. Además, me debes dos cincuenta.

–¿Y eso?

–Te clavan dos euros cincuenta por hacerte un carnet semanal.

–No los tengo.

–Nunca tienes.

–Si te pago me tienes que invitar a las cervezas. Mejor mañana.

–Marlene dice que soy tonto.

–Marlene te quiere.

Claude se quedó un momento pensativo, intentando averiguar si había un insulto en las palabras de Daniel. Pero estaba deseando contarle las noticias.

–Hoy no había trabajo así que me he ido a la biblioteca. La conocía de cuando hicieron unas reformas; yo entonces hacía chapuzas para un contratista. Oye, qué sitio más siniestro. Y hablan todos bajito, como si no quisiesen que los oigas. No creas que ha sido fácil, pero una empleada me ha echado una mano. Bueno, lo ha buscado ella. Por cierto, no hay quien aparque tampoco allí; esta ciudad está cada vez peor.

–Por culpa de los extranjeros, seguro.

–Pues sí, listo. Si no hubiese tanta gente de fuera esta sería una ciudad habitable.

Daniel chasqueó la lengua y se giró en la silla como para no seguir frente a él. Para Claude era incomprensible que alguien que había estudiado no se diera cuenta de la relación entre una cosa y otra. La ciudad se había llenado de moros, negros, polacos y toda esa gentuza del Mercado Común. Y con ellos habían llegado los atracos, el tráfico de drogas, el robo de coches y la corrupción política. Años atrás, cuando era niño, podías pasear por las calles sin temor a que te pusieran una navaja delante de la nariz. Pero atrévete a caminar ahora por Anderlecht o Molenbeek después de anochecer. Sin ir tan lejos, la misma calle Haute se estaba poniendo que daba miedo.

–Escúchame un momento.

–Claude, joder.

–Un momento, ¿vale? Te pido que me escuches un momento. –Aguardó unos instantes. Decidió proseguir ante la falta de reacción de Daniel–. No es una cuestión ideológica. O sea que no me llames fascista ni esas tonterías. Tú sólo dime cuántos habitantes tiene Bruselas. Bueno, te lo digo yo: un millón. Más o menos un millón. ¿Sí?

Daniel asintió. Le estaba escuchando.

–De ese millón, la tercera parte son extranjeros, casi todos árabes.

–No son árabes: son norteafricanos, turcos, kurdos, armenios…

–Vale. Son lo que tú quieras. No vamos a discutir por eso. Pero ¿sabes cuántos hijos tienen como media los belgas? ¿Y sabes cuántos hijos tienen como media los extranjeros?

Al parecer no lo sabía, porque no respondió.

–También te lo voy a decir yo: las familias extranjeras tienen tres veces más hijos que los belgas.

–¿Qué vas a hacer, repartir preservativos en Molenbeek? A cada moro que veas le das una caja.

–No digas tonterías, Daniel.

–Les explicas cómo se utilizan.

–No digas tonterías.

–Les haces una demostración.

–¿Me vas a dejar terminar?

–Ya me lo sé, Claude.

–¿Ah, sí? ¿Qué voy a decir? A ver, listo, termina tú.

–Vas a decir que como son tantos se llevan todos los subsidios; las ayudas a familias numerosas van a extranjeros; las viviendas sociales más grandes también.

–Pues no, listo. No voy a decir eso. Tú te crees que como tienes carrera eres el único que sabe las cosas. Y los que no hemos estudiado somos tontos.

–No es eso, Claude...

–Ah, ¿no? ¿Qué es? ¿Por qué no puedes escuchar nunca hasta el final?

–Vale, perdona.

–Perdona, no, no vale. ¿Me escuchas o no me escuchas?

–Que sí. Continúa.

Claude hizo un silencio digno; tiró de la cintura de los pantalones hacia arriba como para acomodarlos mejor sobre su panza, aunque, por estar sentado, no consiguió que subiesen ni un centímetro.

–Es una cuestión de matemáticas.

–Matemáticas.

–Exactamente. Si los extranjeros y los belgas continúan reproduciéndose a ese ritmo, dentro de sólo dos generaciones habrá en Bruselas más extranjeros que belgas.

La expresión de Claude era tan solemne y a la vez compungida como la de un alto dignatario anunciando su dimisión por causa de una enfermedad grave.

Daniel le puso una mano en el antebrazo esforzándose, sin conseguirlo, en disimular una sonrisa.

–Claude.

–En dos generaciones. Nada más.

–Claude.

–Qué.

–En dos generaciones tú y yo estaremos muertos. O a punto de morir.

–No entiendes. No entiendes nada. Estoy pensando en nuestros hijos.

–No tienes hijos. Y yo tampoco.

Claude levantó las manos, con la palma hacia arriba, los dedos ligeramente curvados, y se quedó mirándolas. Parecía uno de esos colonos del lejano Oeste que en una película americana explican a un lechuguino de ciudad cómo, con esas manos, han levantado el país. Pero Claude no pronunció un discurso patriótico.

–Dime la verdad. Mírame a los ojos y dime que te da exactamente igual que Bélgica se convierta en una sucursal de Rabat. Que te da igual que los belgas, que la nación belga, desaparezca.

–Claude…

–Mírame a los ojos.

Daniel obedeció. Desde debajo de unas cejas como de malo de una película de Charlot, los ojos de Claude aguardaban incrédulos, oscilaban ligeramente de derecha a izquierda en una negación que no se transmitía al resto de la cabeza.

–Claude, me da igual si dentro de dos días Bélgica desaparece, y si no desaparece, me da igual que esté poblada por negros, por amarillos, por judíos. Me da igual siempre que no importen aquí alguna de las dictaduras de sus países de origen.

Claude asintió largo rato, cabeceando con más cara de perplejidad que de comprensión. Compuso el gesto sufrido de una persona a la que no importan los reveses porque sabe que el tiempo le dará la razón; después disparó la gran pregunta, aquella que, contestada con sinceridad, sólo tenía una respuesta posible, una respuesta esclarecedora que devolvería el mundo a su eje, la sociedad a sus goznes, la verdad a su trono.

–Ahora dime, mírame a los ojos, ahora dime que no te importaría lo más mínimo que tu hermana se acostara con un negro. Saber que se la está tirando un negro.

A Daniel no pareció sorprenderle el nuevo ángulo de la discusión. Respondió pacientemente y sin desviar la mirada.

–No me importaría que Chantal se acostara con un negro. Tampoco me importaría que lo hiciese con dos negros a la vez.

Claude evitó mostrar su decepción. Estaba seguro de que Daniel era sincero. Aunque le resultase incomprensible, Daniel estaba diciéndole lo que pensaba. A Chantal, la mujer que Daniel adoraba de una manera casi indecente tratándose de una hermana, podían tirársela dos negros cada uno por un lado, y a él no le parecería repugnante; ni insultante; ni siquiera inconveniente.

—Me voy a mear —anunció por fin, como si ese fuese el resultado de sus reflexiones. Se levantó empujando hacia atrás la silla. Desapareció en los servicios situados al fondo del bar después de salir victorioso de una breve pelea con la puerta que al parecer se negaba a dejarle pasar. Cuando regresó, Daniel había pedido otras dos cervezas. Claude tomó una y dio un trago. Estaba tan fría que le pareció que los dientes iban a resquebrajársele.

—Estábamos hablando de diamantes —dijo.

—Pues no. Estábamos hablando de inmigrantes y de crecimiento demográfico.

—Olvídalo. No merece la pena. Lo que quería contarte es que tu amigo vende diamantes.

—¿Lebeaux? ¿Tiene joyerías?

Claude sacudió la cabeza con pesar fingido. Necesitaba una pequeña venganza, infligir a Daniel aunque sólo fuese una herida diminuta para hacerle pagar el desconcierto que había instalado en su cabeza.

—Parece mentira que hayas ido a la universidad. Es lo que pensaba allí en la biblioteca: nadie puede aprenderse lo que pone en todos esos libros.

—No tienes que aprendértelos todos.

—¿De cuánto te acuerdas de lo que leíste en la universidad? ¿Si abro uno de los libros que leíste y te empiezo a preguntar, sabrías responderme?

—No me acuerdo de casi nada, Claude. Hace mucho...

—¿Ves? Estudiar no sirve de nada si lo vas a olvidar después. Es mejor trabajar, hacer dinero.

—Como tú, que nadas en la abundancia.

—Vete a la mierda. Ya sabes de lo que hablo.

–De diamantes. Me hablabas de diamantes antes de ponerte a divagar sobre el sistema educativo. Claude, ¿qué te pasa hoy?

–¿Qué es divagar?

–Lo que llevas haciendo media hora.

Claude dio un rugido de impaciencia.

–Recuérdame luego que te parta la cara. Diamantes: ¿te acuerdas del escándalo de hace unos años por un caso de corrupción en varios bancos de Amberes?

–Sí, alguno acabó en la cárcel.

–Pues hay libros sobre todo aquello. Y artículos que guardan allí, tendrías que haber visto qué cantidad de revistas. Igual que sobre lo de Dutroux. Hay montones de libros sobre ese tipo que hacía películas porno con niñas y luego las mataba. A la gente le interesan esas cosas.

–¿Qué tiene que ver Dutroux con los diamantes?

–Que es lo mismo. En los dos casos pasa lo mismo.

–Claude, te juro que no entiendo de qué hablas. No sé qué te ocurre hoy. O a mí; el caso es que hablas pero no sé hacia dónde vas.

–Dame un cigarrillo.

–No tengo.

–Nunca tienes.

–Porque no fumo.

–Tampoco tienes dinero ni para comer. Y comer, sí comes.

–Ya te he dicho que te pagaré. Chantal me va a prestar.

–No me digas que le vas a pedir dinero a Chantal. Eres un cabrón.

–Claude, me voy.

–Pero si no te he contado aún…

–Por eso.

Claude rebuscó en los bolsillos. Finalmente encontró un cigarrillo arrugado en uno de ellos. Se lo puso en los labios y siguió rebuscando. No tenía fuego. Dejó el cigarrillo en la mesa.

–En los dos casos se habló de gente importante implicada. Gente muy, muy importante. Pero luego se echó tierra al asunto. Pagaron el pato tres o cuatro pringados. Como siempre. Y de los demás no se volvió a hablar.

—Sigo sin ver qué me quieres decir.

—Lebeaux.

—¿Lebeaux y Dutroux?

—Lebeaux y los diamantes. Uno de los condenados le citó en una de las primeras declaraciones como principal responsable. Pero más tarde se retrajo.

—Se retractó.

—Es lo mismo. Le ofrecerían dinero. O le amenazarían. Ya sabes: si abres la boca tu mujer no vivirá mucho tiempo. Esas cosas.

—Y ¿cómo se te ha ocurrido ir a buscar a Lebeaux en ese asunto?

—Porque yo sí me acuerdo de las cosas. Estábamos en Ostende.

—¿Cómo?

—Marlene y yo, cumplíamos diez años de casados y nos fuimos a pasar una semana a Ostende.

—Ajá.

—Y cuando tú me dijiste lo del chantaje pensé: yo he escuchado ese nombre en la televisión, cuando el escándalo de los diamantes. Y me acordaba perfectamente de la fecha, porque oímos esa historia en la tele la noche de nuestro aniversario. A Marlene le impresionó mucho. Fíjate, aquí al lado de casa, decía, y nos parece que eso no puede suceder en un país como el nuestro. Es así de ingenua, la pobre. Diamantes sangrientos los llaman. Y ¿sabes de dónde los traen?

—Del Congo y de Sierra Leona.

—Bueno, algo sí sabes.

—Se los compran a grupos armados que fuerzan a la población local a trabajar como esclavos.

—Decenas de miles de muertos, decían los periódicos. Y niños de diez años drogados que te rebanan la cabeza porque sí, por el gusto de verla rodar. Y el tráfico de diamantes se canaliza a través de Amberes.

—O sea, que es posible que Lebeaux estuviese implicado.

—Pues eso te estoy diciendo.

Daniel sonrió.

–Claude, retiro todos los insultos que te haya dicho desde que nos conocimos. Eres un genio. Voy a hacer una llamada a Lebeaux. A ver cómo reacciona. ¿Tienes una moneda?

–¿Para qué?

–Para llamar por teléfono.

Claude señaló a través de la luna del bar hacia un lugar indefinido.

–Casi ninguna cabina funciona con monedas. Además, no irás a llamar desde la esquina.

–¿Por qué no?

–Porque ya llamaste desde ahí la otra vez. A ver si te compras una televisión, joder, que pareces de otro planeta. Anda, vámonos.

–¿A dónde?

–A la otra punta de la ciudad. Para que hagas tu llamada.

Claude dejó un billete de cinco euros encima de la mesa.

–Yo invito –dijo, y el tono era más de orgullo que de queja.

En la puerta se cruzaron con Coluche. Sujetó a Daniel por un brazo. No era agradable tener tan cerca la cara de Coluche: una erupción permanente bordeaba sus labios y aletas nasales, reaparecía bajo las cejas pobladas y ascendía por su frente cubierta de escamas que se desprendían de él con cada movimiento.

–Tengo uno buenísimo; te va a gustar.

–Tenemos que irnos, Coluche.

–Espera, es muy cortito: se apagan las luces. Se enciende el proyector. Sobre la pantalla se ve a un hombre vestido con pieles que va dando rugidos. Con una mano se la menea sin parar, en la otra empuña una espada con la que va destruyendo todo lo que encuentra a su paso. ¿Cómo se titula la película?

Coluche estaba ya partiéndose de risa. Se sujetaba al codo de Daniel para no caerse al suelo de tanto reír.

–Venga, ¿a que no adivináis cómo se titula la película?

Daniel se apiadó de él.

–No, Coluche. ¿Cómo se llama?

–*Onán el bárbaro.*

Coluche soltó una carcajada algo artificial; debía de haberlo contado ya a todo el que se había encontrado esa mañana.

—*Onán el bárbaro*, tío, me lo he inventado yo. ¿A que está bien? Se me ha ocurrido esta mañana en misa.

—¿Y tú que hacías en misa, meapilas? —preguntó Claude, pero en lugar de esperar la respuesta le dio un empujón y salió a la calle tirando del otro brazo de Daniel.

—Venga, que tenemos cosas que hacer.

Coluche se quedó en la puerta, sonriendo mientras ellos montaban en la furgoneta.

—*Onán el bárbaro*. Es buenísimo —insistió. Después inspeccionó el interior del bar. Como no había nadie dentro, dio media vuelta y siguió su camino. Cuando cruzó por delante de la furgoneta, Claude tocó el claxon y soltó una carcajada ante el susto de Coluche, que resbaló y a punto estuvo de caer.

—¿*Onán, el bárbaro*? —murmuró. No entendía el chiste, pero no tenía ganas de preguntar a Daniel.

–Trabajas toda tu puta vida.

»Desde los quince años.

»Desde los quince abriendo agujeros en las calles con la taladradora para arreglar las tuberías, llueva o nieve, y entonces nadie te decía que usaras protección para los oídos; te quedabas sordo y ya está, como yo, que del izquierdo sólo si me hablan fuerte. Desde los veinte levantando paredes, ladrillo a ladrillo –no como ahora, que usan esas placas que las soplas y se caen–, poniendo tejas, subido a un andamio como un mono, que he visto caer a tres compañeros, y no te creas que luego se ha hecho nadie cargo de ellos: uno todavía vive; bueno, vive como viven los geranios de Marlene, está ahí, casi inmóvil, come lo que le eches y bebe si le das, y en los momentos lúcidos te cuenta siempre la misma historia, de cómo se vino andando desde Tournai para encontrar trabajo en Bruselas, que tampoco es para tanto, pero te lo cuenta como si hubiese participado en la batalla de las Ardenas.

»Y desde los treinta hurgando entre la basura que dejan los muertos. Y te juro que dejan basura, bueno, qué te voy a contar a ti: dentaduras postizas, bragueros, recortes de uñas, tú en aquella no estabas, el tío cerdo había ido guardando los recortes de uñas de no sé cuántos años, a lo mejor quería que las enterraran con él, pero fui yo quien abrió la caja, me dio tanta rabia que las tiré por la ventana; revistas de chicas, ni te cuento, debajo del colchón, escondidas tras los libros, en un sobre pegado por debajo de una mesa, menos mal que las pajas no dejan rastro a la larga, porque si no … ¿de qué te ríes?, es verdad. Marlene, dile a este, ¿te acuerdas de cuando vaciamos el sótano aquel en Schaerbeek?, ya, ya lo sé que tú no estabas, pero te conté, ¿no?, un sótano entero lleno de revistas pornográficas, te digo que entero, tres habitaciones con pilas de revistas que llegaban hasta el techo, tú me dirás para qué quiere alguien eso, no, por lo visto no las vendía, sólo las coleccionaba; revistas antiguas, pero también modernas, de tías y de tíos, de tíos solos quiero decir, de maricones, bueno, ni te cuento.

–Pues cuéntale también que te llevaste alguna a casa.

–Sólo de tías –puntualizó Claude.

–Se puso pesadísimo durante meses para que hiciésemos cosas que salían en las revistas.

Claude enseñó el vaso vacío a Véronique, que estaba fregando copas detrás de la barra.

–¿Una?

–Tres. ¿Y lo pasamos mal? Un tiempo estuvimos entretenidos.

Marlene tiró cariñosamente a Claude del pelo.

–Mirad a mi playboy –dijo–. Qué pena que no te hayan descubierto para el cine. Será porque la tienes pequeña.

Hubo una carcajada general en Chez Biche. Desde las cuatro mesas que estaban ocupadas en ese momento comenzaron a llegar bromas soeces sobre tamaños y posturas. *Louis*, el perro de uno de los parroquianos, se puso a ladrar y a correr de lado a lado de la taberna. Kasongo aprovechó para ofrecer sus servicios a Marlene, asegurando que los negros todos la tenían grande. Coluche se levantó con una cerveza en la mano y pidió silencio.

–Se apagan las luces, en la pantalla se ve a un hombre que se baja la bragueta, se acerca a un urinario, se la saca e intenta mear; pero por mucho que lo intenta, no sale ni una gota. ¿Cómo se llama la película?

Coluche miró a su alrededor triunfante. Ninguno lo iba a adivinar, porque se había inventado él el chiste. Se le solían ocurrir esas cosas. Era un don. Igual que otros juegan al ajedrez o componen sinfonías.

–A que no sabéis cómo se llama, ¿eh? Os lo digo yo: *¡Micción imposible!*

Poco a poco fue calmándose el escándalo y en cada mesa se regresó a la conversación o al silencio interrumpidos.

–Desde los quince, te digo.

Marlene siguió escuchando un momento, de pie tras su marido, el monólogo de Claude, a quien también escuchaba, o no, Daniel con la cabeza algo gacha, como si reflexionase; cuando vio que derivaba por caminos ya conocidos buscó con la mirada a su alrededor, evitó la de Kasongo, sentado solo en un banco, lanzando trozos de patatas fritas a *Louis*, que las cazaba antes de que tocasen el suelo; se distrajo un momento escuchando al hijo de Véronique, Jean Luc, quien desde que había obtenido un empleo fijo en Correos –Atención al cliente– iba al bar menos de lo habitual, siempre con un traje azul marino y camisa blanca: los americanos tienen desde hace años una cura contra el sida, le explicaba a Geert, al que como de costumbre le temblaban las manos, por lo que nadie se explicaba cómo podía realizar su trabajo de electricista. Hace ya muchos años que lo descubrieron, y si quisiesen podrían curar el sida en el mundo. Geert balanceó la cabeza en un gesto de duda. Te lo digo yo, con los millones que han invertido, ¿cómo no iban a descubrir el remedio? Lo que pasa es que no quieren que se sepa; no les interesa. Esta vez Geert asintió.

Marlene se desentendió de la conversación y se dirigió a la mesa de Coluche y una pareja joven que vivía un poco más abajo, en un semisótano de la calle de Capucins.

–Y no tengo nada –decía Claude mientras tanto–; vivo de alquiler, que apenas puedo pagar aunque la casa es una ruina; ¿sabes que no podemos salir al balcón porque se está viniendo abajo? Y hoy he ido al taller. Hay que soldar el tubo de escape, cambiar las zapatas, que dice que no sabe cómo no me he matado ya, y hay no sé qué problema en la transmisión, bueno, igual que cuando vas al médico, que vas a que te cure un resfriado y te encuentra una úlcera. Al final, le he preguntado que cuánto me daba por la furgoneta.

–Pero no la vas a vender. ¿Qué vas a hacer sin la furgoneta?

–No, claro que no la voy a vender. No la voy a vender porque no la quiere comprar. Porque después de insistirle una hora y él de recular como si le estuviese acercando una porquería pinchada en un palo, ha acabado llamando a un conocido suyo de Charleroi, uno que vende coches en Senegal: para no pagar licencia de exportación y la aduana para coches usados, los desmonta, exporta las piezas y vuelve a montarlas allí. Listos hay en todas partes. No sé por qué no se me ocurren a mí esas cosas.

–¿Y cuánto te da?

–Quinientos euros. Quinientos euros por una furgoneta. Por eso no voto.

Daniel levantó la mirada, parpadeó dos o tres veces, pareció entender, asintió, volvió a bajar la mirada. Se puso a arrancar con la uña un resto inidentificable que estaba pegado al tablero de la mesa.

–Porque he trabajado toda mi vida y no tengo dinero ni para arreglar la furgoneta. Y esos cabrones siguen prometiéndose no sé cuántas cosas, que son todos iguales, justicia, solidaridad, crecimiento..., coño, los oyes y parece que vivimos en un paraíso. Ellos sí, claro. Y los moros que llegan aquí, que en cuanto cruzan la frontera les ponen un piso, pagan el colegio a sus siete u ocho hijos y... ¿sabías que el alcalde de Schaerbeek está liado con una turca? Me voy a pintar yo de negro –señaló a Kasongo con el dedo– como este cabrón, a ver si a mí me da alguien algo.

–Claude, déjalo.

–Lo que no entiendo es qué haces tú aquí. Por qué desperdicias tu vida en este bar asqueroso y con un trabajo asqueroso. Tú tienes estudios. En realidad, si te lo propusieras, podrías ser uno de ellos.

Claude se sintió incómodo tras la última frase; le había salido así, sin intención de insultar a Daniel. No supo cómo continuar. Se volvió hacia donde estaba sentado Coluche, junto a la puerta. Coluche lloraba. Véronique había salido de detrás de la barra, se había sentado junto a él y le había pasado una mano por encima del hombro. Marlene asentía aunque parecía algo ausente.

–Como una pelota de tenis –decía Coluche. Claude se preguntó si era un nuevo chiste, pero no parecía–. Así de grande –dijo, formando en el aire un círculo con el índice y el pulgar de las dos manos.

–Ahora esas cosas se operan. No es como antes –respondió Véronique sin convicción.

Coluche se secó las lágrimas con la manga. Dio un trago de cerveza. Forzó una sonrisa.

–Al menos voy a tener una muerte de presidente. Voy a morir de lo mismo que Mitterrand.

–Te juro que no sé qué haces aquí –repitió Claude sacudiendo a Daniel por un hombro–. Yo, si pudiese salir…

–Yo tengo la solución.

Claude no necesitó volverse para reconocer el acento de Kasongo.

–La tengo en el bolsillo. –Kasongo señaló uno de los bolsillos de su desgastada americana azul marino–. En este de aquí.

Daniel se quedó un rato contemplando el bolsillo abultado y Claude a su vez contemplaba a Daniel.

–¿Cuánto? –preguntó por fin Daniel.

–No ha sido fácil de conseguir. Estas cosas nunca son fáciles.

–Te dije que era una rata. Ya te lo dije. Que te iba a hacer la cama.

–¿Cuánto?

–Cuatrocientos setenta y cinco, balas incluidas. Es una hermosura. ¿Quieres verla?

Daniel sujetó la mano de Kasongo cuando ya casi la había metido en el bolsillo.

–Dame dos días.

–Hasta tres –dijo Kasongo, apuntando a Daniel con el índice–. Después, si no hay trato, tengo que devolverla.

–Y no habrá trato si no cierras la boca. O ¿vas a poner un anuncio?

–Yo no lo haría, Daniel. Este se va de la boca.

–En tres días.

Kasongo asintió, golpeó el bolsillo y regresó a su sitio. Buscó al perro por debajo las mesas, pero no se le veía por ningún lado.

–Yo no puedo.

–¿Qué no puedes?

–Darte el dinero. No puedo vender la furgoneta por esa mierda. Me quedo sin nada. Y si tu plan no funciona ya sí que nos jodimos. Bueno, a lo mejor me contratarían para echar una mano de vez en cuando, como a ti.

Claude se quedó en silencio. Escuchó sucesivamente las distintas conversaciones que se desarrollaban en Chez Biche. Véronique había regresado tras el mostrador y se roía las uñas, debajo de la foto de un perro en una canasta y otras de cuando era joven, en algunas junto a su difunto marido.

Esto va a cerrar, pensó.

Cuestión de semanas. Quizá de meses.

Antes había muchos más bares así en las calles cercanas, bares en los que se reunían los vecinos del barrio, por la noche, después de salir del trabajo, a conversar con conocidos o a quedarse callados en compañía, los últimos refugios de una especie a la que le estaban robando el espacio vital. Astutos depredadores se estaban quedando con lo que fueron sus territorios. Los últimos años habían empezado a derribar edificios, a construir casas nuevas, los bares fueron sustituidos por restaurantes o por cafeterías para gente de fuera, gente a la que no se le ocurriría entrar en Chez Biche, en todo caso algún turista para hacer una foto, joder, los fotografiaban como si fuesen animales exóticos.

A la mierda.

Cuestión de tiempo, no pasaría ni un año: las mesas de Chez Biche se caían de viejas; para que no se viesen tanto los cantos desportillados de la formica Véronique los había ribeteado con cinta aislante roja. Los calefactores de principios de siglo habían dejado de funcionar años atrás, pero ya no merecía la pena arreglarlos, invertir en el local era una tontería: bastaban dos estufas de butano para calentar sus últimos meses. Si aún estaba abierto era porque a Véronique lo mismo le daba aburrirse sola en su casa que estar sentada en el bar todo el día, aguardando a que llegase alguno de los habituales, cada vez menos, porque todos iban trasladándose a otros barrios. También él y Marlene se habían ido a vivir unas calles más lejos, provisionalmente, hasta que los echasen de allí; todo el barrio se estaba poniendo imposible de caro. Por tercera vez pensó que aquello se iba a la mierda.

Posó la manaza sobre el hombro de Daniel. Qué raro estaba. Podía pasarse horas sin hablar. Y el caso es que parecía que tomaba menos porquerías.

–Tú.

–Qué.

–Que sí, que si quieres la vendo, la furgoneta. Total, jodidos estamos de todas formas. Y a Marlene le digo que no se podía reparar.

Daniel negó con la cabeza. Le sacudió cariñosamente por un hombro.

–Ni se te ocurra. –Se levantó y se despidió con la mano de Marlene–. Voy a hablar con Chantal –dijo, para Claude o para nadie.

Cuando abrió la puerta de Chez Biche entró un remolino de copos de nieve. El invierno había regresado de un corto viaje.

Hacía un frío contra el que no valían jerseys ni camisetas de lana: se colaba por debajo de la ropa como un líquido. Claude se echaba el aliento en las manos y a veces hacia el frente por el gusto de ver la vaharada flotar un momento ante sus ojos. El parabrisas estaba empañado por dentro; por fuera lo cubría una delgada capa de hielo. Desde el interior de la furgoneta apenas se podía distinguir la verja del jardín de Lebeaux.

–¿Te imaginas un kilo de carne?

Daniel no respondió. Había reclinado el asiento dispuesto a dormir hasta que Lebeaux saliese. Se había calado el gorro de lana hasta las cejas y subido la solapa de una cazadora de cuero demasiado fino para la temperatura reinante.

–Quiero decir, un kilo de carne es un buen montón de carne.

Daniel no vio, porque no estaba mirando, el dibujo que hizo en el aire Claude con las manos para ilustrar lo que en su opinión era un kilo de carne. Una cantidad respetable.

–¿Te imaginas que te saquen un kilo de carne del vientre?

–Prefiero no imaginarlo.

–No, claro, pero piénsalo. Piensa en un enorme trozo de vísceras sanguinolentas, algo que está ahí en tu interior.

–Claude, de verdad que prefiero no imaginármelo. No he desayunado.

–Pero es que es así. Entre el tumor y el trozo de útero o de matriz o como se llame, eso es lo que han sacado a la hermana de Marlene. Llega un tipo con un cuchillo y te arranca de las tripas esa masa de carne, eso que, bien mirado, hasta unos momentos antes eras tú.

–Voy a vomitar, Claude.

–Porque, si tú eres tu cerebro, tu cara, tu polla, ¿o no eres tu polla igual que tus manos?, pues entonces también eres los intestinos, y el cáncer que te crece en ellos o en cualquier otra parte también eres tú, lo mismo que si te sale una verruga en la nariz la gente te identifica por ella.

–Nunca había oído una mezcla así de filosofía y charcutería.

–Pero bien mirado, tengo razón. ¿O no? –Claude se entretuvo en limpiar el vaho de su lado del parabrisas con palma de la mano. El resultado no fue un aumento de la visibilidad. Cuando renunció, sacudió a Daniel por un brazo–. Oye ¿llevas la pistola?

–Qué más te da.

Daniel puso el asiento en posición casi vertical. Se frotó los ojos. Echó hacia atrás el gorro de lana. Cuando bostezó su mandíbula dio un chasquido.

–Que si llevas la pistola.

–Que sí.

–Hum.

Daniel se quedó contemplando su perfil, o a lo mejor estaba mirando por la ventanilla del conductor. Claude no quiso comprobarlo.

–No pienso utilizarla.

–Pero la llevas. ¿Sabes lo que me estaba preguntando?

–Parecemos un matrimonio.

–Vas a pensar que es una tontería.

–Nuestras conversaciones son de matrimonio que lleva veinte años casado.

–¿Qué hacen con lo que te han sacado de la tripa? O sea, ¿lo tiran a la basura, como tiras las vísceras del pescado? ¿Lo envuelven en un papel de periódico, o lo meten en una bolsa de plástico y lo echan así al contenedor?

–Se ha abierto la verja. Va a salir.

Claude puso el motor en marcha. Aceleró dos o tres veces para despertarlo. Puso el ventilador al máximo y dirigió el aire hacia el parabrisas.

Efectivamente, al cabo de poco más de un minuto asomó por la verja el morro de un Jaguar, y Lebeaux, tenía que ser Lebeaux, tomó en dirección contraria a donde estaba aparcada la furgoneta.

–Así no tengo que dar la vuelta.

–No te pegues mucho. A lo mejor vio la furgoneta el otro día en el golf.

–La verdad es que sigo sin saber para qué le seguimos. Primero, se nos va a perder en algún semáforo.

–Ya te lo dije. Para averiguar qué hace, a dónde va.

–Segundo, se va a meter en el garaje de un edificio en el que no podremos entrar.

–Para mencionarlo en la próxima llamada. Que sepa que está vigilado.

–Y además, si quieres que te diga lo que pienso, no te va a pagar un euro. Igual que nosotros le seguimos, podría estar siguiéndonos la policía. ¿O no lo has pensado? Lo más probable es que nos haya denunciado y le hayan puesto vigilancia.

Claude miró por el retrovisor mientras hablaba. No circulaba un solo automóvil por esa calle bordeada de setos y vegetación. Si no hubiese sido por las vallas metálicas, y quizá porque a veces, entre los árboles, se divisaba un trozo de muro blanco, una columna, la entrada de un garaje, habría podido pensarse que estaban atravesando un bosque. El cielo, de un color lechoso, cargado de nieve, estaba recortado por las ramas desnudas que hacían de palio a la carretera.

No parecía que les siguiese nadie. Ningún coche arrancó tras ellos. Pero eso no significaba nada. Podían estarles esperando más adelante, en cualquier tramo del trayecto de Lebeaux.

–Sí lo he pensado. Yo también voy controlando el retrovisor lateral. Si algo nos parece sospechoso, cambiamos de ruta y ya está.

–No tienes ni idea. Si esa gente te sigue, ni te enteras. Tú te crees que las cosas son como en la tele.

–No veo la tele.

–Que un tipo dice a otro, siga a ese coche, y con eso está todo resuelto. ¿Sabes cuántos policías se necesitan para vigilar veinticuatro horas a una sola persona?

–No.

–Te digo a una sola persona. A un terrorista, por ejemplo.

–Ha girado a la derecha.

–Ya lo sé que ha girado a la derecha, va hacia la avenida Louise. Unas veinte. Veinte policías para vigilar a una persona día y noche. Y tú te crees que los vas a ver si te siguen.

–Lo has visto en la tele.

–Sí, en un documental sobre unidades antiterroristas. ¿Y qué?

–Que decías que yo me creo que la vida es como en la tele.

Claude frunció el ceño. ¿Cómo le había dado la vuelta a su argumentación? Lo que él quería decir es que Daniel no sabía cómo son las cosas de verdad, que vivía en su mundo en el que esperaba que todo saliese como él pensaba. Que bastaba con hacerse una imagen y esa imagen se convertía en la realidad. Por eso lo de la tele. Pero ahora era él quien tenía que justificar haber aprendido algo en la tele. Empiezas a criticar por un motivo y acabas teniendo que defenderte porque se vuelve en tu contra. Era verdad: discutían como un matrimonio.

–Sabes de sobra lo que quiero decir –dijo, que es como terminaba frecuentemente las discusiones con Marlene.

–¿Dónde está? –preguntó Daniel.

Mierda, además eso. Además iba a poder reprocharle haber perdido a Lebeaux. No contestó inmediatamente.

–¿Dónde está el coche?

Enfrascado en la conversación, no se había dado cuenta de que el olor casi campestre del aire había sido sustituido por el de los gases de gasolina, y las calles desiertas, umbrías, somnolientas, por avenidas cuajadas de automóviles que avanzaban alternando nerviosos acelerones y frenazos.

–Más adelante.

–¿Dónde? Yo no lo veo.

–Yo tampoco, pero está más adelante. Si hubiese girado en alguna calle lo habríamos visto. Nos lo tapan otros coches. –Daniel volvió a reclinar el asiento sin una palabra–. Oye, me he levantado a las siete, así que no me pongas esa cara.

–No pongo ninguna cara, Claude. Pero lo hemos perdido.

–Se me han helado las pelotas para darte el capricho.

–Que no pasa nada. Lo hemos perdido y ya está.

–Ya, pero lo hemos perdido significa, Claude, idiota, lo has perdido.

–Yo no he dicho eso.

–Te conozco. Ahora pones ese gesto de reproche contenido, y encima tengo que darte las gracias. Tengo que agradecerte que seas tan buena persona y no me critiques. Qué buen tipo es Daniel, qué comprensivo. Mira cómo se esfuerza para no ponerse a darme gritos.

–¿A dónde vamos?

–Yo lo preferiría.

–¿Me dejas en casa?

–Que por una vez te quitases ese gesto de cura bondadoso y enterarme de lo que piensas.

–No pienso nada. Tampoco te estoy criticando.

–No piensas. No criticas. No te enfadas. ¿Y qué es lo que haces cuando no haces todas esas cosas? Digo yo que harás algo.

–¿Me dejas en casa?

–No.

–Lo hemos perdido de vista. No te echo la culpa de nada. Me molesta, pero ya está.

–No te dejo en casa porque está ahí. Había girado en la rotonda.

Claude sacó una sonrisa de dibujos animados: la mitad de su cara pareció desaparecer tras la dentadura. Arqueó las cejas un par de veces en dirección a un Jaguar negro aparcado al otro lado de la avenida, delante del Hotel Conrad. Daniel se caló un poco más el gorro. Lebeaux no estaba en el coche y tampoco se veía al chófer en las cercanías.

–¿Estás seguro? Podría ser otro. Los clientes de ese hotel deben de tener todos un Jaguar.

–Tiene las mismas letras en la matrícula. El número no pude verlo, pero las letras sí: CMC: Claude Marlene Claude. Me las aprendí.

–Para un segundo en la rotonda, déjame bajar y espérame en la siguiente esquina de Charleroi.

Claude se detuvo donde le había dicho Daniel.

—Deja aquí la pistola. ¿Qué vas a hacer? ¿No vamos a seguir vigilándolo? Deja aquí la pistola. No la necesitas para nada.

—Te he dicho que no la voy a usar.

Daniel se apeó de la furgoneta. El eco metálico del portazo dio varias vueltas al cráneo de Claude. En lugar de hacerle caso, Claude no continuó hasta la otra esquina. Siguió a Daniel con la mirada, lo vio sobresaltarse por el timbrazo que le dedicó el conductor del tranvía al que obligó a frenar en seco; chantajista muere aplastado por un tranvía; ese podría haber sido el titular para la hazaña de Daniel. No podía dejarle hacer las cosas solo. Iba a tener que hacerse cargo él de esa historia; Daniel vivía en su mundo, todo ocurría en su imaginación, no se enteraba de que en las calles había tranvías, ni de que a un banquero no se le hace un chantaje de principiantes. Claude iba a tener que tomar las riendas. Iban a trabajar en serio. Como los profesionales.

Daniel se acercó al Jaguar sin mirar a derecha ni a izquierda. Tuvo suerte de que el portero del hotel acabase de entrar con un cliente. Se inclinó sobre el parabrisas, giró sobre los talones como si tal cosa y regresó, viandante despreocupado, con las manos metidas en los bolsillos y el cuello la cazadora alzado. Debía de estarse helando de frío.

No protestó al entrar en el coche porque Claude no hubiera seguido sus instrucciones.

—Arranca.

Claude lo hizo, aunque de reojo lo observaba con desconfianza.

—Podías haberte encontrado con el chófer.

—El chófer no me conoce de nada.

—Ya, pero has hecho algo en el coche. Y si un tío se tumba sobre el capó de mi furgoneta yo le pregunto qué demonios está haciendo.

—Soy un aficionado a los coches. Quería verlo de cerca.

—Sí, eres un coleccionista de Jaguar y Rolls-Royce; algún que otro Ferrari.

—Da igual, Claude. No me lo he encontrado. ¿Me dejas en casa?

–Te dejo en la calle para que te congeles si no me dices lo que has hecho…
–Nada.
–Como de costumbre.
–Nada importante. Nada peligroso. Le he prendido en el limpia una fotocopia de la fotografía y otra de la noticia de *La Libre Belgique* según la cual Lebeaux habría sido acusado de contrabando de diamantes por uno de los inculpados. Para ponerle nervioso.
–Lo vas a matar de miedo. Nos vamos a quedar sin la pasta porque el pobre viejo va a morir de un ataque al corazón por culpa de tus amenazas. Ts, ts, ts.
–¿Te molesta algo, Claude?
–A mí no. Yo estoy feliz.
–Si quieres retirarte del negocio, hazlo.
Claude soltó una carcajada tan excesiva que el conductor del coche parado junto a él en el semáforo se quedó mirándolo. Claude se reía forzándose a hacerlo, para subrayar lo estúpido de la situación, pero como no había manera de hacérselo entender a Daniel, como no había una frase en la que resumir lo absurdo que era hablar de negocio, de poner nervioso a un tipo que podría comprar medio gobierno, de asustar a alguien que si quería contrataba a algún sicario kosovar para que les pegase un tiro en la nuca, así, zas, se acabó, nadie va a investigar ni preguntar, y aunque lo hiciese sería imposible que descubriesen por qué han matado a ese par de desgraciados sin oficio ni beneficio, misteriosa muerte de dos traperos, la policía sigue buscando el móvil del crimen. Ja. Ja, ja. No había manera de explicarle a Daniel que su negocio estaba en quiebra antes de ponerse en marcha. Así que se forzó a reír abriendo mucho la boca e inclinándose como si quisiese apoyar la cabeza sobre el volante.
–Verde – dijo Daniel.
–Que me salga del negocio, dice.
–Lo que digo es que el semáforo está verde.
–Y tú.
Los primeros bocinazos animaron a Claude a meter primera y reanudar la marcha. Lo malo era que no se podía discutir con

Daniel. Era como hablar con una piedra. Así que iba a tener que actuar. No le quedaba otro remedio. No por el dinero, que no confiaba en llegar a tener nunca. Pero sí, al menos, para que no le pasase nada a Daniel. Iba a tener que convertirse en un maldito ángel de la guarda.

–Los queman –dijo de repente Daniel. Claude asintió mientras dirigía el coche hacia la calle Haute. Luego se subió a la acera para poder detenerse y dar tiempo a Daniel a apearse sin que empezasen a pitarle–. Los restos humanos de los hospitales. Creo. Hay incineradoras para residuos hospitalarios.

–¿Los fetos también?

–Supongo. Algunos embriones los usan en experimentos de reproducción de células, bueno, y para más cosas.

–O sea, que incineran los fetos como si fuesen basura.

–Y el cáncer de la hermana de Marlene.

–Qué asco.

–¿Y qué van a hacer? ¿Enterrar los despojos? Aquí yace el hígado canceroso de la señorita equis. Sus apenados parientes…

–Digo lo de los fetos. Es como quemar a una persona.

–Deberían guardarlos en formol, como hacen en algunos museos con los reptiles; y si los expusiesen se podría ir a visitarlos. «Mira, este es el feto que abortamos, fíjate cómo se parece a papá, tiene su misma frente.»

–¿Qué vas a hacer?

–¿Ahora?

–Sí.

–Desayunar algo. ¿Quieres subir?

–No. Voy al almacén, a ver si puedo sacar algún encargo extra para el fin de semana.

–Llama por teléfono.

–No es lo mismo.

Daniel apretó la mano de Claude; cuando la fue a retirar, Claude le sujetó con fuerza.

–¿Sabes que Marlene abortó hace tres o cuatro años? Me costó Dios y ayuda convencerla, pero ¿qué íbamos a hacer con un niño?

–Claro.

–Yo la acompañé. Estuve allí mientras le metían un tubo por abajo y aspiraban al niño; porque es eso, meter una aspiradora y sacarlo como si fuese mugre.

–No pasa nada –dijo Daniel al cabo de un rato. A Claude le pareció que podría haber dicho alguna otra cosa. Algo más..., no sabía qué. Faltaba algo. Daniel era así: hablaba todo el rato, pero sólo para dentro; conversador incansable consigo mismo. Por eso tomaba las mierdas que tomaba: para cerrar el pico a la voz que llevaba en el interior como un altavoz encastrado.

–¿Cuándo le vas a dar el ultimátum?

–Hoy mismo.

–Cuando haya que recoger el dinero yo te acompaño.

–Por supuesto.

Daniel descendió de la furgoneta. Golpeó el cristal con los nudillos como última despedida y entró en el patio de su edificio. Claude no arrancó inmediatamente. Estaba preguntándose cómo enterarse de cuándo se haría la entrega. Porque lo que sabía era que Daniel no tenía intención de avisarle. Lo conocía de sobra. Intentaría hacer las cosas solo. Iba listo.

Marlene se levantó de la silla al tercer intento. Oía las voces a su alrededor como si fuesen recuerdos. Distorsionadas, de pronto le parecieron voces de papagayos. Lorito bonito, dijo y se quedó sujeta al respaldo de la silla. Iba a vomitar. Tenía la impresión de que el vientre se le había llenado de humo y tenía la lengua untada de ceniza. ¿Dónde estaba Claude? Se iba a marchar a casa. Soltó un eructo silencioso. No sabía dónde había dejado las llaves. Se dirigió al baño. De camino tropezó con Kasongo, sonriente como siempre. Se sujetó a su antebrazo y él dijo algo que no entendió. Habría hablado en suajili. Se rieron los dos. No era tan malo, Kasongo. Sintió que la empujaban hacia el baño aunque ella ya no tenía ganas de ir. Entró de todas formas. El olor a orines era asqueroso. Quiso cerrar la puerta, pero no lo consiguió, no sabía por qué. Mierda de puerta. Se quedó un momento de pie, mirando hacia el retrete y sintió humedad en la mano derecha. La miró. Era saliva. Sentía el estómago lleno de aceite, a punto de rebosar. Luchó un rato con las arcadas, que le venían sobre todo si cerraba los ojos. No iba a cerrarlos más. Dio media vuelta, buscó el picaporte de la puerta un buen rato. Se iba a poner a llorar, porque el hijo de puta de Claude nunca había querido hacerle un niño. Y además había matado al canario. Lloriqueó un momento en voz baja. Se pasó una mano por el pelo. No recordaba de qué color lo tenía: ¿se había teñido ya de pelirrojo o aún no? Iba a preguntárselo a Claude, aunque Claude era un cabrón que no quería tener niños. ¿Qué pasa, que no se cree que ella es una buena madre? Uno de sus dedos encontró algo. Un agujero en la madera. Tiró y la puerta se abrió hacia adentro, haciéndole perder el equilibrio y un daño intensísimo en el dedo, como si se lo estuviesen arrancando de cuajo. Apoyó la palma de la mano izquierda sobre los azulejos. Le dio un escalofrío. Tenía la mano izquierda helada y la derecha abrasándose. Cuidadosamente, para no caerse, retiró la mano de la pared y la juntó con la otra. Ya no sabía cuál ardía y cuál se congelaba. Eso la mareó aún más.

Marlene salió tambaleándose, con el estómago cada vez más pesado. Se golpeó varias veces seguidas, muy deprisa, una muñeca con la otra mano. Sintió que se le doblaban las piernas, pero no consiguió caerse. El loro seguía hablando a gritos. Marlene quería buscar a Claude entre la gente; por mucho que lo intentaba, no lograba girar la cabeza; tenía que girar el tronco entero, como la víctima de un accidente de tráfico, como alguien que se ha caído de un caballo. Habían atornillado su cabeza a los hombros, y esa rigidez en el cuello le estaba produciendo un malestar como nunca lo había sentido. Yo me voy a casa, dijo, y acto seguido intentó agarrar una jarra de cerveza que había sobre una mesa.

Nada le salía bien. La jarra estaba más lejos de lo que había pensado. Se resignó a no beber. Se resignó a quedarse allí de pie y a esperar que alguien la llevase a algún sitio.

Se encogió de hombros.

Vamos a ser ricos, comentó en voz muy baja, y le pareció que todos se callaron, como si estuviese conversando con cada uno de ellos.

Vamos a nadar en pasta, pensó, porque ese cabrón tiene muertos sobre su conciencia: muertos. Y esos muertos le van a costar lo que yo me sé.

Era muy curioso. Todos la miraban como si pudiesen oír lo que decía, con una gran atención, verdaderamente interesados por lo que estaba contando.

Y Claude va a comprarse una furgoneta nueva.

Alguien la tomó por los hombros y la sacudió.

Cállate, idiota, le dijo ese alguien, aunque ella no había dicho absolutamente nada. Le dio una arcada seca. Tenía un ovillo de lana sucia en la garganta.

La empujaban. Por la espalda, una mano la empujaba como para derribarla. Marlene no sabía si caminaba o sólo se estaba tambaleando por los empujones. La enfadaba mucho que la tratasen así, pero no sabía cómo defenderse. El suelo había desaparecido de repente. O más bien: el suelo seguía ahí, pero ella no lo notaba bajo los pies, no de verdad. Sintió frío y de pronto le llamaron la atención las luces de las farolas, como si el frío saliese de ellas. Claude le decía no sé qué cosas y ella le gritó:

Eres un hijo de puta.

Dame las llaves de casa ahora mismo.

Son mías.

Le sacudió por el brazo. Pero él no se las quería dar.

Claude, las llaves son mías.

De pronto le entró miedo. Sentía que la cabeza se le vencía hacia el suelo, pero el suelo no se acercaba. Estaba caminando, oía las pisadas y la propia respiración. Y además nunca me has quitado a mi hijo. No era eso lo que quería decir, sino algo parecido, pero enseguida se le olvidó. Reconoció la puerta de su casa y se apoyó contra ella.

Tú aquí no entras, dijo.

Tú aquí no entras, porque lo que eres es un hijo de puta.

El otro decía cosas.

Cosas.

Pero en su casa no entraba.

Las llaves, cabrón.

Intentaba tapar la cerradura con las manos para que el otro no metiese la llave. Arañaba y luchaba con una rabia que no sabía de dónde salía. Pero la casa era suya y nadie iba a entrar en ella sin su permiso.

Se cayó o la tiraron al suelo y ella, de rodillas, seguía tapando la cerradura.

Esta es mi casa.

Después un empujón la volcó de costado. Marlene consiguió volverse hacia arriba restregándose la nuca contra el suelo; escocía. Claude estaba montado sobre ella. Cada vez que Marlene intentaba zafarse de él, Claude le golpeaba la cara con la mano abierta. No eran golpes fuertes; eran caricias; no le hacían casi daño. Marlene vio, por encima de la cabeza de Claude, una figura asomada a una ventana, una sombra rodeada de un halo de luz, como la aparición de un santo. Le pareció que se dirigía a ella, que se inclinaba ligeramente hacia adelante a través de la ventana abierta y hablaba con ella. Pero enseguida se dio cuenta de que no; el vecino alemán estaba hablando por teléfono mientras la contemplaba. Ella quiso saludar, pero no consiguió sacar la mano de debajo de la rodilla de Claude. Abrió la boca y le dio una nueva arcada.

Claude dejó de golpearla.

Marlene se lamió el labio superior.

No sabía si la humedad era de mocos o de sangre.

KASONGO

Kasongo observaba el coche de Claude desde la entrada de la galería. Vio apearse a Marlene y consultó instintivamente el reloj; Marlene llegaba tarde al trabajo; la peluquería abría a las diez y ya pasaba de la media. Allá ella. Kasongo fingió interesarse por una bandeja de cruces doradas expuesta en el escaparate de la joyería de la que acababa de salir; luego se volvió para asegurarse de que Marlene había desaparecido en la galería comercial. No tenía ganas de saludar a nadie.

Kasongo aún llevaba el diente en la mano; se volvió contra la pared, como para protegerlo de miradas indiscretas o codiciosas, sacó un pañuelo de hilo del bolsillo, lo desdobló, puso el diente en el centro y volvió a doblar el pañuelo cuidadosamente. Tenía la intención de engastarlo en oro y llevarlo al cuello colgado de una cadena también de oro. Cuando le preguntasen por qué llevaba un diente al cuello, un molar amarillento, él se limitaría a sonreír y a decir: este diente tiene su historia. Nada más.

Pero el joyero, después de hacer girar un par de veces el diente entre los dedos con expresión de repugnancia, lo había depositado sobre el vidrio del mostrador con la raíz hacia arriba y había afirmado más que preguntado: es humano, ¿verdad? Kasongo aún se arrepentía de haber dicho que sí. Porque el precio que le pidió el joyero por engastarlo fue mucho más de lo razonable. Quizá si le hubiese dicho que se trataba de un diente de chimpancé o de asno no le habría pedido tanto. Debía llevárselo a otro joyero –en la misma calle había varios y lo mismo daba uno que otro– y fingir que aquel diente no era tan importante para él. Porque la gente se aprovecha si ve que deseas algo fervientemente. Entonces te exprimen.

Si salía el negocio con Daniel, el problema estaría resuelto; incluso podría engastar el diente en oro de verdad, de veinticuatro quilates y no en oro de ley como tenía previsto. Aunque no sabía cómo se las iba a arreglar. ¿De dónde podía sacar él una pistola? ¿Y por qué se había dirigido Daniel a él para conseguirla? Debía de pensar que todos los negros eran unos delincuentes.

Pero no le desengañó. Asintió pensativo, frunció los labios, y le miró a los ojos como examinándole.

–Podría hacerse –dijo al fin. Y para darse más credibilidad, después de tomar un trago de cerveza y limpiarse la espuma de los labios con la yema de los dedos, preguntó–: ¿Algún modelo en concreto?

Daniel negó con la cabeza. Le era indiferente. Una pistola o un revólver, tanto daba. Tan sólo añadió una precisión después de pensárselo un poco.

–Que no sea muy grande.

–¿El arma o el calibre?

A Kasongo le pareció que la pregunta añadía un toque muy profesional a la conversación.

–La pistola. El calibre también me da lo mismo.

¿Para qué querría Daniel una pistola? A lo mejor estaba montando una operación interesante. Daniel, con su cara de mosquita muerta, con ese aspecto de eterno convaleciente. A Kasongo no le engañaba. Iba a averiguar qué se traía entre manos. Pero lo urgente era cerrar el trato. De lo demás ya se ocuparía más tarde.

–¿Qué presupuesto?

También eso sonaba muy profesional: presupuesto.

Daniel se encogió de hombros. Casi se le escapó una sonrisa.

–No sé. Quinientos euros… como máximo. No, espera; mejor cuatrocientos. ¿Encontrarás algo por ese dinero? O más barato si es posible.

–Veré lo que se puede hacer.

Kasongo no tenía ni idea de cuánto podía costar una pistola. Si costaba más, no se la traía y listo. Si costaba menos, de todas formas le pediría cuatrocientos cincuenta. Y cincuenta por la munición. Le prometió conseguir el arma en una semana. Necesitaba contactar a cierta gente, dijo en tono despreocupado, como si se tratase de viejos conocidos.

¿Para qué querría Daniel una pistola?

Tras guardar el pañuelo con el diente en un bolsillo del pantalón, Kasongo echó a andar avenida de Wavre abajo intentando disimular su cojera –no le gustaba que los demás la notasen–. Habían pasado ya dos días desde la conversación con Daniel y aún no había hecho nada por conseguir el arma. Y seguía sin saber a quién dirigirse. Pasó a su lado un coche que por el tamaño debía de ser americano; un coche gris con matrícula alemana, bastante abollado, del que salía un martilleo de hojalata, como si llevase piezas sueltas en el motor, y música de hip hop. Cuatro jóvenes negros movían la cabeza rítmicamente en el interior. Kasongo pensó que esa escena la había visto en la televisión.

El cielo parecía un vidrio sobre el que se ha ido acumulando el polvo. En la calzada, la lluvia que había caído durante la noche –haciendo compañía a Kasongo durante las horas de insomnio– había formado charcos de color negruzco en los que flotaban papeles y restos de comida. Kasongo cerró los ojos. Olía distinto. No olía a frituras en aceite de palma ni a lejía. Pero, a veces, cuando recorría la avenida de Wavre y sus alrededores se sentía en casa. No sólo por las tiendas con alimentos africanos, ni por las peluquerías llenas de mujeres conversando como si no tuviesen otra cosa que hacer, ni por la música que él ya había oído en Kinshasa, ni por los bares llenos de hermanos. Era la mugre: los charcos, las superficies irisadas por el aceite de motor que caía sobre el agua, los edificios a medio derrumbar, esos agujeros abiertos en medio de la ciudad como caries en una dentadura, los solares allí donde derribaron construcciones: llenos de basura, muebles viejos que arrojaban los vecinos, colchones cubiertos de mohos y manchas de orín, bidones de plástico, una bañera desportillada, excrementos de animales o personas; la sensación de que todo lo que tocases estaba viejo, embadurnado con un sebo de años, como las paredes de las galerías comerciales, sus baldosas ennegrecidas, los vidrios del techo que no se han lavado nunca, como los de un ambulatorio público. ¿Para eso había atravesado Kasongo el mundo? ¿Para no salir nunca del mismo sitio?

Entró en una tienda que olía a los pescados ahumados que parecían pegar la boca renegrida al escaparate, como peces de acuario. Introdujo una mano en un saco de alubias y se complació con el contacto fresco y liso de las legumbres. Después la introdujo en uno de garbanzos, igualmente frescos pero más rugosos, como guijarros; después en otro saco que contenía orugas secas; era como meter la mano entre la hojarasca de un bosque; también tenía la sensación de que debajo de esos cuerpos secos podía haber un animal vivo agazapado.

—Oye, mamá, ¿los plátanos a cómo están?

Kasongo levantó un racimo en el aire y lo agitó para llamar la atención de la vendedora.

La mujer no le oyó por el ruido del tráfico o no quiso responderle. Siguió ordenando la fruta en las cajas que estaban sobre la acera, a la puerta de la tienda.

Kasongo no insistió. Dejó los plátanos en su sitio, y se dedicó a hacer presión con el índice sobre la piel de varios aguacates para encontrar alguno maduro. Tomó uno que parecía menos duro que los demás y lo apretó dos o tres veces.

—¿Lo vas a comprar?

—No lo sé.

—Pues cuando sepas que lo vas a comprar lo coges. Porque luego la fruta machacada es para los cerdos.

—Aquí no hay cerdos, mamá.

—Lo que yo te diga.

La mujer se lo arrebató de la mano y lo devolvió a la caja con los otros aguacates.

—¿Por qué te pones así, mamá? Uno no compra a ciegas.

La mujer prosiguió su tarea de ordenar las frutas en las cajas. Kasongo se metió las manos en los bolsillos, salió de la tienda, caminó unos pasos en una dirección, después en la opuesta, cruzó la calle. No sabía a dónde ir. A esas horas todavía estaba cerrado Chez Biche, y él a los bares de los negros no entraba. No iba a compartir mesa con sus enemigos.

Se le ocurrió preguntar a alguno de los chicos que vendían marihuana en el barrio; conocía a más de uno, pero no tanto como para sentirse a gusto pidiéndole un contacto para comprar un arma. Una cosa es vender marihuana y otra dedicarse al tráfico de armas. Pero por algún lado tendría que empezar. Kasongo se detuvo en un locutorio para hacer una llamada a Zaire. Él seguía denominando Zaire el país, el río, la moneda; no iba también él a traicionar al mariscal, el hombre que él había visto tantas veces en televisión flotando entre nubes en el cielo, un nuevo dios que había expulsado al dios egoísta de los curas.

La madre de Kasongo estaba hospitalizada en Kinshasa en el Mama Yemo –que ya no se llamaba así, porque a todo le cambiaban el nombre– con un cáncer de estómago, al menos eso es lo que le había dicho su hermana; también le había dicho que la vieja no podía hablar porque tenía un montón de tubos metidos en la boca y en las narices y que no iba a durar mucho; se estaban gastando un dineral en medicamentos, sobre todo la morfina estaba carísima porque no se encontraba: se la llevaban a los soldados que caían heridos o a los que tenían que amputar un miembro; aunque había quien pensaba que los médicos la robaban para vendérsela a los drogadictos. La hermana había tenido que comprar las jeringuillas en la calle, y había regalado el televisor al cirujano porque se negaba a operar sin un presente. A los enfermeros también había que sobornarlos con comida y regalos, y él, Kasongo, hacía siglos que no enviaba dinero; se daba la gran vida en Europa gastando a manos llenas mientras ellos tenían que hacerse cargo de todo. El único que aportaba algo para ayudar era el menor; al final, había que dar gracias a dios por que una mina le hubiese arrancado las piernas.

A su hermano André lo devolvieron a Kinshasa en un furgón militar, con las dos piernas arrancadas de cuajo a la altura de las rodillas y con los ojos tan enrojecidos que parecía que estaba a punto de salir de ellos un borbotón de sangre. Lo habían drogado casi hasta la inconsciencia, no se sabía si con calmantes o con lo que solían tomar los soldados en el frente. Lo habían sacado de la frontera con Ruanda, donde sirvió a la patria luchando contra la chusma invasora que se había abalanzado contra el país, una banda de caníbales y asesinos, de zombis sin alma. Aprovechando que el Leopardo había sido traicionado por sus amigos y se había retirado temporalmente para lamerse las heridas, las hienas recorrían en manadas la sabana alimentándose de carroña y riéndose de los lamentos de los moribundos; lo que sobraba se lo comían los buitres que, venidos de lejos, planeaban sobre el país para conquistar los últimos despojos.

André pasó casi dos meses en el hospital. Pero cuando le dieron el alta no regresó a la casa familiar. Kasongo alguna vez lo encontraba por las calles, dando tirones a los pantalones de los hombres y las faldas de las mujeres, tendiendo la mano y suplicando como un niño, invocando a Dios; había escuchado su cantilena gimoteante más de una vez al doblar una esquina y se había dado la vuelta, no quería verlo ni saludarlo. Le producían escalofríos, él y todos sus amigos tullidos, que se arrastraban por las calles de Kinshasa, merodeando alrededor de las empresas de los blancos a los que perseguían como una manada de ratas, los rodeaban y, si el blanco no usaba la fuerza, le impedían marcharse hasta que les había dado dinero suficiente para cerveza. También lo había visto jugar al fútbol –¿cómo se puede jugar al fútbol sin piernas? ¿no tienen dignidad?– en un barrizal, con los otros tullidos, jaleados por un público de borrachos. Era repugnante, todos esos cuerpos arrastrándose ansiosamente, esas bocas jadeantes, esos movimientos de chimpancés, usando los brazos para desplazarse a una velocidad sorprendente en persecución del balón; le avergonzaba ver allí a su hermano, revolcándose en el lodo y mostrando a todos ese cuerpo de monstruo circense, de maravilla de feria ambulante, al parecer tan feliz, levantando los brazos en señal de triunfo si metía un gol, balanceándose simiescamente sobre el trasero. Kasongo no se despidió de él cuando tuvo que dejar Kinshasa. Tampoco estaba seguro de que no lo habría denunciado a cambio de algo de dinero para gastárselo con los tullidos.

Por todo eso le molestaba que su hermana no parara de llorarle, diciéndole que él no se ocupaba de nada mientras que André era el único que aportaba algo a la familia. Como si a él la familia le hubiera aportado algo. ¿Y sus hermanas pequeñas, no les daban dinero los hombres con los que se frotaban en los bailes? ¿Entonces, para qué servían?

–¿Por qué me cuentas todo esto? –le dijo durante la última conversación–. ¿Tú te crees que yo me gasto el dinero en una conferencia para que me calientes las orejas con tus lamentos? Tú ponme con mamá.

–No tienes corazón. Nosotros nos sacrificamos para sacarla adelante y tú no quieres ni oírnos. Tú eres el hermano mayor. Deberías estar aquí.

La vieja está muerta, pensó, muerta y enterrada; y mis hermanos se habrán repartido la herencia. La historia de la morfina es para justificar que luego no me quede nada. Van listos. Como consiga el dinero me voy para allá y me van a dar hasta el último zaire.

El locutorio estaba lleno de africanos, mujeres la mayoría. Solas o en grupos, conversando a voces entre sí. Decidió distraer la espera eligiendo novia. Después de inspeccionar jóvenes y maduras, niñas apenas púberes y ancianas, llegó a la conclusión de que la que más le gustaba era una joven delgada, con zapatos altos rojos, un wax de colores anudado a la cintura, una blusa azul celeste y trenzas falsas entretejidas en el pelo. Kasongo buscó su mirada insistentemente, le clavaba los ojos como un brujo haciendo un conjuro, pero no consiguió encontrar los de la chica ni una sola vez. De todas formas, era demasiado joven para él. Y demasiado guapa. Una presumida que se había aclarado la piel con mejunjes.

Kasongo olfateó el aire: sí, allí dentro olía bien, a hembra, por debajo de los perfumes que envolvían a cada una de ellas, de esas vaharadas dulzonas que las precedían y seguían, anunciando su paso y su marcha, por debajo del carmín con que resaltaban aún más sus labios, de la manteca de carité que se untaban en el cabello para desrizarlo, por debajo del sudor de sus axilas, del olor de los chicles de fresa y peppermint, por debajo de esos aromas que se fundían en el aire como líquidos que caen en el mismo recipiente, otro olor impregnaba todos los demás. Kasongo imaginaba que podía oler la entrepierna de cada una de ellas; era como si tuviese la cabeza metida debajo de la falda de cada mujer, como si pudiese ver lo que ella creía oculto, ver el color de su vello, quién lo tenía denso, quién canoso, a cuál le corría el sudor por las arrugas que se formaban entre sus muslos y su pubis, quién se había lavado esa mañana –unas sólo con agua, otras con jabón–, cuál de ellas tenía la regla.

Por fin le tocó el turno, y Kasongo entró en una cabina que por desgracia no olía a mujer sino al humo de los cigarrillos, cuyas colillas rebosaban en un cenicero de latón.

Tuvo que pagar casi un euro por escuchar la voz de su hermana en el contestador. Pobres, pero el contestador todavía lo conservan. Tenía una voz luctuosa, deliberadamente triste, ella, que cuando hablaba parecía un pavo. Kasongo no dejó ningún mensaje.

Salió del locutorio. Escupió. Dudó otra vez de en qué dirección echar a andar. ¿Dónde podría encontrar una pistola?

En la autopista Bruselas-Aquisgrán, a pocos kilómetros de la frontera entre Bélgica y Alemania, hay un área de descanso. Por el día, sobre todo si hace sol, es fácil ver allí quince o veinte coches aparcados, con las puertas abiertas o las ventanillas bajadas si la temperatura lo permite, los ocupantes de los vehículos descansando en el interior o sentados un momento en uno de los bancos de piedra. Aunque hay papeleras, objetos de plástico y cartón se arrastran por el asfalto cuando sopla viento, y en la hierba se enredan paquetes de tabaco estrujados, botellas de agua mineral, alguna lata de cerveza, y más arriba, subiendo una cuesta paralela a los aparcamientos, detrás del parapeto que ofrecen unas cuantas encinas y álamos, excrementos y los papeles –envoltorios, hojas de periódico, algún folleto de propaganda– con que se han limpiado los que usaron el lugar como letrina.

Por la mañana temprano, o ya cuando está anocheciendo, y particularmente si hace mal tiempo y a nadie le apetece una pausa para estirar las piernas, reina en el área de descanso una atmósfera extraña. Es frecuente encontrar dos o tres coches aparcados, sin nadie al volante, o con el conductor en su asiento, no durmiendo un momento o comiendo un bocadillo como podría esperarse, sino sencillamente allí sentado, como si aguardase a alguien que no puede tardar en llegar. Otras veces había visto hombres conversando al lado de los coches, bien vestidos, de traje y corbata, gafas oscuras cuando hacía sol. Kasongo conocía el lugar porque su primer empleo en Bélgica fue en una empresa de reciclado; se lo había encontrado un compañero de lucha que dirigía una red mobutista en Bruselas. El trabajo

125

consistía en ir con un conductor a recoger contenedores llenos de envases a una zona industrial cercana a Aquisgrán; más de una vez se habían detenido a la vuelta en aquel aparcamiento a fumar un cigarrillo; si regresaban deprisa a la fábrica, en lugar de agradecérselo, les daban más trabajo.

Ya entonces le habían llamado la atención los coches aparcados, en general lujosos, y que de vez en cuando algún hombre saliera de un bosquecillo cercano, montara en uno de los coches y enfilara la autopista. «Serán traficantes», le había dicho una vez su compañero de portes. «¿De droga?», le preguntó Kasongo y el otro sacudió la cabeza. «De armas; tal como están las cosas en el Este, la mitad de las armas se está viniendo hacia acá. ¿De dónde te crees que sacan los Kalashnikov las bandas que se dedican a reventar las furgonetas blindadas? De sitios como este», y señaló con el mentón hacia el bosquecillo.

La tarde que Kasongo fue hasta allí, una de esas tardes prematuramente oscuras por culpa de nubes tan densas, tan negras que parecían una ilustración del apocalipsis, había un BMW negro aparcado, un Audi de color plata y un Mercedes 390 azul. Kasongo distinguió el modelo de este último porque era el más cercano. Los tres coches estaban vacíos.

No podían ser robados. Los coches que se roban en Bélgica no se quedan a ese lado de la frontera, sino que la misma noche la atraviesan para llegar a Polonia, a Hungría, a cualquier país del Este. Coches caros como esos o deportivos. Pero no tiene sentido dejar un coche robado en un área de descanso en Bélgica. Además, si estuviesen esperando a ser sacados del país se encontrarían en un aparcamiento al otro lado de la autopista, en dirección a Alemania, y no entrando en Bélgica.

Kasongo había tomado prestado un Golf en el taller cercano a su casa en el que hacía la limpieza los domingos; él había pedido un puesto de mecánico, pero el dueño, un flamenco nacido en el Congo al que conocía un poco de sus primeros meses en Bruselas, en lugar de darle unos alicates o una bomba de engrase le había puesto una escoba en una mano y una llave en la otra; toma, le dijo, vienes cada domingo y dejas esto en condiciones; pero los coches, ni tocarlos; anoto siempre el kilometraje con el que entran. Se creían que era tonto, que sólo servía para barrer y para quitar la mierda, pero Kasongo sabía perfectamente cómo se manipula un cuentakilómetros, incluso, si las llaves no se hubiesen encontrado colgadas en la oficina del dueño, habría sabido hacer un puente. Así que sacaba un poco de gasolina del depósito de cada coche aspirándola con un tubo de goma –se había acostumbrado tanto al sabor que a veces la aspiraba tan sólo por el gusto de hacerlo– y se la ponía al coche que iba a utilizar. Cuando tuviese otra vez novia la llevaría los domingos de pícnic a la orilla de un río. Se reían de él, no le tomaban en serio, incluso sus amigos africanos le habían vuelto la espalda, pero Kasongo sabía otras muchas cosas que no decía porque es mejor que los demás ignoren lo que vales. Al enemigo sólo se le vence si se le coge por sorpresa.

El coche iba como la seda –probablemente lo habían dejado en el taller tan sólo para hacerle la revisión– y tardó poco más de hora y media en llegar a la frontera, salir de la autopista y, tomando la dirección de regreso, llegar al área de descanso. Aparcó junto al bordillo y se dispuso a aguardar a que sucediese lo que debía suceder. Estaba dispuesto incluso a pasar allí la noche si era necesario. Bastaba con regresar antes de que abriese el taller. Cayeron unas gotas sobre el parabrisas, pero sólo fue un amago.

Iba a conseguirle la pistola a Daniel. Necesitaba dinero para regresar a Zaire y averiguar si su madre había muerto, y si era así recuperar su parte de la herencia. Quizá contratar a alguien para que pegara una paliza a sus hermanos; aunque eso costaría poco; cualquier soldado lo haría por unas cervezas Tembo; en Bruselas no era fácil encontrar Tembo. Primus sí, al menos en el Matonge.

No le hizo falta esperar mucho. Cuando apenas llevaba allí media hora, Kasongo vio por el retrovisor que un coche abandonaba la autopista con los faros encendidos, entraba en el aparcamiento e iba a detenerse unos metros por detrás del Golf. Apagó las luces. Nadie se apeó. El vehículo parecía ocupado sólo por el conductor. Kasongo aguardó un rato, para ver si el otro se acercaba. No, claro, el vendedor no puede ir por ahí ofreciendo una mercancía ilegal sin saber a quién; espera a que se dirija a él un comprador.

A pesar del cielo nublado, cada vez más oscuro, Kasongo se puso gafas de sol. Se apeó y se dirigió despacio al vehículo recién llegado, un Audi descapotable –con la capota echada–, un coche de proxeneta de lujo o de traficante. Cuando Kasongo estaba llegando a él, el conductor descendió del vehículo. Se volvió como para asegurarse de que no tenía a nadie a sus espaldas; Kasongo sonrió para tranquilizarle.

–Hola.

–Hola.

El recién llegado iba vestido con un traje gris, camisa azul claro, corbata azul marino. Parecía joven, treinta y tantos, aunque tenía abundantes canas en las sienes. Llevaba gafas graduadas de montura dorada, muy pasada de moda. No parecía un traficante de nada. En todo caso un abogado. Pero la gente nunca aparenta lo que es, eso lo había aprendido bien Kasongo.

¿Cómo iniciar la conversación? No se atrevía a pedirle directamente lo que buscaba. El otro le miró de arriba abajo, como si estuviese tasando el valor de sus ropas y llegase a la conclusión de que no valían mucho.

–¿Cuánto? –preguntó el hombre.

Debía de pensar que Kasongo no llevaba mucho dinero; a pesar del coche prestado, los pantalones eran viejos, la camisa se deshilachaba por los puños, el anorak estaba tan desgastado que se le salía el relleno, el reloj, sumergible y cronómetro, era de mercadillo.

–Ciento cincuenta. ¿Le parece bien?

El otro hizo un gesto de disgusto. Quizá había esperado a un comprador de más envergadura, deseoso de adquirir fusiles de asalto o lanzagranadas. Si hacía ademán de marcharse, subiría la oferta. Es mejor empezar muy bajo, ofrecer una cantidad ridícula; así luego parece que se cede más; pura psicología.

El otro volvió a hacer un mohín insatisfecho. Pero Kasongo no transigió tan fácilmente. ¿Qué le iba a pedir? ¿Trescientos? ¿Trescientos cincuenta? Si era más, casi no merecería la pena el negocio.

–Cien es más que suficiente.

A Kasongo se le escapó una sonrisa. No había creído que fuese tan fácil. Bueno, aunque fuese una pistola de la Segunda Guerra Mundial. Daniel no notaría la diferencia.

–Perfecto. Cien entonces.

–Por ahí. –El hombre señaló hacia los árboles. Al levantar el brazo, llegó a Kasongo una vaharada de sudor–. Pasa tú delante.

Claro, no se fiaba. Kasongo echó a caminar hacia el bosque, seguido de cerca por el hombre. No había nada que temer. Era lógico que no quisiera arriesgarse a que le atacasen por la espalda; un traficante de armas seguro que no tenía muy buenas experiencias. Debía de ser un mundo asqueroso. Detrás del primer bosquecillo, apenas tres o cuatro hileras de árboles, había un claro, y poco más allá un bosque más extenso, de abetos tan pegados unos a otros que parecían ligados por una cuerda como un hato de escobas. Las ramas de unos se confundían con las de los otros; ni aunque hubiese brillado el sol habría penetrado un rayo de luz en esa masa tupida. El sendero que entraba en el bosque desaparecía de repente en aquella negrura como si allí dentro se acabase el mundo.

–Continúa.

El hombre parecía haber percibido el titubeo de Kasongo, apenas un segundo de duda, antes de atravesar la linde del bosque. Kasongo caminó una decena de metros.

–Detente. Y no te vuelvas.

Kasongo se paró. A lo lejos oía los coches que pasaban por la autopista. Algún chasquido de las ramas. No cantaba ni un pájaro; ni un animal parecía habitar aquel bosque tenebroso, ningún movimiento entre las hojas, ni roedores huyendo a su paso. Un bosque muerto, como los lugares malditos de los cuentos.

Kasongo no tenía miedo; un vendedor de armas no ganaba nada con atracar a potenciales clientes. Notó que el otro le puso la mano en la cintura, acaso iba a cachearle.

–No te vuelvas, negro asqueroso.

Kasongo se quedó quieto. Qué iba a hacer. No iba a pasarle nada. No allí, al lado de la autopista, junto a un aparcamiento, cualquiera podía llegar y verlos. ¿O sí?

–Tengo más, escondido –dijo por si acaso, para tentarle, si lo que buscaba era su dinero. El otro le desabrochó el cinturón y le bajó los pantalones de golpe, junto con los calzoncillos. Una ráfaga de aire helado recorrió los testículos de Kasongo. Se le encogieron, de miedo o de frío. ¿Le dejaría en pelotas para robarle? Acaso no era un traficante, sino un vulgar ladrón disfrazado de inofensivo hombre de negocios.

–Te puedo dar más, pero no aquí.

–¿Por qué no te callas de una vez? –Los labios del hombre recorrieron las nalgas de Kasongo. Luego fue la lengua la que fue trazando círculos concéntricos de amplitud cada vez menor–. Negro sucio, guarro.

Kasongo se sentía más ridículo que ofendido, con los pantalones bajados hasta los pies y la lengua del otro metida en el ano. Miró de reojo hacia atrás por entre el brazo y el tronco; el hombre había dejado las gafas en el suelo para que no le estorbasen. Se sujetaba a sus muslos mientras le lamía una y otra vez.

–Agáchate, negro mugriento –le ordenó mientras se incorporaba.

A Kasongo le dolió, más que cuando se le reventaban las hemorroides. No lo había hecho nunca y no sabía si le gustaba o no. Esperaba que se hubiese puesto un preservativo, pero no lo había visto. Aguantó los empujones sin protestar. Aunque intentaba girarse disimuladamente, no estaba seguro de que el hombre no estuviese armado. Además, desde que le dieron la paliza apenas podía correr; le habían roto una pierna por varios puntos y, aunque los huesos se soldaron más o menos en su sitio, los músculos se le habían atrofiado, se habían desinflado como una rueda pinchada, y la pierna ya apenas le sostenía; ni pensar en salir corriendo. Aparte de que tampoco habría sido fácil con los pantalones en los tobillos.

El otro salió de él haciéndole aún más daño que al entrar. Kasongo miró hacia el suelo a ver si goteaba sangre, pero no vio nada. El hombre le besó en el cogote.

–Toma, cariño –le dijo con voz muy suave y le golpeó con dos billetes de cincuenta euros en abanico sobre el pene erecto. Kasongo no se había dado cuenta hasta entonces de que estaba excitado. Cogió el dinero y se subió los pantalones mientras escuchaba alejarse los pasos del otro. Fuera del bosque estaban cayendo gruesas gotas de lluvia, caían aisladas, como si alguien las lanzase una a una desde las nubes. Kasongo levantó la cara hacia el cielo y abrió la boca intentando atrapar alguna. Cuando lo lograba le entraba la risa. Caminó hasta el coche con una sensación incómoda, como si se le hubiesen pegado los calzoncillos entre las nalgas; les dio varios tirones a través del pantalón, pero la sensación persistía. Se sentó ahuecando el culo y con un rictus de desagrado; tenía la impresión de llevar un pañal húmedo. Ese no era trabajo para él.

Cien euros, pensó para confortarse; o sea, unos cuatro mil francos de antes; no estaba mal; pero todavía tenía que encontrar una pistola.

¿Y si la Biblia tuviera razón?

Kasongo vivía en el segundo piso en un edificio de tres plantas de la avenida de Wavre, al lado de un solar lleno de los escombros procedentes de la casa que aún estaba en pie cuando Kasongo se mudó a ese barrio; luego sucedió lo habitual en Bruselas: el dueño echaba a los inquilinos, dejaba las ventanas abiertas o incluso quitaba unas cuantas tejas para que entrase la lluvia y esperaba pacientemente unos años. La casa se iba pudriendo, se volvía inhabitable, se convertía en un peligro para los viandantes, y el dueño entonces pedía una licencia para derribarla. Así eran las cosas en Bélgica: no había sitio para las personas. Las echaban de sus casas, como se sacaría a un animal de una madriguera. Así eran los belgas: les gustaba más derribar casas que construirlas, dejarlas vacías que llenarlas de inquilinos.

La casa en la que él vivía no la iban a derribar aún porque los hijos del dueño no se ponían de acuerdo sobre la herencia; cada vez que se reunían a decidir la venta acababan arrancándose mutuamente los pelos a puñados. Por eso la alquilaban. Trescientos euros al mes, aunque las paredes estaban comidas de hongos y los techos tan estropeados que se podía ver en algunos sitios el suelo del piso de arriba. No era mejor que la barraca en la que vivió de niño, en el pueblo de sus padres, una barraca que iba a ser una escuela blanca pero los maestros no llegaron nunca y los vecinos se adueñaron del edificio, cada familia un aula. Pero Kasongo tampoco quería vivir en la aldea donde nació, sin agua, sin luz, sin bares con actuaciones musicales; a donde deseaba regresar era a Kinshasa; un día volvería, cuando matasen de una vez al niño Kabila como mataron al padre. Pum, pum.

Entonces él regresaría y tendría una casa con piscina. Y aprendería a jugar al tenis.

Jesús libera, cura, perdona y salva.

Por la ventana podía ver la entrada de las galerías comerciales. Las tiendas vendían productos destinados a los africanos, que acudían desde todos los barrios de Bruselas: peluquerías de escaparates adornados con trenzas que parecían cabelleras arrancadas por los indios; tiendas de ropa en las que alternaban los trajes de chaqueta de enormes solapas con las wax y licras de colores chillones para las mujeres; bares de música zaireña; droguerías que vendían productos para aclarar la piel: Kasongo había pensado alguna vez probar uno para parecerse a Michael Jackson. Agencias de viaje especializadas en destinos africanos: Kinshasa, ida y vuelta, desde 699 euros; Lumumbashi, ida y vuelta, desde 999 euros; Maputo, ida y vuelta… ¿dónde estaría Maputo? También escaparates atiborrados de vídeos, nada de *Viernes 13* ni *Trampa mortal*, vídeos religiosos, en los que gente virtuosa mostraba a los pocos que se interesaran el camino a la salvación. Y, en uno de los rincones más oscuros de la galería, algo que debía de ser una iglesia, pero sin cruces, un lugar donde se reunían los negros a cantar a Dios y a dar gracias no se sabe por qué. ¿Y si la Biblia tuviera razón?, preguntaba un cartel escrito con rotulador rojo. Jesús libera, etc.

Por la noche, si no hacía mucho frío, y a pesar del olor a moho, madera podrida y polvo que aún salía de la casa en ruinas, Kasongo solía apoyarse en el alféizar para asistir a lo que sucedía en la calle como si la vida allí fuese un espectáculo representado sólo para él. Cuando terminaba la última función del cine Vendôme, a un costado de la casa derrumbada, la calle se volvía propiedad casi exclusiva de los africanos. Kasongo espiaba las conversaciones ruidosas de los jóvenes; escuchaba las risas de las mujeres; tomaba partido en las riñas interminables; apostaba consigo mismo si el próximo coche iba a atropellar a uno de esos jóvenes que se detenían a conversar en medio de la calle. Una vez vio a un blanco salir de la galería. Podía tener cuarenta años, quizá más. Llevaba la cara y la camisa llenas de sangre. Parecía desorientado. El hombre se detuvo justo enfrente del edificio de Kasongo, levantó la vista. Quería decirle algo, se esforzaba en emitir sonidos articulados a través de los labios tumefactos y la sangre. Kasongo empezó a cerrar la ventana, por si acaso. El hombre se apoyó en el techo de un auto y vomitó contra él. Después se derrumbó o se dejó caer y quedó tendido en el suelo. Fue un acontecimiento para Kasongo, porque generalmente las riñas no acababan a golpes; siempre había algún amigo para interponerse o una mujer que afeaba a gritos la conducta de los contrincantes.

También desde su ventana observaba a los jóvenes que pasaban horas parados en cualquier sitio, como si esperasen a alguien, hasta que efectivamente se les acercaba alguno, se saludaban como en las películas americanas, chocando las palmas y después los puños, conversaban un rato, despreocupadamente, el dinero cambiaba de bolsillo y la droga también. Kasongo creía conocer a todos los camellos del barrio. Probablemente ellos podrían ayudarle.

Eligió a un chico joven, desgarbado, con cara de buena persona, aunque fíate tú de la cara de la gente, al que compraba hachís de vez en cuando. Era un estudiante que vivía allí cerca, en la Maison de l'Afrique; a Kasongo no le gustaban los estudiantes que llegaban del Zaire; eran unos presuntuosos que se creían mejores que los refugiados políticos; llegaban con una buena beca en el bolsillo, con las necesidades resueltas, se creían el futuro de la nación, y despreciaban a gente como Kasongo, que había trabajado de verdad por ella y se había manchado las manos para salvarla de los mercenarios extranjeros. Ni siquiera parecían escucharle cuando se dirigía a ellos en un bar. No, ellos hablaban de la universidad, de política, de cosas importantes, no perdían oportunidad de afirmar que estaban estudiando para más tarde servir a su país. Como si no conociese a todos esos servidores; en cuanto podían hincaban las uñas en el pastel y se lo llevaban a la boca a puñados.

Mierda para ellos.

Mierda para los negros.

Pero ese joven desgarbado era distinto. No es que se fiara de él, pero le tenía aprecio porque no se había burlado cuando le enseñó el diente. Al contrario, le había ofrecido dinero por él, aunque no lo bastante como para arrebatarle su tesoro. Así que Kasongo vigiló tres noches seguidas desde la ventana la entrada de las galerías hasta que lo vio llegar calle arriba, con la cabeza ligeramente echada hacia adelante, la espalda doblada, con su aire de pájaro desplumado y su sonrisa casi eterna.

–Amigo –le llamó Kasongo y le hizo un gesto con la mano para indicarle que lo aguardara. Bajó las escaleras tan deprisa como le permitió su pierna escuálida.

–Cuánto tiempo. Te has buscado otro proveedor, seguro.

A Kasongo le gustaba el tono cordial del chico, sus bromas inocuas.

–La vida está muy cara. Hay que ahorrar. –El chico estalló en una risotada excesiva, echó aún más la cabeza hacia adelante. Se quedaron en silencio, sonrientes, como dos viejos amigos que no saben por dónde empezar a contarse sus últimas aventuras. El chico nunca daba el primer paso. Era un hombre prudente–. Esta vez necesito otra cosa…, se me olvidó tu nombre.

–Robert; pide y se te dará.

–Necesito una pistola, Robert.

La alarma se extendió por la cara del joven hasta convertirse en auténtico espanto. Miró en todas direcciones, sacudió la cabeza varias veces.

–A mí no me metas en líos. Estás loco. No me jodas, eh, no me jodas. Yo no sé nada de armas. Yo no sé nada de nada.

A Kasongo le pareció que había dado en el clavo. Tanto énfasis no podía significar otra cosa. Seguro que pertenecía a una de las bandas que controlaban la zona o que operaban en las estaciones de metro. Los Black Wolves, el Kung Fu Clan, Black Demolition, los New Jacks. Hacían bien; caña a los blancos; porque la policía te para todo el tiempo, y te pide el carnet, y te dice, sucio macaco, vuélvete a tu cocotero. Kasongo, si fuese más joven, estaría con ellos. Pero no puede correr. Por eso se queda fuera, aunque también a él le gustaría ir en un grupo y pegar una paliza a un flamenco, robarle el móvil, quedarse con sus deportivas. Ellos fueron primero a África e hicieron lo que hicieron, pero dicen que son los negros los violentos. Pues ahora los negros están en Europa, que se vayan enterando.

—Y un puñado de balas. Hazme un buen precio.

El chico dio unos pasos hacia atrás.

—Lárgate, no vengas a joderme la noche, tío loco. Tienen razón los otros.

A Kasongo le dolió la traición. Hablaba de él con negros que le llamaban loco o cosas peores. Y el joven tan sonriente, tan amistoso, seguro que no le defendía.

—O me consigues una pistola o te denuncio. Tú verás. Mañana por la noche, y a buen precio. No creas que me vas a engañar. Sé dónde vives.

Repitió las últimas palabras en voz cada vez más alta, mientras el chico se alejaba a toda prisa volviendo la cabeza, con el miedo todavía pintado en la cara.

—Delincuentes —musitó Kasongo y regresó a su apartamento con la intención de apostarse en la ventana y vigilar las idas y venidas de los africanos, de los vendedores de drogas y de armas, de las prostitutas maquilladas, de sus culos apresados a duras penas por paños de colores chillones. A Kasongo no se le escaparía nada; lo tenía todo bajo control.

Si Kasongo consiguiera comprar una pistola no se iría a una agencia de viajes a gastar el dinero que le diese Daniel en un billete a Kinshasa. Si sacase otros ciento cincuenta o doscientos euros del negocio, que se sumarían a los cien que había ganado sin esperárselo, iría caminando desde su casa a la avenida Louise, con el dinero en el bolsillo. A Kasongo le resultaba extraño que esa anchísima calle con casas como palacios, hoteles de lujo, tiendas de diseño y restaurantes en los que nunca se atrevería a entrar, se encontrase a tan poca distancia de donde vivía él. Estaba decidido a aprovechar esa feliz circunstancia geográfica y, después de haberse bañado y puesto su ropa más nueva, la que guardaba para hacer el viaje de regreso a Kinshasa, atravesaría caminando la calle de Ixelles, y luego cuesta abajo hasta llegar a Louise. Después se tomaría todo el tiempo del mundo. Recorrería despacio el tramo donde en las calles adyacentes relumbran los anuncios de clubes privados, con las manos en los bolsillos, una vez para arriba, otra vez para abajo, una vez para arriba, otra vez para abajo. Sólo entonces, cuando hubiese inspeccionado bien a cada una de las putas paradas en la calle, negras, asiáticas, de Europa del Este, latinoamericanas, quizá alguna belga, cuando hubiese comparado las piernas de todas, el tamaño de sus pechos, lo carnoso de los labios, la dulzura de los ojos, entonces se acercaría a una y le diría:

Ven conmigo.

Así, sin más, con la seguridad que da tener tantos billetes en el bolsillo. Y ella, probablemente rubia y no muy alta, con falda corta a pesar del frío, se cogería a su brazo y se marcharía bien apretada contra su cuerpo, sonriendo porque esa noche no tenía que esperar más, porque esa noche había alguien que la quería.

Estaba claro que con trescientos euros no iba a poder comprar un pasaje a Kinshasa. Por mucho que deseara volver para intentar aclarar si su madre había muerto y qué habían hecho sus hermanos con la herencia. En una agencia de la galería comercial le habían dicho que por menos de setecientos no había ni un solo billete. Así que lo mejor sería guardar lo que sobrara después de darse un poquito de gusto y esperar que algún golpe de suerte le permitiera procurarse el dinero restante.

Pero no estaba acostumbrado a muchos golpes de suerte. Aunque, si se iba con una prostituta de la avenida Louise, cabía la posibilidad de que se enamorara de él, porque él sabía cómo tratar a las mujeres, darles lo que necesitaban; en Kinshasa había llegado a tener cuatro, y eso que aún era joven cuando se fue. Y las cuatro lloraron cuando les dijo que se marchaba. Así que quizá lo mejor a fin de cuentas era elegir una prostituta negra, a la que no le importase que él estuviese casado, tratarla bien y hacerle cosas que le gustasen, porque el método era infalible: luego un hombre ya no necesita trabajar. Una mujer es capaz de fregar suelos para mantener a un hombre así. E incluso, si ni siquiera esa posibilidad se cumplía, Kasongo tenía un plan de emergencia: iba a cometer un delito; no un asesinato, sino un delito menor: robaría el bolso a una vieja; comería en un restaurante y luego se negaría a pagar la cuenta; reventaría un parquímetro. En el Centro de Retención se lo había explicado un senegalés, un tipo fascinante cuyos ojos miraban cada uno en una dirección, un hombre con ojos de camaleón y labios de oveja, partidos por la mitad y tan levantados que podías ver sus encías aunque no sonriese, y que hablaba como si le faltase media lengua.

«Si cometes un delito, te devuelven a casa. A los negros que delinquen los repatrían a la fuerza. Te llevan a casa como a un ministro; con escolta policial; así que si te cansas de estar aquí, si echas de menos a tu negra, ya sabes: rompe un escaparate o da una patada en el culo a un guardia.»

Pero Kasongo era más listo que eso; robaría dinero a alguna vieja rica –sin hacerle daño; un tirón y ya está–; luego enviaría el dinero por cable a un banco en el Congo; unos días después se entregaría, confesaría su delito, diría que se había gastado el dinero en bebida, y el Estado belga le pagaría el billete de regreso a casa. Y una vez allí buscaría a sus hermanos y les ajustaría las cuentas.

El mundo está lleno de posibilidades para quien sabe reconocerlas.

El chico le estaba esperando sentado en el rellano de la escalera, delante de la puerta de Kasongo, quien había olido ya desde el portal el humo del porro. Kasongo subió, como de costumbre, despacio, lastrado por su pierna torpe y por la gran bolsa de mandioca que acababa de comprar.

Cuando Kasongo llegó al rellano, el chico dio una última calada al porro, lo estrujó contra el rodapié y se quitó los auriculares de los oídos. Se puso de pie con movimientos deliberadamente lentos, muy cool. Se sacudió la culera del pantalón y se volvió hacia Kasongo. Asintió con la cabeza.

−¿Lo ves? −dijo Kasongo.

El chico se apartó un paso para que Kasongo pudiese abrir la puerta y entró tras él en un pasillo estrecho pero luminoso. Lo siguió hasta un cuarto en el que los únicos muebles eran una mesa, cuatro sillas descabaladas y un armario ropero. Kasongo dejó la bolsa con la mandioca encima de la mesa. Sonrió.

−¿Lo ves? Un poco de esfuerzo y ya está. Así son las cosas. Nada es tan difícil como parece.

El chico no sonrió. Se acercó a la ventana que daba enfrente de las galerías y se quedó un momento observando a las clientas de una peluquería situada en el primer piso, a un lado de las galerías, y cuyo interior se veía a través de un ventanal que más bien parecía un escaparate. Varias mujeres leían revistas bajo secadoras con forma de huevo que parecían de otra época, mientras una peluquera entretejía trenzas postizas en la cabellera de otra. Desde la ventana se veía la entrada a las galerías, el ir y venir de la gente, la esquina en la que el chico solía esperar a sus amigos o trapichear con un poco de marihuana, o sencillamente dejar pasar el tiempo fumando un cigarrillo.

–¿Cuándo llegaste a Bruselas?

Kasongo había ido a la cocina y se disponía a sacar dos cervezas de un cesto colgado de la ventana del cuarto de baño –el frigorífico estaba estropeado desde hacía meses–. Se detuvo un momento, reflexionó, prefirió no contestar. Regresó al cuarto con dos botellas de Primus en la mano.

–Vamos a cerrar el trato con cerveza. Lo siento, se me acabó el champán.

Su risotada no obtuvo respuesta. Abrió las botellas y tendió una a Robert.

–¿Es verdad que llegaste en el 98?

Se creía que le iba a tender una trampa. Que Kasongo era tonto y no sabía a dónde iba a parar.

–Salí de Zaire en el 95.

–De Zaire.

–Antes se llamaba así; a mi edad no es fácil acostumbrarse a tanto cambio. Salí perseguido. A mí me han perseguido siempre. Tuve que atravesar el río de noche. Los guardias mataron a tres. Buena noche para los cocodrilos. Yo llegué. La suerte acompaña a quien cree en Dios. Jesucristo perdona, libera y salva.

Robert dio un trago. Encendió un nuevo porro, ofreció uno a Kasongo y también le dio fuego.

–No es la historia que he oído.

–Porque llegué a Bruselas en el 98. Algunos decían que yo era mobutista. Que salí huyendo de Kabila. Pero esto está lleno de espías. Gente que miente e inventa historias. Yo crucé el Ubangui jugándome la vida. Mira.

Kasongo se levantó el jersey y la camiseta y mostró un vientre lleno de cicatrices, al que Robert dedicó tan sólo una mirada breve e indiferente.

–A uno casi lo matan luchando contra el dictador y todavía sospechan. Pasé varios meses en Brazzaville, hasta que tuve papeles y pasaje. La gente me ayudó. Buena gente que hablaría por mí. Un pasaje a París. Allí estuve tres años, hasta que me dieron los papeles para quedarme; ya sabes lo que es; te hacen mil preguntas, te marean una y otra vez con las mismas historias. Te mantienen preso como a un delincuente. Tres años así. Por eso no llegué a Bruselas hasta el 98. Pero la gente es como es. Primero sospecha. Kasongo es mobutista, dicen, porque llegó en el 98, pero en el 98 yo ya había dado mil vueltas en Europa. Pero no preguntan. Te señalan con el dedo. Ya está.

Kasongo se mordisqueó el labio inferior. Aguantó el silencio de Robert. No iba a dar más explicaciones. En realidad, no tenía por qué explicar nada. Habría que ver lo que habían hecho muchos que andaban por ahí presumiendo, todo el día con el móvil pegado a la oreja, con trajes a medida y anillos de oro.

–OK. Vamos a lo nuestro.

Robert echó mano a la cintura y sacó una pistola. Kasongo aplaudió.

–Bravo. Sabía que podía contar contigo. ¿Cuánto?

–No. Primero me vas a escuchar. ¿De acuerdo? –Kasongo asintió. Los ojos no se le iban del arma–. Para empezar: es la última vez que te acercas a mí.

–Hermano, cómo puedes decir eso.

–Repito: es la última vez que hablamos.

–De acuerdo. De acuerdo –dijo Kasongo, con aire ofendido, mientras pensaba que Robert podría estarse hundiendo en un pozo de mierda y desde luego no sería Kasongo quien se acercase a ayudarlo.

–Segundo: yo a veces vendo un poco de marihuana o hachís para pagarme los estudios, porque la beca no me llega siempre, unos meses sí, otros no, y tengo que arreglármelas solo. Pero no soy un traficante ni sé nada de otros negocios.

Kasongo agitó los dedos tendiendo la mano hacia la pistola como si quisiese atraerla hacia sí con un conjuro. Robert no le prestó atención.

–Tercero y último: te he traído la pistola para que me dejes en paz. Pero, como no tengo nada que ver con las mierdas que tú piensas, esta pistola es un cacharro que no sirve para nada. Tiene el percutor roto, o sea, la aguja del percutor, ¿entiendes? No dispara. Tiene seis balas en el cargador, pero no puede dispararlas.

Kasongo volvió a hacer su pase de prestidigitación hacia la pistola sin conseguir atraerla.

–Es una pistola vieja que pertenece un amigo coleccionista, porque no tengo ni idea de dónde podría encontrar una nueva. No sé para qué la quieres ni quiero saberlo, si es para dar un susto, te vale, si es para más, búscate a otro y a mí no me lo cuentes. ¿Me entiendes?

Kasongo asintió, aunque no estaba escuchando. Si estaba rota no podría pedirle mucho dinero por ella. El negocio era fabuloso.

–Ah, no, hay una cuarta cosa: si vuelves a amenazarme con denunciarme por el trapicheo con marihuana, yo tengo cosas que decir sobre ti mucho más graves. Me he estado informando. Ni París, ni lucha contra el dictador ni historias. Eras un esbirro de Mobutu, y lamías las suelas de sus zapatos llenas de mierda. La próxima vez que te acerques a mí voy a hacer que se sepa. Habrá alguno que me lo agradezca.

–¿Cuánto?

–¿Cómo?

–¿Cuánto quieres por la pistola?

–Eres un loco, un loco de atar. Cien, lo mismo que he dado a mi amigo el coleccionista. Yo con esto no hago negocios.

Kasongo sacó dos billetes de cincuenta, los dos billetes con los que le habían abanicado la polla. Le hizo gracia verlos en las manos de Robert.

–Eres un verdadero amigo.

Robert dejó la pistola encima de la mesa. Sacudió la cabeza impotente. Se dio la vuelta y salió primero de la habitación, después del piso sin decir una palabra más.

Kasongo le apuntó por la espalda, justo donde se une la columna vertebral con la nuca. Pum, dijo cuando se cerró la puerta, volvió a dejar la pistola sobre la mesa y se frotó las manos excitado. Le iba a pedir quinientos a Daniel. Y si regateaba le bajaría cincuenta. La suerte comenzaba a sonreírle. Un día volvería a casa como un señor. Y entonces iban a saber quién era.

Iban a saber quién era.

Lo que venían preguntándole desde que aterrizó en Bruselas en un avión de Sabena procedente de Brazzaville, con tres horas de retraso, el 5 de mayo de 1998, cuando casi se cumplía un año de que la conjura internacional arrebatara el gobierno del país al mariscal Mobutu, al Leopardo, para ponerlo en manos de los extranjeros ruandeses y angoleños, y del contrabandista de oro y diamantes que se había convertido en su marioneta.

¿Entiende usted francés?

Por supuesto. Y también hablaba lingala, el idioma de sus padres, e incluso suajili, que había aprendido durante el servicio militar.

¿Sabe escribir?

Kasongo sabía escribir. Tomó el cuestionario que le entregó la policía de inmigración después de que se declarase solicitante de asilo político al funcionario que realizaba esa tarde el control de pasaportes.

El funcionario, un policía sonriente que no se dirigió a él más que para indicarle que esperara a un lado para no estorbar a los demás viajeros, llamó por un walkie-talkie, parecido al que Kasongo había tenido durante la defensa de Kinshasa, y habló tan sólo unos instantes en un idioma que Kasongo había oído ya antes en Zaire: flamenco. Luego apareció una pareja de policías –un hombre y una mujer–, lo llevaron a una oficina donde le entregaron el formulario después de comprobar su procedencia controlando el billete y de examinar con atención el pasaporte.

Kasongo rellenó sin mentir las casillas relativas a los datos personales. Para justificar su solicitud, redactó una historia do-

144

lorosa, trágica, heroica, falsa. Perseguido político por sus convicciones democráticas; torturado en varias ocasiones por la policía de Kabila –podía mostrar las cicatrices–; había participado en manifestaciones contra la corrupción del gobierno y si querían se lo demostraba –la suerte había querido que su cara apareciese en primer plano en una noticia del periódico *Le Soft-Grand Lacs* justo bajo una pancarta que decía justamente eso, no a la corrupción–; padre, apaleado hasta la muerte en una calle de Kinshasa por los esbirros del régimen asesino de Kabila; hermano mutilado en las dependencias de la Seguridad del Estado; se escapó de la cárcel en la que lo interrogaban cada noche, acompañando las preguntas de puñetazos, golpes con la parte plana de los machetes, vergajazos, prolongadas inmersiones en una pileta de aguas residuales, y sólo cuando estaba a punto de ahogarse lo sacaban tirándolo de los pelos; huido durante meses hasta que gracias a una ONG –eso era cierto– consiguió atravesar el río sorteando la vigilancia del ejército y llegar a Brazzaville; riesgo de muerte –también cierto– si regresaba a su país.

–¿Por qué le dejaron libre? ¿Hubo un juicio y salió absuelto?

Los ojos de la mujer eran de un azul tan claro que parecían blancos. Tenía una mirada indiferente y mascaba chicle; recordaba a una cabra rumiando. Había leído atentamente las respuestas de Kasongo, balanceando la cabeza y juntando los labios como si fuese a dar un beso al aire: no parecía muy convencida.

–No hubo juicio. Allí casi nunca hay juicios.

–¿Entonces?

–Los hombres se pudren en la cárcel y no ven nunca al médico ni al juez.

–¿Entonces?

–Soborné a un policía para que dejase mi celda abierta.

–Claro. Otros se escapan del hospital en el que se curan de los malos tratos, otros del furgón policial que alguien olvidó cerrar.

–Esas cosas pasan.

–Tengo que escuchar esas historias al menos una vez al día.

–Usted me preguntó.

–Si al menos tuvieseis imaginación. O si contaseis la verdad, mi trabajo sería fascinante. Miles de historias diferentes, miles de vidas dignas de ser escuchadas. Pagaría por estar aquí sentada; tomaría notas. Me volvería una mujer sabia.

–Le pagué en dólares. Tenía dinero guardado. Para los malos tiempos.

–Pero contáis siempre lo mismo. No se os ocurre nada nuevo. Es como si todos hubieseis visto la misma película. Para morirse de aburrimiento.

Kasongo no supo qué añadir. Él había dicho lo que tenía que decir. Había contado una historia y no iba a cambiar ni una palabra. La repetiría hasta que le creyesen.

Los ojos de la mujer reposaron sobre él inexpresivos como dos televisores apagados; no parecían recibir ningún estímulo del exterior, lo mismo que una nariz capta los olores pero no da la impresión de estar realizando actividad alguna.

–Bélgica es un gran país –afirmó Kasongo al azar–. La patria de sus hijos africanos.

–Claro.

La mujer garabateó algo indescifrable en el formulario, sacó de un cajón un tampón, lo apretó con insistencia sobre una almohadilla de tinta y lo estampó sobre el papel, dejando sobre él una débil marca azulada.

–¿Por qué no regresa?

–Me matarían. A los demócratas nos matan.

–Se lo digo en serio. Es muy poco probable que le concedan el asilo con esta historia. Tenemos cajones llenos con relatos parecidos. Y si se lo conceden no va a ser feliz. ¿Qué tiene usted, cuarenta años? ¿Quién se cree que le va a dar un trabajo?

La mujer se inclinó hacia adelante, apoyó los antebrazos en la mesa con las manos entrelazadas y bajó la voz dando a la conversación un toque conspirador.

–Regrese. De verdad. ¿Cómo va a pasar sus días, bebiendo, fumando, recorriendo las calles sin propósito? ¿Matando el tiempo hasta que el tiempo lo mate a usted? Allí tiene alguna oportunidad, aquí no tiene ninguna.

Kasongo no respondió. La mujer le producía escalofríos, más intensos cuanto más se le acercaba. Si no dejaba de hablarle en ese tono confidencial iba a empezar a dar tiritones.

–Tengo derecho. Soy un refugiado.
–No le hablo de derechos. Eso es cosa del juez. Yo le hablo de su vida. He visto tantos casos...
Regresó a su postura normal, erguida en la silla giratoria. Decepcionada por el poco éxito de su iniciativa, decidió pronunciar el resto de su discurso como si lo estuviese leyendo en la declaración de Kasongo.
–En primer lugar, la policía va a proceder a registrarle y a inspeccionar su equipaje. Acto seguido, le van a llevar a la Oficina de Extranjeros, donde lo interrogarán en detalle sobre su declaración. Probablemente rechazarán su solicitud de asilo, ya que en ningún momento prueba su condición de perseguido. Si decidiese usted presentar un recurso, cosa que no le aconsejo, se le enviará al Centro de Retención 127 bis, en el que permanecerá encerrado hasta que se resuelva dicho recurso. Si este es rechazado –lo más probable–, se procederá a su repatriación forzosa e inmediata.
Se creen tan listos, los blancos.
Se creen que los negros son como niños a los que hay que repetir las cosas cien veces, como niños a los que hay que castigar si se portan mal, a los que hay que hacer comer a la fuerza, por su propio bien.
Se creen los blancos que aún son los misioneros bondadosos que imponen silencio levantando la cruz, o los antiguos administradores territoriales a los que bastaba empuñar el vergajo para que los negros agachasen la cabeza asustados, se creen que Kasongo no sabe dónde se mete, que no lo tiene todo perfectamente preparado. ¿O saben acaso que antes de montar en un avión ya tenía un abogado en Bruselas preparando el recurso que tendrá que presentar? ¿Se han enterado esos policías tan listos de que Kasongo ha llegado a un acuerdo, de que le han garantizado su seguridad y conseguirle un permiso de residencia como agradecimiento a los servicios prestados y a cambio, todo hay que decirlo, de su silencio? ¿Se han enterado siquiera de que él era el policía, él quien interrogaba, quien averiguaba, quien castigaba, él el señor del vergajo y la pileta?
Se creen tan listos, los blancos.

Que regrese a su país.

Que allí estará mejor.

Como si no lo hubiese intentado. Cuando entraron en Kinshasa los mercenarios de Kabila él no salió huyendo como tantos otros: los ministros, los gobernadores, los familiares del gran hombre, los generales, todos muertos de miedo, cruzaban el río una y otra vez con bolsas cargadas de oro y dólares, apalabraban refugios lujosos, y una vez su dinero y sus concubinas a salvo en la otra orilla, llegaban a componendas con los rebeldes, instaban a la Guardia Presidencial a no pelear, dimitían con gesto de sacrificio, por el bien del país, mientras las monedas rebosaban de sus bolsillos y caían al suelo, clin, clin, clin. Cobardes. Vendidos, que ahora, con el culo a salvo en los sillones de los hoteles, tramaban revueltas y aún conseguían dinero de los europeos que odiaban a Kabila.

Él aguantó. Porque sabía que muchos veían con tan malos ojos como él la llegada de esos campesinos que ni siquiera hablaban el idioma de la capital, que la mayoría estaba dispuesta a luchar para que el país no se viese invadido por los tutsi que formaban buena parte del ejército de Kabila. Él aguantó, aun temiendo que cualquiera le señalase un día por la calle y una turba de borrachos lo apalease y luego arrastrara su cuerpo por el suelo como un muñeco roto. Él aguantó hasta que sucedió lo inevitable, hasta que dos hombres a los que quizá había interrogado pero ya había olvidado o que estuvieron presos alguna noche que él fue oficial de guardia, uno no puede quedarse con todas las caras, las caras de todos los detenidos eran iguales, lo invitaron a una cerveza, lo sedujeron maldiciendo a Kabila, a los americanos, a los franceses; le ofrecieron acompañarlos a una discoteca en la que conocían a algunas chicas, y él les siguió, no sin desconfianza, porque en aquella época no se fiaba ya de nadie, pero les siguió, y cuando uno de los dos le descargó un golpe bestial en la nuca –¿con qué? ¿de dónde sacó el bate o el bastón o el tablón con el que casi le reventó el cráneo?– Kasongo se dio cuenta de que había llegado el momento; Kasongo arrodillado, sin fuerzas para levantarse, probablemente babeando una mezcla de saliva y sangre, con los ojos quizá en blanco, recibió nuevos golpes en la cara, varios cortes en el pecho –¿llevaban cuchillos escondidos en las ropas? ¿cómo no los había notado?–, le pisotearon la cabeza, orinaron sobre él, los chorros de orina le humedecieron el pelo mezclándose con la sangre, bajaron como arroyos por su frente, sus mejillas, sus labios, se remansaron en las heridas, le produjeron una humillación tan intensa que durante unos segundos absorbió el dolor y el miedo.

Entonces sí. Tras varias semanas de convalecencia en su casa –su familia no se atrevió a llevarlo al hospital, porque los rebeldes hacían redadas entre los enfermos y se llevaban a quien les parecía–, y después de escuchar la noticia de que papá mariscal había muerto de cáncer –sin duda un conjuro de sus enemigos, que también mataron a su hijo–, decidió marcharse.

Primero a Kisangani.

Más exactamente: a una explotación maderera cercana a Kisangani, que abría una brecha desde la orilla norte del río, en un lugar en el que el Zaire ya no se llamaba Zaire sino Lualaba, una brecha de miles de hectáreas de las que los árboles iban desapareciendo, primero imperceptiblemente, igual que uno empieza a perder el cabello, ¿cuántos? ¿Cien, mil, dos mil al mes? Al principio la pérdida ni se nota, pero al cabo del tiempo donde había una selva ya sólo quedan árboles dispersos, matorrales sin valor y las carreteras que surcan esa extensión rala.

Kasongo buscó refugio en lo que había sido una explotación maderera antes de comenzar la guerra. Pero los propietarios alemanes decidieron cerrarla, dejar la selva en paz hasta que se diesen las condiciones de seguridad que ellos consideraban normales. Gente lista, los alemanes. Se detuvieron las excavadoras, las sierras mecánicas callaron, las balsas de troncos dejaron de descender por el río.

El único contacto con la madera que había tenido Kasongo hasta entonces fueron los meses que trabajó, antes de encontrar un puesto en la policía, para un fabricante francés de ataúdes; él lijaba y barnizaba las cajas, diez horas al día. No sabía de la madera más que eso, que hay que lijarla, con lijas de grano cada vez más pequeño, que te duelen las manos, que la piel se vuelve casi transparente en las yemas de los dedos, tan fina que a veces se pone a sangrar sin motivo.

Aunque en la explotación ya no se hacía nada con la madera, la empresa no había despedido a ningún trabajador (gente generosa, los alemanes); los había dejado viviendo allí, un médico iba a pasar consulta con regularidad, la paga seguía llegando mensualmente. La cantina continuaba funcionando, se desbrozaban los caminos principales. Estaba todo dispuesto para el día que la guerra acabara. Daba igual quién la ganase: los jefes extranjeros volverían y darían las órdenes habituales, como si no hubiese pasado nada. Mientras llegaba ese día, los trabajadores habían recibido armas, un cargamento de fusiles y pistolas que trajeron por el río, y se habían convertido en fuerza de seguridad privada: los taladores, los mecánicos, los estibadores, los peones, empuñaban armas y guardaban aquel tesoro para evitar los saqueos.

Cuando Kasongo llegó y obtuvo un empleo de vigilante gracias a un hermano de su tercera mujer que había trabajado en la explotación desde el inicio, los empleados llevaban tres años esperando el regreso de los europeos como se espera la vuelta de una divinidad desaparecida, o como se aguarda después de una inundación a que las aguas regresen a su cauce, para reintegrarse en la vida normal, para someterse aliviados a las leyes y rutinas que regían y daban certidumbre a sus días.

Pero apenas habían transcurrido tres meses desde la llegada de Kasongo cuando los vigilantes se cansaron de esperar. Después de tensas discusiones, de amenazas y peleas, de que una mañana aparecieran en las letrinas dos cadáveres, uno de mujer, con el cuello rebanado, decidieron poner fin a la espera. Tropas ruandesas y ugandesas merodeaban con frecuencia creciente por los alrededores de la explotación. Las ráfagas de ametralladora se habían convertido en uno más de los muchos ruidos de la selva. Igual que los gatos dejan en la puerta de su dueño el pájaro que acaban de cazar, el río traía hasta la orilla de la explotación cuerpos, a veces sin cabeza: aunque les hubieran abierto las tripas con un machete y llenado el vientre de piedras, Mami Wata, la diosa del río, lo sacaba a la superficie para que todos conociesen los crímenes de los extranjeros.

Entonces se pusieron a desmontar, pieza a pieza, los camiones oruga, los tractores, las grúas, el Toyota del capataz, hasta dejarlos en mero esqueleto, como animales devorados por las alimañas; vaciaron las cocinas de peroles, cucharones, cubiertos, paños, barreños. Arrancaron grifos, aserraron literas, robaron las tablas con las que se habían construido algunas cabañas –otras eran de cemento y ladrillo, nada que hacer–; no dejaron en su sitio nada que pudiese desprenderse o serrarse, ni una tuerca ni un tornillo, ni un cerrojo ni un picaporte; y el último día desmontaron los generadores. Fue un expolio ordenado, sistemático, realizado sin prisas, casi con devoción: un modelo de trabajo civilizado. Nadie habría podido decir que aquello fue obra de salvajes o de una turba descontrolada.

Sólo cuando acabaron de desmontar todo lo desmontable permitieron que sus frustraciones, aunque tuviesen orígenes individuales, se expresaran en una furia colectiva. Como los frigoríficos de la cantina eran demasiado pesados para ser transportados –las carreteras no llevaban a aldeas ni poblaciones, tan sólo al bosque y carecían de barcazas para llevarse la maquinaria por el río–, los empujaron rodando hasta un pequeño acantilado y los despeñaron. Derribaron a mazazos las dependencias de los extranjeros. Abollaron a golpes los chasis de los vehículos, prendieron fuego a los pocos libros que había. Mataron a tiros a los perros del capataz, a los que hasta ese día habían alimentado y acariciado. Cuando se convencieron de que no había nada más que robar ni destruir en la concesión, se marcharon, cada uno con el arma que le habían entregado.

¿Era allí a donde le aconsejaban que regresara? ¿A aquel lugar saqueado que sin duda se estaría comiendo otra vez la selva glotona? ¿O a Kinshasa, a que lo apaleasen o encerrasen o colgasen o le pusiesen al cuello un neumático lleno de gasolina y le prendiesen fuego?

No.

Allí no podía vivir Kasongo. Por eso decidió dejar el país. A través de sus esposas estableció contacto con un general que vivía a cuerpo de rey en Brazzaville. Le recordó los trabajos realizados juntos en el centro de detención; las búsquedas nocturnas de conspiradores. Y, sobre todo, le recordó los interrogatorios en los que había participado Kasongo; allí había escuchado confesiones, sobornos, había visto cómo los policías quemaban los miembros a un detenido hasta que este les decía dónde tenía escondidos los dólares y el oro. Y sabía quién se había llevado lo que escupían los presos. El general no hizo oídos sordos: declaró que Kasongo era un caso humanitario. Él inventó la historia para que una ONG de defensa de los derechos humanos lo sacase del Congo como perseguido por el régimen de Kabila. Y luego le pagaron un avión a Bruselas, pero diciéndole que un día volverían a necesitarlo, porque Kabila tenía los días contados.

Pues bien, ahora estaba fuera. Había salido de África.

Los negros habían luchado para defender la herencia blanca en el Congo, habían dado su sangre para proteger a los blancos que no se marcharon de allí. Mobutu les había ayudado siempre contra los comunistas.

Ahora les tocaba a los blancos saldar la deuda.

Kasongo había llegado a Bruselas para quedarse. Que no le viniese esa flamenca con ojos de pescado a decirle que debía regresar. Lo que tenían que hacer era dejarle entrar y protegerle de sus enemigos, de aquellos que querían su muerte. Los había despistado, pero seguro que seguían olisqueando su rastro.

Ciérrenles la puerta. Trátenme con cortesía y deferencia. Prepárenme una habitación. Háganme la cama con sábanas limpias. Traigan una palangana para lavarme las manos. Sírvanme la mesa con manteles de hilo y cubiertos de plata.

No escondan su mejor vino.

Preséntenme a sus hijas.

Soy su invitado.

Kasongo salió de Chez Biche algo nervioso. Se acercaba el gran momento. Dio varias vueltas a la manzana sin decidirse. No tenía ganas de ir a casa a cambiarse de ropa. Al fin y al cabo, pagaba, o sea que era él quien estaba en condiciones de exigir, que no se hiciesen las remilgadas. Había tomado varias cervezas en el bar y le costaba hilar los pensamientos. Y se había olvidado de orinar antes de salir; sentía una fuerte presión en la vejiga, pero no quería regresar al bar para no quedar mal, porque al marcharse había anunciado: amigos, Kasongo se va a echar un polvo.

Ya orinaría en el hotel al que fuesen. O en casa si a ella no le daba miedo ir a la casa de un extraño. Así se ahorraba la habitación.

Por fin encaminó sus pasos hacia la avenida Louise. Se había levantado un fuerte viento que, en cuanto Kasongo salió de las callejuelas al espacio abierto de la avenida, le zarandeó como una esposa a un marido borracho. No he bebido, cariño, te juro que no he bebido nada, musitó Kasongo riéndose para sí.

Primero pasó revista desde el otro lado de la calle. Las prostitutas, por alguna razón que él no entendía, sólo ocupaban una de las dos aceras. Caminó despacio, mirando de reojo: no había muchas, no más de tres o cuatro en cada manzana; pero eran guapas, mucho más que las que él conocía. Muchachas espigadas, elegantes, de ropa ajustada y escasa, se acercaban despacio a los coches que paraban cerca de ellas sin apagar el motor, o sonreían a los que reducían la velocidad. Eran mujeres con clase.

Después de un par de paseos en ambas direcciones, no terminaba de tomar una decisión. Había una rubia de aspecto aniñado como a él le gustaban; una virgencita. Llevaba zapatos de plataforma dorados, falda muy corta del mismo color y un jersey oscuro, y por encima un abrigo largo desabrochado para que se viese lo que tenía en venta. Él le sonrió desde el otro lado de la calle y le pareció que ella le devolvía la sonrisa. Amor mío, le dijo.

La otra era negra; delgada, casi sin formas, y alta como una jirafa, o casi. Había conocido a una negra así de Senegal. Él solía preferirlas con más carnes, pero esas mujeres de casi dos metros y caminares lentos le parecían princesas de las historias que le contaba su madre. Acostarse con ellas tenía que ser como convertirse en un guerrero de cuento.

Decidió cruzar la calle; pasaría junto a las dos para verlas de cerca y poder juzgar mejor, y también para intercambiar una mirada con ellas; la mirada de una mujer lo dice todo sobre cómo es en la cama, y también si va a ser una buena esposa.

Caminó lentamente por la acera, con despreocupación, aunque a veces se detenía un instante para recuperar el equilibrio que le robaba el viento. Cuando se acercó a la mujer altísima lo primero que pensó fue que tenía que haber meado antes. Pero ya era tarde. Pasó a su lado, primero sin mirarla, vuelto hacia la calzada como si esperase él también a alguien. Y sólo cuando llegó frente a ella giró la cabeza, sonrió y dijo: buenas noches, preciosa.

Ella ni siquiera parpadeó. Ni un gesto ni un movimiento ni una mirada, nada. Kasongo podría haber sido un espíritu invisible, menos que una ráfaga de viento que te obliga a cerrarte el vestido, menos que un ruido repentino que te hace volver la cabeza en la dirección del sonido. Nada. Kasongo no existía para la belleza senegalesa, quien, desde los dos metros de su atalaya, oteaba un horizonte cuya visión no obstaculizaba la insignificante presencia de Kasongo.

Trastabillando ligeramente, por el viento y por la pierna raquítica, Kasongo continuó su camino aún con la sonrisa en los labios, como si no se hubiese percatado del desaire. La rubia lo esperaba, haciendo lentamente la ronda de los pocos metros que debían de constituir su sector; al acercarse le pareció más bajita de lo que había creído, pero él no tenía nada en contra de las mujeres de poca estatura.

Tenía los ojos y la piel muy claros. Manos de muñeca de porcelana, pies pequeños, y un culo como para romper a llorar. Así que Kasongo, mientras se acercaba a ella, decidió que era la mujer con la que iba a pasar la noche. Y se imaginó las manos blancas de la puta acariciando su cuerpo, y su cuerpo blanco bajo las manos negras de Kasongo.

–Ven conmigo, chica –le dijo.

Ella, por respuesta, abrió mucho los ojos y dio un paso rápido hacia atrás, como quien tras avanzar la pierna para cruzar la calle se da cuenta de que llega un coche a toda velocidad. A Kasongo le gustó esa timidez asustadiza.

–Ven –repitió, y retiró ligeramente el brazo del costado para que se enganchase a él. Ella pareció buscar algo a derecha e izquierda, pero no era como la otra: esta sí lo miró a los ojos. Luego rebuscó en un diminuto bolso de plástico verde chillón que llevaba en la mano derecha. Kasongo estiró un poco el cuello para mirar en el interior; debía de estar buscando el lápiz de labios.

Kasongo tendió una mano hacia la joven.

–Estás bien así. Vámonos ya.

Ella dio otro paso atrás, con la mano aún en el interior del bolso. Por fin la sacó: empuñaba un pequeño espray.

No entendía. Debía de creerse que Kasongo era un ladrón o algo peor. Pero Kasongo tenía en el bolsillo el dinero que le había pagado Daniel. La iba a tratar como a una reina y además iba a pagarle. Como si eso ocurriera todos los días, que te den dinero por hacerte feliz.

–Mira. –Kasongo echó mano al bolsillo sin dejar de sonreír a la mujer, para tranquilizarla. No atinó con los billetes a la primera. Sacó primero el pañuelo del que, cuando iba a volver a guardarlo, cayó un diente amarillento, un molar enorme que habría podido ser de persona o de animal.

Rodó hasta chocar con un zapato de la prostituta. Kasongo se agachó rápidamente para recuperar el diente.

Ella lo entendió mal. Le dio un rodillazo en la cara con una fuerza sorprendente en una mujer de apariencia tan frágil.

—Mierda —gritó Kasongo, aún tanteando para encontrar el diente, y de pronto sintió que le escocían los ojos y le faltaba el aire, como si hubiese aspirado una bocanada de lumbre. Los pulmones se le desmoronaban dentro del pecho y la cara entera se sentía como una herida abierta. La noche se volvió de color rojo. Kasongo perdió por un momento la consciencia de dónde estaba; tan sólo quería respirar, dejar de quemarse por dentro. No podía caminar tan rápido como hubiese deseado aunque no sabía hacia dónde iba. Sobre todo buscaba aire, apagar el ardor que sentía en el pecho y en la cara. Caminó un rato sin rumbo, orientándose por las luces de los coches y de los escaparates, cuyo resplandor conseguía discernir entre las lágrimas. Cuando se detuvo, aún con dificultades para respirar pero ya sin sentir que iba a caer asfixiado de un momento a otro, estaba lejos de la avenida Louise. Se restregó los ojos un rato mirando a su alrededor mientras recuperaba parcialmente la visión. Al cabo de un tiempo podía distinguir dónde se encontraba, aunque lo que le rodeaba estaba sumergido en agua turbia atravesada por rayos de luz.

Palpó el dinero en el bolsillo. Al menos la puta no se lo había robado. Tenía que haber desconfiado de las callejeras, gentuza que sólo quiere desplumarte sin darte nada a cambio. ¿A quién reclamas? ¿Eh? Cuando te estafa una de esas perras que no sabes ni de dónde viene ni dónde vive, ¿cómo vas a recuperar lo que te roba? Te engatusan con sus cuerpos de actrices y luego te meten la mano en la cartera. Pero a él eso no le va a volver a ocurrir.

A pesar de su paso inseguro, Kasongo tardó poco más de media hora en llegar al Barrio Norte. Primero se dirigió a la calle situada por detrás de la estación de tren, paralela a las vías del ferrocarril. No se entretuvo mucho entre los hombres que contemplaban los escaparates. Tampoco respondió a uno que le dio un empujón, quién sabe por qué motivo. Se paró ante una vitrina iluminada con luz violeta, desde la que lo llamaba una rubia que llevaba bragas blancas con liguero y sujetador casi transparentes. Parecía muy joven aunque Kasongo no conseguía aún distinguir bien sus rasgos. Otra del Este. Que se jodiera sola. Él conocía esos bares en los que te cobran cinco euros por una cerveza y cinco por la de la chica. Todas muy guapas y muy creídas, cuando en realidad tendrían que pagar ellas por estar con él. No, no iba a encontrar lo que buscaba en esa calle.

Tomó una perpendicular mucho menos concurrida y apenas iluminada. En ella también había escaparates, pero minúsculos, en los que apenas cabían las mujeres sentadas que leían revistas o se arreglaban las uñas mientras llegaba algún cliente. No eran bares de alterne, no había música ni bebida, ni pista de baile. Tan sólo el salón de la vivienda, el dormitorio, la mujer. ¿Para qué más? El resto son ganas de tirar el dinero.

Se detuvo ante una vidriera adornada con visillos como si fuese un cuarto de estar. La mujer en el interior no le pareció ni muy joven ni muy guapa, pero no sería peor o mejor que cualquier otra; llamó a Kasongo con un gesto de la mano y luego repiqueteó las uñas contra el cristal. Kasongo asintió y esperó ante la puerta.

Le abrieron.

En el pasillo olía a humedad. Se abrió otra puerta y entró. Se sentó en la cama y empezó a desnudarse mientras la mujer corría la cortina.

—Son cincuenta —le dijo. Kasongo se dio la vuelta para contar el dinero de forma que ella no viese cuánto llevaba encima. No le resultaba fácil distinguir los números, pero por el color supuso que era la cantidad correcta. La mujer tomó el dinero y lo guardó en un cajón—. Los preservativos están encima de la mesilla. —Kasongo asintió—. Si prefieres sin, es el doble.

—Con. Me llamo Kasongo.

—Mira qué bien.

Mientras la mujer se tumbaba, Kasongo tomó un preservativo, rasgó el envoltorio con los dientes y se lo puso. Se le había olvidado orinar. Se tumbó encima de la mujer. Olía a una mezcla muy agradable de perfume y sudor. Ella lo abrazó y no rehuyó su beso. No es que pareciese particularmente excitada, pero aceptaba su lengua y sus caricias, e incluso emitió un pequeño suspiro cuando entró en ella.

Si no se hubiese acordado del diente todo habría ido bien. Pero de repente volvió a verlo en el suelo, el diente amarillo brillando contra el cemento sucio entre los pies de la prostituta, el amuleto que le había protegido de las peores desgracias, reliquia de un pueblo mártir, pisoteado. El diente perdido ahora en una calle de Bruselas porque cualquier puta blanca se atrevía golpear en la cara a un negro y a cegarlo con un líquido ponzoñoso, segura de que no le devolverán la bofetada.

La mujer debió de sentir su desinterés, porque lo apretó contra sí con un abrazo brutal y empezó a mover el vientre hacia arriba y hacia abajo, y dijo así, así, confundiendo quizá con el orgasmo las sacudidas del llanto de Kasongo, que clavó la cara entre el hombro y el cuello de la mujer y pasó un par de minutos entre hipos, lloros y alguna frase incomprensible.

Por fin se apeó de ella evitando mirarla a los ojos. Se vistió lloriqueando. Tengo que recuperarlo, gimoteaba, sé dónde ha caído. Regresaría a la avenida Louise, alejaría a la puta a guantazos si es que todavía no la había alquilado nadie. El diente era suyo.

Volvieron a saltársele las lágrimas al pensar en la posibilidad de que alguien se hubiese llevado el diente, o que hubiese caído en alguna alcantarilla. Se aseguró a pesar de todo de que el dinero aún estaba en el bolsillo, y salió del cuarto sin despedirse.

Antes de cerrar la puerta, le dio tiempo a escuchar las palabras de la mujer, dichas como para sí misma.

–Lo que faltaba. Ya no sólo te joden; también te llenan de mocos.

Hubo un tiempo en el que las cosas fueron diferentes. No buenas. Buenas nunca. Pero había la esperanza de que lo fueran. Un ligero atisbo, una posibilidad mínima. Después de que Kasongo perdiera el miedo a salir a la calle, cuando empezó a intuir la posibilidad de haber despistado a sus fantasmas, que no habían sabido atravesar el continente con él. Después de meses de vivir encerrado, asomado a la ventana procurando que nadie lo viese desde el exterior, atento a todos los sonidos provenientes de la escalera –crujidos de escalones, el interruptor de la luz, el zumbido del temporizador, chasquidos de cerraduras, objetos que caían al suelo–, seguro de que en cualquier momento irían a buscarle, de que no podían tardar mucho más en intentar acabar con él. En aquella época sólo se decidía a abandonar su piso tras mucho pensarlo, tras tomar impulso una y otra vez como quien va a saltar sobre un torrente, inseguro de aterrizar en el otro lado, pero no le quedaba más remedio que reponer sus provisiones, así que salía a hacer la compra a toda velocidad, únicamente de noche, aprovechando el dilatado horario de cierre de los pequeños establecimientos de comestibles, y entonces adquiría cajas enteras de latas de conserva y de botellas de cerveza, diez o doce tetrabriks de leche, todo lo que podía cargar en un carro que había robado a la puerta de un supermercado.

Hasta que un día pensó que sus fantasmas se habían desvanecido. Los habría despistado la noche que cruzó el río, o durante los días que estuvo escondido en Brazzaville mientras los amigos le conseguían los papeles, el dinero, en fin, lo prometido. Aunque lo más probable era que los fantasmas hubiesen abandonado su persecución cuando el avión en el que viajaba Kasongo dejó de volar por encima de África, atravesó un mar inmenso, llegó a un cielo en el que los espíritus africanos perdían su poder. Poco a poco fue convenciéndose de que ya no estaban. De que ya no podían hacerle daño en el país que generosamente lo acogía. Papá mariscal había tenido razón al hacerse amigo de Bélgica. Uno no puede enfrentarse a quien es más poderoso, pero sí utilizarlo. Aunque luego el aliado le hubiese dado la espalda, repartido el país entre los enemigos, rechazado ayudar al leopardo moribundo.

Entonces Kasongo empezó a salir de su piso, a husmear por las tiendas del barrio, y descubrió que los otros black le saludaban, que podía tomarse una cerveza conversando con cualquiera que encontrara, y podía hacerse amigos invitando a una y otra ronda –aún le quedaba una pequeña reserva de dinero–, y una de esas noches en las que no le apetecía regresar al apartamento solitario y sucio se acercó a él Marie Désirée Claire, le puso una mano en el hombro, y le preguntó:

–¿Hay también una cerveza para esta negra?

Y Kasongo, en aquel preciso momento, cuarenta años recién cumplidos, con la mano ligera de Marie Désirée Claire en el hombro y su sonrisa retadora delante de la cara, pensó: los próximos cuarenta sólo pueden ser mejores.

Lo parecía. Le aceptaron la solicitud de asilo gracias a una irreprochable hoja de servicios y a que un diplomático que aún no había perdido su influencia certificó que corría peligro de muerte si Kasongo regresaba a Zaire; lo corroboraron también dos misioneros belgas que lo habían acogido temporalmente en su misión junto con otros refugiados sin preguntar a ninguno su origen; y lo juró sobre la Biblia un exmilitar mobutista al que Bélgica daba protección para agradecerle los servicios prestados en la mejora de la relación comercial entre ambos países.

Aunque él había temido que se lo quisieran quitar de en medio. ¿No era él testigo de un pasado que todos querían olvidar? ¿No sabía él que aquéllos a los que se les llenaba la boca hablando de la necesidad de instaurar la democracia en el Congo habían compartido conmemoraciones, negocios, mesa, fiestas de cumpleaños, putas, inauguraciones, fotos y ceremonias religiosas con el que ahora llamaban dictador? ¿No se encontraba de vez en cuando el cuerpo sin vida de algún mobutista, muerto en extrañas circunstancias, como aquellos dos carbonizados en el interior de un coche y con un tiro en la nuca? Sin embargo, se portaron bien, quizá porque aún contaban con él, en aquella época sí, se lo decían, regresaremos al Congo, Bélgica y los americanos no quieren a Kabila, se han dado cuenta de su error y nos van a ayudar a regresar, aunque más tarde comenzaran a rehuirle, no le contestaran al teléfono, lo trataran como a un apestado, mierda para ellos.

Instalado en Bélgica, con empleos ocasionales para no agotar demasiado rápido los ahorros, aceptado aún por quienes había temido que lo rechazaran, y con la mano de Marie Désirée Claire entrelazada con sus dedos, dándole tirones del sexo, arañándole el pecho, siguiendo una a una las cicatrices del vientre, como quien recorre un mapa con el dedo para no perderse.

Cuéntame la historia de esta, le pedía Marie Désirée Claire, con la yema del índice apoyada sobre una de las cicatrices, y Kasongo, tumbado boca arriba en la cama, con la cabeza de la mujer sobre el pecho, su respiración humedeciéndole la piel, le contaba historias de guerras en la selva, de emboscadas y matanzas, de enfrentamientos con palos y machetes en las calles de Kinshasa, de apaleamientos infames cometidos por los enemigos del Zaire, de torturas resistidas sin pestañear, de victorias, siempre, que hacían a Marie Désirée Claire preguntar cómo fue que perdieron la guerra si siempre ganaban las batallas, y entonces Kasongo se extendía en una larga disquisición sobre la mezquindad de las potencias occidentales, que te quitan con una mano lo que te dieron con la otra, y sobre su avaricia, no les interesaba el bien del país, tan sólo sus riquezas minerales, porque las limosnas que les daban los curas luego se las cobraban en las minas, y el mundo era así y no tenía remedio.

Ay, ya me aburrí, decía Marie Désirée Claire cuando la explicación de Kasongo se volvía demasiado larga o confusa, separaba el dedo de la cicatriz recién narrada, recorría despacio el vientre aún musculoso en el que las cicatrices no infundían lástima como la infundirían más tarde cuando fue volviéndose grasiento y fláccido, sino respeto, descendía arañando círculos alrededor del ombligo, se volvía garra poco más abajo y, empuñando el sexo de Kasongo, estrujando una y otra vez como para oírle quejarse, reía y preguntaba:

–Dime, Kasongo, cuéntame la historia de esta.

Y Kasongo ni siquiera podía hablar de la risa y la excitación.

–Pregúntale tú, mi amor –acababa diciéndole–, que te lo cuente ella.

Mañanas largas, perezosas, sin tiempo definido, olvidado el reloj en cualquier sitio, porque Marie Désirée Claire, que debía su nombre a la devoción que la mamá le profesaba al mariscal y a la revista que más le gustaba leer, no tenía trabajo y tampoco prisa por regresar a su habitación en un semisótano húmedo y casi sin luz natural, y también sin agua corriente aunque el propietario le prometía una y otra vez que iban a hacer pronto la instalación, por lo que Marie Désirée Claire tenía que ir a los baños públicos si necesitaba lavarse el cuerpo entero y a un bar cercano cuando debía utilizar un retrete; así que verdaderamente no tenía otra cosa que hacer que escuchar las historias de Kasongo, recorrer su cuerpo con las manos, los labios o la lengua, fumar y beber con él, ponerse entera al servicio de ese hombre que la acogía en su casa, la invitaba a cerveza e incluso a comer, siempre que cocinase ella, pero cuándo se vio que a Marie Désirée Claire le asustase el trabajo y cuándo se vio que un hombre tuviese que cocinar si una mujer estaba deseosa de concederle cualquier antojo.

¿Y qué prisa tenía Kasongo de ir a ningún sitio? Nadie lo perseguía y nadie lo había mandado llamar; más adelante sería tiempo de pensar en el futuro, no hay que precipitar las cosas y cuando Dios te envía una bendición es de desagradecido rechazarla sin hacerle los honores, mejor aceptar el regalo, el vientre entregado de Marie Désirée Claire, sus manos que trepan por él como hiedra por un muro, sus ojos que se desencajan de gusto cuando él lo quiere, su boca golosa, su risa tan fácil como su carácter. Una buena mujer, la mujer ideal para Kasongo, que había tenido que dejar atrás cuatro, ninguna tan buena como esta.

No hay prisa.
No hay prisa.
Luego de levantarse tarde
–pero ¿qué significa tarde? ¿tarde para qué?–
es decir, luego de levantarse cuando les llegaba el olor a guiso de las casas vecinas, ella preparaba algo de comer para los dos, que siempre salía del frigorífico generoso de Kasongo, quien sospechaba que Marie Désirée Claire se acercó a él porque necesitaba un hombre que la protegiese, pero ¿no están los hombres precisamente para eso? ¿No es la virtud de un hombre su capacidad para ofrecer protección a una o varias mujeres? ¿No es esa la fuente de la armonía matrimonial, que el hombre sea fuerte y vele por las necesidades de su mujer, y que la mujer sepa cocinar para el hombre, escucharlo, mimarlo, sin amargarle la vida con recriminaciones y exigencias desmedidas?

Qué cosa más rica, decía Kasongo cada vez que probaba un guiso de Marie Désirée Claire, y a ella le bastaba tan breve halago para morirse de risa y restregar nerviosa las manos contra el delantal.

Luego, al atardecer, salían a dar un paseo, parándose en las tiendas de la avenida de Wavre, admirando plátanos macho, mandioca, batatas, pescado desecado, pollos ahumados, los precios desorbitados que pedían por frutos que en África se caían solos de los árboles, comentando peinados y vestimentas de los otros black, admirando un coche deportivo que Kasongo prometía comprar un día, o con la nariz pegada a los escaparates pidiéndose como niños lo que veían: me pido este vestido rojo y verde, yo me pido el traje de chaqueta, me pido la batidora, me pido el magnetofón, me pido ese televisor, ah, no, ese me lo iba a pedir yo.

Era eso, ¿no?, lo que llamaban felicidad.

Eso, cuando no temes que se te acabe en cualquier momento. Cuando estás convencido, pero no un poco, sino al cien por cien, de que los fantasmas se han quedado de verdad empantanados en una laguna africana, cuando te crees que se han extraviado en alguna jungla o, mejor, que sus ojos hinchados se los comió ya un cocodrilo.

Pero Kasongo no sabría decir si llegó a sentir esa felicidad. A lo mejor algún rato, pero nada que no se confundiera con el dolor previo y con la desesperación ulterior.

Porque no habían bebido casi nada, estaba dispuesto a jurar que los dos estaban tan sobrios como recién levantados. Aún era temprano, apenas estaba oscureciendo y sólo algunos bares habían encendido ya las luces, y ellos, Kasongo y Marie Désirée Claire, acababan de comenzar la peregrinación nocturna de bar en bar.

¿Qué habían bebido: dos cervezas cada uno? No estaba seguro, pero incluso se atrevería a decir que sólo tomaron una cerveza esa noche.

Por eso Kasongo creía que era un juego cuando Marie Désirée Claire comenzó a trastabillar y a sujetarse a él como para no caerse; cuando sus frases empezaron a sonar confusas, meros sonidos que no pertenecían a ninguna lengua europea ni africana, cuando su cabeza empezó a vencérsele hacia adelante, como a los borrachos que ya ni siquiera desean saber a dónde se dirigen.

Marie Désirée Claire, no seas payasa.

Pero ella insistía en tropezar y desvariar y ya ni parecía darse cuenta de dónde estaba.

Kasongo no tardó mucho en comprender.

Ahí estaban. Los fantasmas habían conseguido llegar hasta él.

Lo habían encontrado.

Era el tiempo del castigo.

Aun así, sujetó a Marie Désirée Claire lo mejor que pudo pasándole un brazo por la espalda para sostenerla por debajo de la axila y fue dirigiéndola, cada vez más despacio, cada vez con más tropezones, intentando convencerla de que siguiese caminando incluso cuando ella había dejado de reaccionar a sus palabras, como si su espíritu se hubiese escapado de ella y regresado a la aldea en la que nació, pero él continuó hablándole al oído, igual que hablas a un bebé aunque sabes que no te entiende, para tranquilizarlo con el sonido de tu voz,

mira, ya hemos cruzado la avenida, ahora vamos a bajar por esa calle, ¿ves? allí está el hospital, no, no dejes ahora de andar, tienes que poner tú un poco de tu parte, no puedo, mi amor, yo sólo no puedo,

no podía, porque ella dejaba caer todo el peso sobre él, y Kasongo, aunque era fuerte, y verdaderamente ponía todo su empeño, sudaba, gruñía, tosía, lloraba a ratos, incluso creía estarse orinando encima del esfuerzo, no podía solo pero nadie se acercaba a ellos, nadie preguntaba

si les echaban una mano, si necesitaban una ambulancia, si la policía podía serles de alguna ayuda, si querían que los llevasen con el coche a un hospital, si esa mujer se estaba muriendo

así que tuvo que hacerlo todo Kasongo, y llegó, a pesar de todo llegó, empapado, sucio de lágrimas y de babas de Marie Désirée Claire, hasta la puerta de un hospital que parecía un convento o una iglesia antigua, tumbó a Marie Désirée Claire en el suelo, no había otro sitio, entró tambaleándose, vio a una enfermera, la llamó,

señora,

señora, por favor, se está muriendo,

y vio en los ojos de la enfermera el miedo, el miedo que llevaba él en los suyos estaba también en los ojos de esa mujer, muy agitada, que empezó a hacer gestos con las manos y a hablar muy deprisa y muy bajo por un micrófono, hasta que llegaron dos hombres por un pasillo, despacio, con todo el tiempo del mundo, hasta situarse entre él y la enfermera.

–¿Qué te pasa a ti?

A Kasongo le dio una arcada. El agotamiento, la excitación, temió desvanecerse. Le dieron otras dos arcadas secas.

–Lárgate. Vete a dormirla a casa.

Kasongo negó con la cabeza. Por fin consiguió hablar.

–Se está muriendo.

–¿De qué hablas?

–Te digo que te vayas a casa. Aquí tenemos mucho trabajo.

–Ahí fuera. Se muere.

Los dos hombres se miraron.

–Échalo a la puta calle.

–No, espera.

–Espera ¿qué? ¿No lo ves cómo está? ¿Y cómo huele?

–Podríamos ponerle una inyección de vitamina B.

–¿Para qué? Mañana va a estar igual.

Kasongo enganchó a uno de los enfermeros por el brazo, intentó arrastrarlo hacia la puerta.

–¡Suelta, mierda!

El enfermero se limpió la manga con dos manotazos. Mientras tanto el otro se había acercado a la puerta. Llamó a su compañero con un gesto.

–Ahí hay una mujer tumbada. Una negra.

–Otra borracha como este.

–Venga, ayúdame, vamos a meterla adentro.

–No sé para qué. Bueno, sí, porque luego si pasa algo nos acusan de negar ayuda a un moribundo, aunque estos lo que están es borrachos como cerdos.

Kasongo negó sin que nadie le hiciera caso. Pero era verdad que no habían bebido tanto. Marie Désirée Claire no estaba borracha. Y se lo repitió a los dos enfermeros cuando entraron con el cuerpo de la mujer en una camilla.

–No, ella no está borracha y la peste de tu aliento es por los caramelos de licor que te has comido.

Marie Désirée Claire tenía los ojos en blanco; musitaba algo que Kasongo creyó podía ser su nombre.

–Sí, mi amor.

–Mira, qué bonita pareja. Eso que le cuelga de la barbilla es vómito ¿verdad? Le habrá sentado mal la cena.

–Sí, y se ha hecho pis de la risa.

Empujaron la camilla por un pasillo, Kasongo a su lado, con dificultades para mantener el paso rápido de los enfermeros.

–Casi no hemos bebido.

Le contestaron con algo que debió de ser un chiste pero que no llegó a entender. Soltaron una carcajada.

–Siéntate ahí, sí, ahí.

Kasongo se sentó en la silla que le señalaban.

–Espera sin moverte, que nos vamos a ocupar de tu Julieta. Le vamos a poner una inyección de tiamina; gentileza de la casa.

–Marie Désirée Claire, se llama –pero no le escucharon.
Él no quería dejarla sola con esos dos hombres, sin embargo no se atrevió a entrar con ellos en la habitación. Aguardó con el oído atento por si ella chillaba o reclamaba su ayuda, pero el siguiente ruido que oyó fue el de la puerta al abrirse, los pasos de los enfermeros.
–¿Está bien?
–No, pero lo estará mañana. Tú vete a casa y regresa a las nueve de la mañana. Julieta te estará esperando fresca como una rosa.
OK.
OK.
OK.
Asintió porque no tenía otro remedio. Hubiese preferido quedarse, pero no sabía cómo oponerse a la presión de esa mano que lo encaminaba hacia la puerta del hospital; uno no se opone a la autoridad de los médicos ni de los sacerdotes, porque ellos saben mucho más que nadie, han acumulado sabiduría y la sabiduría les da poder, tú podrías tirar una piedra a un policía, pero nunca se la tirarías a un médico ni a un sacerdote.
OK.
Kasongo salió del hospital, sintiéndose enfermo, debían de ser los nervios, regresó caminando a casa, y de camino odiaba a cada uno de los transeúntes con los que se cruzaba porque ninguno de ellos había querido ayudarle momentos antes a llevar a su mujer, era su mujer, al hospital, igual que en Zaire, los blancos sólo se dirigen a los negros para darles órdenes, y eso estaba cambiando con Josef Désiré Mobutu, ante el cual los blancos hacían reverencias e incluso se arrodillaban. Por eso lo mataron, no le permitieron curarse en Francia, y lo dejaron morir en un hospital de Marruecos. Kasongo conocía bien la historia. Y sabía que en los hospitales es fácil matar a alguien.
Y entonces, pensando en la muerte de Mobutu, tuvo el presentimiento de que también iban a matar a Marie Désirée Claire. Kasongo se pasó la noche llorando a la mujer, llorándose a sí mismo sin la mujer, y tenía los ojos hinchados y doloridos cuando a las nueve en punto de la mañana llegó al hospital aún con

una mínima esperanza pero cada vez más consumida por ese mal presentimiento, y lo vio en la mirada huidiza de la recepcionista, lo vio también en la cara del médico que salió enseguida a recibirlo, cortés, frío, a la defensiva, consciente de lo que habían hecho con Marie Désirée Claire, y lo llevó a su despacho a darle la noticia.

–Lo siento. Lo siento mucho pero la mujer que vino ayer con usted ha fallecido esta madrugada. Era diabética, ¿lo sabía usted? Claro que no lo sabía –dijo el médico, levantando las cejas y sacudiendo la cabeza como para expresar enorme contrariedad.

–Los otros médicos dijeron que estaba borracha.

–Si no hubiesen bebido ustedes tanto habríamos podido diagnosticar el problema. Tampoco llevaba pulsera de diabética. Los síntomas son parecidos.

–Yo les dije que estaba enferma y no me hicieron caso.

–Francamente, no es justo echar la culpa a nadie. Ha sido mala suerte. No deberían haberse emborrachado. Le voy a rogar que me firme este papel. Es un trámite necesario.

Es todo lo que recuerda Kasongo. Su memoria es clara desde el día que aterrizó en Bruselas en un vuelo de Sabena hasta la conversación con un médico que le decía que Marie Désirée Claire había muerto de diabetes, y que nadie tenía la culpa de nada, porque la culpa sólo puede ser de los africanos.

Después hay un período en blanco.

Días o meses o años vacíos.

Una extensión como un desierto; has estado allí pero no recuerdas nada porque todo es idéntico. Miras hacia adelante, miras hacia atrás, y podrías marchar en cualquier dirección. De hecho, no sabes si vas o si regresas.

Y por la noche sólo te mantiene despierto el aullido de los chacales.

Años, debieron de ser años, porque el tiempo pasó por encima de él como una mala enfermedad, lo debilitó y rompió por mil sitios, volvió blando lo que era duro, le robó el espíritu, confundió los pensamientos, convirtió la memoria en sospecha y la esperanza en la resaca después de una borrachera.

Después él era otro hombre. Como si le hubiesen metido en el cuerpo la vida de una persona diferente a la que él no conocía de nada y que reaccionaba y decía cosas de las que él mismo se sorprendía.

Tan sólo recuerda que estaba interno en aquel hospital que parecía un convento y en el que había muerto Marie Désirée Claire. Que lo traían y lo llevaban, hablaban con él como si fuese un niño, le daban pastillas que le hacían sentir bien, sin miedo ni furia, lo volvían un sonriente Kasongo que recorría los pasillos, plácido y adormilado, y entablaba conversación con otros pacientes; lentas, largas conversaciones, que se le olvidaban enseguida, más desiertos idénticos, y arrastraba sus pasos, porque desde que estaba en el hospital le habían cambiado las piernas por las de un anciano, hasta la puerta cerrada, una y otra vez, sin convicción, por si alguien la hubiera dejado abierta y podía salir por fin, porque él se encontraba bien, aunque un poco torpe de movimientos, pero eso era por la falta de aire allí dentro, y ya casi tampoco se acordaba de Marie Désirée Claire, o si se acordaba era con esfuerzo, teniendo que concentrarse a fondo para volver a ver su cara y escuchar su risa; Marie Désirée Claire lo había dejado solo, se había vuelto la amante de los fantasmas y él ya no pensaba en ella, tan sólo en marcharse, en franquear esa puerta ante la que un día se encontró con un paciente nuevo:

Vestido con una bata de cuadros. Blanco, más joven que él. El pelo largo y lacio, muy pálido. Con la frente apoyada contra la puerta cerrada, parecía rezar o musitar a alguien que escuchara con la oreja pegada al otro lado. Así durante horas, todos los días. Desde que lo descubrió, rara era la vez que no se lo encontraba allí, en la misma postura; el judío, lo llamaban, porque alguien comentó que los judíos rezan con la cabeza contra un muro, pero a Kasongo le parecía que podía estar loco, así que, picado por la curiosidad, acabó por acercarse, sacudirle suavemente por un hombro para obligarle a salir de su ensimismamiento. Y cuando el hombre abrió los ojos y se lo quedó mirando con esfuerzo, quizá queriendo recordar dónde lo había visto antes, Kasongo le tendió la mano.

–Hola. Me llamo Kasongo.

El otro también se quedó un rato mirando la mano como si se devanase los sesos para entender para qué servía, pero al final levantó la mirada. Sonrió. Con un movimiento lento, concentrado, temeroso de no atinar a coger aquella mano tendida, la estrechó por fin con un apretón blando.

–Hola. Yo soy Daniel. ¿Sabes cómo se sale de aquí?

CHANTAL Y AMÉLIE

Luis tenía la cara metida entre los pechos de Chantal. No se movía, no la besaba ni mordisqueaba como otras veces. No se había puesto a lamerle los pezones. Arrodillado entre sus piernas –Chantal estaba sentada en una silla, sólo con las bragas puestas–, mantenía la cabeza entre los senos y los apretaba ligeramente contra sus mejillas. Respiraba despacio, inhalando por la boca durante más tiempo de lo normal y exhalando por la nariz. Chantal oía el sonido de su respiración y sentía el calor del aliento al chocar contra su piel y descender entre la hondonada de los pechos. Ella, mientras tanto, fumaba. De vez en cuando pasaba el dorso de la mano libre por el mentón sin afeitar de Luis, a contrapelo, y terminaba el movimiento acariciando sus cabellos como si se complaciese en comparar las dos texturas diferentes. Luis llevaba el pelo largo y peinado hacia atrás, sus rizos se curvaban hacia arriba sobre el cogote, un pelo muy negro y un poco grasiento –Chantal podía oler su cuero cabelludo–, que causaba una impresión de descuido voluntario, como el de un rockero entrado en años al que le ha quedado la pose rebelde pero le falta la energía que la justificó en su tiempo. Aunque Luis no era un cantante de rock sino un funcionario español de la Unión Europea, experto en aves de corral.

Sonaba un disco, más bien deprimente, de P. J. Harvey.

Chantal no sabía en qué estaría pensando Luis. Tampoco se lo preguntó porque a él siempre le irritaba la pregunta. Le hubiese gustado hacerlo; a la gente se la conoce mejor por lo que piensa de manera casi inconsciente –mientras friega los cacharros o parece escuchar sin mucho interés cualquier cosa que le estés contando– que a través de los actos y comentarios que realiza sabiendo que alguien los ve o escucha. ¿En qué piensas? significa: ¿quién eres?

Ella pensaba, sin quererlo, en Amélie, que se había quedado a dormir en casa de la vecina. Con la promesa de que si se despertaba y añoraba a su madre, Chantal regresaría. La vecina tenía el número del móvil. Sólo con esa promesa consentía Amélie, aunque llorando, que su madre saliese por la noche. Nunca quería dejarla marcharse.

¿Te da miedo?, le preguntaba Chantal. ¿Te da miedo si no estoy en casa?

Amélie negaba con la cabeza.

¿Te da miedo que no vuelva? Tontita, ¿cómo no voy a volver?

Amélie también negaba y lloraba con más sentimiento.

¿Entonces? ¿Por qué no quieres que me vaya?

Amélie probablemente no lo sabía, se apretaba contra su madre y seguía llorando. A veces, como esa noche, hacía de tripas corazón, se enjugaba las lágrimas con la palma de la mano, sorbía los mocos y decía:

Pero, si te llamo, vuelves en seguida.

Chantal le daba las gracias, terminaba de arreglarse, pintaba los labios de la niña, le daba un poco de colorete. Y las dos hacían como que ya no pensaban en que unos minutos después Chantal iba a salir. A la hora de la partida, Amélie corría detrás de su madre, lloraba, le daba un beso. Y, fingiendo una sonrisa, le decía adiós con la mano.

Luis sacó la cabeza de entre los pechos de Chantal. Miró alternativamente los dos pezones. Lamió uno, después el otro. Chantal apagó el cigarrillo en una caracola rota que había encima de la mesa. Luis le mordió el pezón izquierdo. Ay. Chantal le dio un tirón de pelo. Los dientes de Luis se entreabrieron y volvieron a dejar paso a la lengua. Dijo algo.

–¿Qué?

–Quítate las bragas.

Luis se incorporó para dejarle sitio. La miró inclinando la cabeza. Más bien, miró sus bragas inclinando la cabeza.

–Desnúdate tú también.

–¿Por qué?

–Porque sí.

Luis chasqueó la lengua con disgusto. Desabrochó la camisa, se quitó a la vez los pantalones y los calzoncillos y los lanzó sobre un sillón. Ella acabó de quitarle la camisa.

Cuando ambos estaban desnudos, Luis cogió una silla y la puso al lado de la de Chantal.

–Súbete, con un pie en cada una. No, así no. Dándome la espalda.

P. J. Harvey preguntó en ese momento: *Is this desire?*

Chantal se rio por lo oportuno de la pregunta.

–Tsss –chistó Luis.

Chantal obedeció las instrucciones, cerró los ojos. Aguardó. Notó entre las nalgas el aliento de Luis como antes entre los pechos. Echó los brazos hacia atrás, buscando la cabeza de él, pero Luis la tomó por las muñecas y devolvió sus manos a los costados de Chantal.

–Así –dijo. A Luis le gustaba disponer hasta el último detalle la escenografía de sus encuentros, como si antes que amante fuese un fotógrafo meticuloso que impone a su modelo una postura precisa con el fin de captar exactamente la imagen que se ha formado en su cabeza.

En algún lugar del salón sonó el móvil de Chantal.

–Espera.

Se bajó de un salto de las sillas zafándose de la mano que intentó sujetarla, fue al perchero donde había dejado el bolso y empezó a vaciarlo sobre el sofá.

–No respondas. Déjalo sonar.

–Es la niña.

–Por eso. –Luis imitó la voz llorosa de Amélie–: Mamá, mamaíta no puedo dormir. Ven.

–Sí, cariño –respondió Chantal en el teléfono mientras hacía un gesto de fastidio hacia Luis–. ¿De verdad quieres que vaya? ¿De verdad, de verdad? ¿No puedes dormir? Bueno. En media hora.

Chantal guardó el teléfono en el bolso. Luis, mientras tanto se había recostado desnudo en el sofá y estaba calentando una china con expresión malhumorada.

–Hay que joderse. Te tiene en un puño.

–Luis, no te metas en eso.

–Pero ¿cómo que no me meta? Si la mierda de la niña nos revienta la mitad de las noches.

Chantal se sentó a su lado mientras se abrochaba la blusa.

–No puede evitarlo.

–Mira que eres tonta. Y Amélie una niña mimada.

–¿Y tú qué sabes? ¿Tienes niños? No.

–No, ni quiero. Pero veo a otros padres y madres. Y a ninguno le mangonean así sus hijos.

Chantal acabó de vestirse. Luis había empezado a fumar. Chantal le cogió el canuto y dio tres caladas seguidas.

–Qué, ¿cuándo nos vemos? –preguntó Luis extendiendo la mano para recuperar el porro–. ¿Cuando Amélie cumpla veinte años?

–No seas así, Luis. Que no puedo más.

–Si es que te tiene bajo su control.

–Pues no está mal, que al menos haya una cosa en el mundo que pueda controlar. Ya quisiera yo decir lo mismo.

Chantal ignoró la mano que volvió a intentar retenerla.

–Yo no te llamo, ¿vale? Cuando Amélie te dé permiso para salir me avisas.

–Vete a la mierda, Luis. De verdad, vete a la mierda.

Chantal se puso el abrigo, buscó en los bolsillos las llaves de casa como si necesitara asegurarse de que las llevaba.

–Eh. –No le hizo caso–. Toma. Una calada para el camino.

Vete a la mierda, vete a la mierda, vete a la mierda, se repitió mentalmente.

Salió del apartamento. Bajó en el ascensor golpeando la pared con los nudillos. Al salir del portal, contó el dinero que llevaba en el monedero: muy justo para un taxi, pero los autobuses tardaban una eternidad a esas horas. En otra situación le habría pedido a Luis que la llevara, pero habría sido un acto de rendición, como un reo que se entrega cabizbajo a la justicia y se pone en sus manos. Y ella no había cometido delito alguno.

Fue a la parada de taxis que estaba a una manzana. Por suerte había uno esperando. Dio la dirección al taxista; ya se las arreglaría. En última instancia podía pedir prestado algo a la vecina, o romper la hucha de Amélie.

Chantal se dio cuenta con disgusto de que se estaba mordiendo las uñas.

Todos esos tíos que siempre tienen la solución, que saben cómo hay que educar a una niña, que lo único que quieren es que no les molesten, si la niña necesita algo que se fastidie pero que no dé la lata, y si llora o está triste o mimosa o lo que sea es porque le da la gana y sólo pretende imponerse, dominar a la madre, que claro, cede como una tonta...

El taxista era un tipo joven. Marroquí, argelino, algo así. En el salpicadero había pegada una estampa con una virgen de manto azul y una banda de imitación de cuero que llevaba una esfera de cristal con termómetro e higrómetro y un Sagrado Corazón. Seguro que el coche no le pertenecía. El joven se asomaba intermitentemente al retrovisor alargando un poco el cuello, porque lo que buscaba no era vigilar el tráfico sino encontrar los ojos de Chantal, ligeramente acurrucada en el asiento.

Qué pesado.

Chantal frunció el ceño y volvió la cabeza hacia la ventanilla. Aun así no se le pasó la irritación; era consciente de que el joven ahora podía examinar su perfil con toda comodidad.

Su enfado con el taxista la devolvió a la despedida en el apartamento de Luis, como si las sensaciones desagradables tuviesen una continuidad que las vuelve independientes de los hechos que las provocan. No iba a volver a ver a Luis. No tenía ganas de que siguiese dándole lecciones. Ni de educación infantil ni de sexo. Hay que fastidiarse con los tíos, siempre en plan profesor... Daniel no, Daniel nunca daba lecciones. Pero Daniel estaba loco. Aunque era el único hombre con el que había dejado sola a Amélie más de un cuarto de hora.

—Aquí es —dijo al taxista. El contador marcaba un euro más de lo que llevaba encima. Chantal había sacado hasta el último céntimo del monedero.

–No llevo más. Lo siento. De verdad que lo siento.

El taxista tomó el dinero. Volvió a mirarla por el retrovisor. Se giró y metió la cabeza entre los dos asientos delanteros.

–Un beso a cambio de lo que me debes.

Chantal estaba tan cansada que se inclinó hacia adelante para saldar su deuda sin discutir. Se quedaron mirándose, tan de cerca que sus rostros se volvieron borrosos, pero Chantal vio que el taxista se había dado cuenta de que estaba llorando.

–Perdona. Era una broma. Una broma tonta. No lo decía en serio.

Chantal sacudió la cabeza como para quitarle importancia. El hombre la miraba con una lástima insoportable.

–Toma, te devuelvo el dinero. ¿Lo quieres? Te juro que no te voy a pedir nada. –Chantal hubiese querido rechazarlo, decir que no lo necesitaba. Tomó el billete y se apeó–. Eh. –El taxista le tendía algo desde la ventanilla. Chantal regresó a ver qué era, aunque no podía aceptar más dinero, no sin empezar a contraer obligaciones.

–Mira, mi tarjeta. Si necesitas un taxi, llámame. Te hago un descuento, pero no mucho, ¿vale?

Chantal asintió y, sin querer, sonrió. Subió las escaleras. La vecina abrió la puerta. Llevaba una bata por encima del pijama y bostezaba tan exageradamente que Chantal sospechó que pretendía provocarle remordimientos. Como si necesitase ayuda ajena para tenerlos. Como si no se hubiesen convertido en sus más fieles acompañantes desde que parió a Amélie en un hospital de Schaerbeek.

–Hija, se empeñó en llamarte. No pude convencerla. Cuando se pone así, es imposible.

–No te preocupes. Muchas gracias.

–Tienes una cara fatal.

–Ya.

Encontró a Amélie también en pijama, sentada en un sillón mirando un libro a la luz de un flexo.

–¿No podías dormir?

Amélie negó con la cabeza.

Chantal fue a sentarse a su lado; mientras hojeaban juntas el libro, ella le contaba los mundos que descubría o inventaba en esas páginas impresas, mundos en los que los dragones tenían buen corazón y los padres de los niños tenían todos coche, un empleo y montones de tiempo libre para jugar con sus hijos.

–No sé qué vamos a hacer –susurró Chantal.

La vecina se encogió de hombros. Amélie se encogió de hombros. Chantal hizo lo mismo y las tres comenzaron a reír como si acabaran de escuchar algo gracioso.

–¿Quieres un café?

–Gracias.

–¿Gracias, no, o gracias, sí?

Chantal negó con la cabeza.

–Si lo tomo no duermo.

–Yo no duermo de todas maneras. Paso las noches en vela.

–Prueba a no tomar café.

–Te digo que no duermo. Es como vivir dos veces; por el día me suceden las cosas, y por la noche me voy acordando de ellas una por una. Una por una, te digo. Voy a preparar un cacao a la niña. Bueno, son más de dos veces –sacó un pañuelo de papel ya utilizado del bolsillo de la bata y se sonó la nariz–, porque uno piensa más deprisa de lo que vive, así que hay cosas que me pasan tres o cuatro veces por la cabeza; sobre todo las desagradables. ¿A ti no te ocurre?

No esperó la respuesta. Desapareció en la cocina y poco después se oían puertas de armarios, tazas y cucharas entrechocándose, las chispas del encendido de la cocina de gas, los resoplidos de una cafetera.

Amélie miraba su libro y movía los labios como si leyera, aunque en las hojas sólo había ilustraciones.

–Toma, te he hecho un café por si acaso.

La vecina dejó sobre una mesita de cristal una taza que parecía de un juego antiguo y barato, con motivos dorados llenos de arañazos, y un tazón recuerdo de la torre Eiffel hasta el borde de cacao.

–Ay, se me olvidó el azúcar. Yo nunca tomo azúcar. Y la sal apenas la pruebo. Por la tensión. ¿Quieres azúcar?

–Nos vamos a marchar –dijo Chantal, pero no hizo ademán de levantarse. Tomó la taza, dio un sorbo de café y soltó un suspiro. La vecina le hizo eco, como si hubiese llegado ella también a una conclusión triste. Amélie levantó la cabeza, miró a las dos mujeres y suspiró ruidosamente. Pero sólo consiguió de su madre una sonrisa desganada.

–¿Por qué me llamaste? No necesito que me protejan. O sea que si he despertado tu instinto protector, olvídate. Te equivocas de persona.

–Te he llamado para tomar algo contigo.

–Nadie llama para tomar algo. Tomar algo es un paso. Después viene otro. Y después otro. Por eso quiero dejar las cosas claras. Me has visto llorar y has pensado que todo sería fácil. Que una chica que llora se agarra a un clavo ardiendo.

–¿Con quién estás hablando? ¿Hablas conmigo o para quién es este discurso? Te he llamado. Nada más.

–No. No me has llamado y nada más. Antes has tenido que averiguar mi número de teléfono. Y para hacerlo habrás ido a mirar mi nombre en el timbre de la puerta. Leer todos los rótulos de los timbres y decidir cuál es el mío. Buscar en la guía. O a lo mejor has preguntado a los vecinos.

–Trabajo en una central de taxis.

–Entiendes lo que te estoy diciendo. Ya sé dónde trabajas.

–Tenemos ordenadores. Con nombres, direcciones, números de teléfono. Para saber quién encarga el taxi. En tu casa sólo viven tres familias. No es tan difícil.

–Mira, todo eso me da igual. Lo que quiero que me digas es para qué me has llamado.

–Has venido.

–También sé que he venido. Pero eso es asunto mío, si vengo o no cuando me llaman. Lo que quiero saber es para qué. Y si te he dado pena, si te parece que necesito un hombre para que se ocupe de mí, de verdad, déjalo. Llevo años sin un hombre y no he olvidado lo que era estar con uno. Lo tengo grabado aquí.

Chantal se señaló la frente con el pulgar, mientras sujetaba el cigarrillo con el índice y el corazón. Hizo presión contra la frente como si quisiera llegar con la uña hasta ese lugar en el que se le había grabado cómo era vivir con un hombre. El camarero se había parado ante ellos, indeciso; iba a preguntar qué querían tomar, pero parecía consciente de llegar en un momento inoportuno. De hecho, ninguno de los dos dio señales de haber notado su presencia. Una riña de pareja, debió de pensar, una de las muchas peleas a las que asistía desde detrás de la barra. Decidió irse a un extremo a fregar copas, pero no les quitaba el ojo de encima.

–Mira, yo no sé cómo son las cosas en tu país. Citas, ligar, esas cosas.

–En qué país.

–No sé; de donde seas.

Hubo un silencio en la música que hasta entonces Chantal no había percibido. Ni siquiera habría podido saber de qué se trataba. Algo suave, algo oriental, quizás. Fue el silencio el que le recordó que unos segundos antes había música. Un silencio que respetaron también los otros tres clientes, dos hombres y una mujer de edades imprecisas, entre treinta y cincuenta, que, aferrados cada uno a una cerveza al fondo de la barra hicieron una pausa en la conversación, un segundo para respirar o dar un trago. Y fue en ese breve lapso entre dos canciones y dos comentarios, en el que entró como una cuña la respuesta de Rachid.

–No te voy a pedir que te rebanes el clítoris, si es lo que estás pensando.

La única cabeza que no se volvió hacia él fue la de Chantal.

–Ni siquiera que te pongas un velo. Y si salimos a pasear juntos no tendrás que caminar dos pasos por detrás de mí.

Una voz de mujer acompañada por una guitarra melancólica fue desparramándose por el bar, como si rezumase de la penumbra.

Mal inicio.

O mal final.

¿Por qué estaba tan tensa? En guardia. Nada más llegar se ponía a echarle la bronca como si se conociesen desde hacía años, cuando era la segunda vez que se veían. Estaba olvidando cómo relajarse, incapaz de hacer un movimiento sin preguntarse lo que va a venir detrás, como si estuviera jugando al ajedrez con su propia vida. Llegaba ese chico que la había llamado para salir, por los motivos que fuese, y hablaba con él como lo haría con un marido del que ya sabe las mañas y los pensamientos ocultos. Con la mirada alerta, con el pelo encrespado, con las uñas a medio sacar, como si cualquier paso que diera fuera irremediable, eso, una pieza de ajedrez que una vez depositada en el tablero no puedes volver a tomar, ya está ahí, expuesta a que la derribe el contrario. No quería vivir así, previendo las tres o cuatro jugadas siguientes. Con miedo a no poder corregir ni cambiar de trayectoria. No quería vivir así pero llevaba ya bastante tiempo haciéndolo.

–¿Volvemos a empezar? –Rachid no respondió. Dio tres veces la vuelta al posavasos que había tomado de la barra, leyendo ambas caras con el ceño fruncido. Lo lanzó por fin sobre la barra; resopló–. ¿Volvemos a empezar?

–No sé; mira, yo no quiero forzarte a nada. No sé por qué te he llamado, sí, claro que piensas que después pueden venir más cosas, pero no hay nada concreto, no hay un plan. Primero sólo quería tomar algo contigo. Yo qué sé después. Y no, no tengo espíritu protector.

–Tú espérame aquí. –Chantal se levantó de la banqueta, tomó el abrigo, se dirigió a la salida–. No te vayas –dijo sin volverse.

Rachid la siguió con la mirada, y todavía estaba contemplando la puerta por la que había salido cuando volvió a entrar, con el cabello mojado a pesar de que sólo podía haber estado fuera cinco o seis segundos.

Chantal buscó en derredor; sonrió al descubrirlo junto a la barra y su sonrisa le puso una especie de resplandor como de aparición angélica que iluminó el bar.

–Hola. No llego muy tarde, ¿verdad? –Le tendió la mano y él la chocó desconcertado–. No puedes imaginarte lo que está cayendo. Ah, gracias por llamarme. Encantada de volverte a ver. ¿Qué estás tomando?

—Nada, aún nada.

—Ah, tú también acabas de llegar. ¿Me pides una Kriek mientras voy a secarme el cabello?

Y desapareció hacia el fondo del bar después de dejar el abrigo sobre el taburete, seguida de las miradas del camarero, de los dos hombres y la mujer que no les habían quitado ojo los últimos minutos, y del propio Rachid.

—¿Sueles hablar solo? —preguntó al regresar.

—No.

—Pues estabas moviendo los labios. ¿Sabes lo que estaba pensando en el baño?

El camarero se acercó, puso la Kriek delante de Chantal, una cerveza rubia a Rachid. Iba a depositar sobre la barra un platillo con cacahuetes, pero se le escurrió de la mano y desparramó el contenido por la barra. Rachid tomó uno de los cacahuetes caídos.

—No. La verdad es que no.

—Que está muy bien que me hayas visto así. Porque el bicho con el que estabas hablando hace un rato también soy yo.

—Así voy avisado.

—Eso es. Porque no te creas que soy sólo la chica guapa —soy guapa, ¿no?— y simpática —aunque todavía no te haya mostrado ese lado de mi personalidad—. Luego llegan las decepciones. ¿Hay algo más que quieras saber de mí?

—Para que estemos iguales porque tú sabes que soy taxista. ¿Trabajas?

—Sí, soy un buen partido. Tengo un empleo fijo de camarera. Pero no te preocupes: aún no me han salido varices.

—Menos mal. ¿Tienes hijos?

—Si contesto que sí, en qué lado lo apuntas: ¿en el negativo o en el positivo?

—Depende de cuántos.

—Una. Pero insoportable. ¿Tú?

—Dos; chicos. Pero su madre, mi ex, los raptó las vacaciones pasadas y se los llevó a Argelia. No he vuelto a verlos desde entonces.

—¿Y por qué se los llevó?

–Decía que yo no los educaba en la fe musulmana. Que los estaba corrompiendo. Que ella prefería verlos muertos a que se volvieran unos impíos.

–Qué horror.

–Su familia ha jurado matarme si me acerco a ellos. Por ahí andan, primos, tíos, yo qué sé, con un puñal al cinto esperando a que intente rescatar a mis hijos.

Chantal apuró la cerveza mirando fijamente a los ojos a Rachid. Se relamió los labios por si había quedado espuma en ellos.

–¿Y qué vas a hacer? –preguntó, sin quitarle la vista de encima. Buscando algo en el fondo de sus ojos negros, por debajo del ceño fruncido por la preocupación. Un chisporroteo, un guiño.

Rachid no cambió la expresión al responder.

–Si fuesen chicas no haría nada, imagínate, que se queden con su madre. Pero son dos varones. Tienen que estar con su padre. En fin, uno de estos días iré a rescatarlos. Con algunos miembros de mi familia. Llevaremos fusiles.

–Un baño de sangre.

–Así están las cosas. Ellos se lo han buscado.

De nuevo, como si lo tuviesen perfectamente ensayado, justo en la pausa entre dos canciones, hicieron levantar la cabeza a los clientes –habían entrado dos más, aunque Chantal no se había dado cuenta: una pareja joven, sentada a la barra con las manos entrelazadas–, esta vez con una carcajada al unísono. El camarero, tontamente, rio un poco, como si quisiese también ser partícipe de esa repentina alegría.

–Idiota. No tienes hijos.

–¿Y eso aumenta o disminuye mi atractivo?

–Le vas a gustar a Amélie.

–¿Quién es Amélie?

–Mi hija. Quiero decir, suponiendo que te la presente.

–Es un poco prematuro tomar una decisión así.

–Habrá que pensarlo bien.

–¿Por qué le voy a gustar?

–Porque eres un embustero. Aunque Daniel también le gusta y no es un embustero.

–Vaya. ¿Quién es Daniel?

Hacía tiempo que no le veía; meses. No respondía a sus llamadas, no pasaba siquiera a ver a la niña. Andaba cada vez más perdido en ese mundo que se había construido de desolación y medicamentos. Incapaz de llevar nada a término, de lograr algo que se hubiera propuesto; hacía mucho que dejó de proponerse nada. Había estudiado Historia hasta el último curso, cuando decidió no presentarse a los exámenes finales, porque no necesitaba el refrendo de unos cuantos burócratas, lo que sabía lo sabía, y lo que no, no. Quiso montar un negocio de alquiler de vídeos a domicilio, pero fracasó en cuestión de meses: iba de casa en casa con un gran cajón de vídeos que transportaba en el remolque de una bicicleta; a la gente le caía bien, no era ese el problema; pero cuando un posible cliente le preguntaba, oye, ¿cómo es esta película?, Daniel le disuadía de alquilarla, insistía en que era muy violenta o muy trivial.

También había querido ser –cómo no– agricultor autosuficiente, y durante un tiempo se dedicó a leer libros sobre compostado, cultivo integrado, lucha biológica contra las plagas. Pero nunca reunió el dinero para comprar un trozo de tierra. Después montó una pequeña editorial, con la gran idea de traducir cuentos de autores clásicos –es decir, muertos hacía tiempo, a los que no había que pagar derechos–, y vendérselos a cadenas hoteleras como regalo a los clientes, que se encontrarían sobre la mesita de noche. La idea era buena. Por eso algunas cadenas de hoteles se la apropiaron, lo que, curiosamente, pareció hacer feliz a Daniel. A lo mejor dejan de poner la Biblia en la mesilla, decía satisfecho.

Debería pasar a buscarlo a Chez Biche, pero le daba pereza asomarse a ese mundo ensimismado del que a ella le había costado mucho salir; alcohol, rencor, sentimientos abotargados. Sabía lo que era. Su padre se lo había mostrado desde niña. Daniel, al menos, no era violento, salvo hacia sí mismo.

–Ha sido una pregunta indiscreta, claro.

–¿Cuál?

–Pero de tu trabajo sí podrás contarme.

Chantal se quedó un momento recapitulando hasta que llegó a la pregunta que la había llevado a abstraerse, a ausentarse de la conversación. Sonrió.

–Daniel es mi hermano.

–De todas formas. Tampoco quería convertirlo en un interrogatorio sobre tu vida privada. Además, no me convienes.

–Vaya. ¿Has llegado a esa conclusión mientras me he quedado absorta? ¿No te gustan las chicas calladas?

–No, es eso de la Kriek. Una mujer que bebe cerveza de cerezas tiene que tener unos gustos horrorosos. Muñecos de peluche en la cama, paños de ganchillo sobre los brazos de los sillones, a lo mejor incluso pelucas en un armario. –Rachid levantó una mano, la llevó a la cabeza de Chantal, le dio un suave tirón de pelo–. Al menos este es auténtico.

Y Chantal lo entendió como una primera caricia, un primer intento de saltarse la barrera de la timidez. Algo torpe, pero al menos no era grosero ni obsceno. Una mano lenta, cuidadosa, que apenas roza su pelo, que hubiese querido, pero no se atreve a ello, rozar también su frente.

–Otra Kriek –pidió Chantal con gesto enfurruñado. Y dio a Rachid un ligero puñetazo en la rodilla. De acuerdo, pensó. Empezamos las maniobras de aproximación.

¿Que te cuente cómo vivo? ¿Así, por teléfono?

¿Cómo son mis días?

Bueno, mira, para empezar: No es fácil ser mujer, madre soltera y trabajadora. Sí, será una banalidad, pero que sea banal no lo hace menos difícil.

Pero te cuento el día de hoy, para que te hagas una idea. Por la mañana llevar a Amélie al colegio... no, la cosa empieza antes: a las siete suena el despertador, voy a la habitación de Amélie; cuando subo la persiana llega el primer gruñido de protesta; Amélie esconde la cabeza bajo la almohada, comienza a lloriquear, da una patada contra el colchón cuando la zarandeo suavemente.

Amélie, cariño, tienes que levantarte.

Luego acompañarla al baño; aguanto su berrinche porque no encuentra el cepillo de dientes rojo –no, el verde no, tiene que ser el rojo–, la rabia porque se le ha metido el jabón en los ojos, y yo se los enjuago, aunque sé que es innecesario, con agua tibia.

¿A que ya no pica?

¡Sí pica; mamá, tonta!

Por fin sale del baño para entrar en el siguiente campo de batalla: nunca encuentra la prenda que busca, y precisamente sin ese pantalón o sin ese niqui no quiere ir al colegio.

Está en la lavadora, toma, ponte esta camiseta roja que también te gusta mucho.

Y Amélie se tira al suelo, llora, me insulta, el propio llanto, primero casi fingido, se va volviendo auténtica tristeza, que la lleva a acercarse a mí casi a rastras –yo estoy a su lado en cuclillas–, esperando que la coja en brazos. Lo hago y, con ella aún desconsolada, voy a la lavadora que por suerte aún no he puesto en marcha, saco el niqui sucio y se lo pongo. Amélie, irremediablemente triste, con o sin niqui, pero algo apaciguada por mi concesión me permite generosamente que la ayude a vestirse.

Llegamos a la mesa del desayuno y yo tiemblo porque supongo que no va a querer los copos de avena que tenemos hoy, si son los del tigre me pedirá los del león, y si son los del león derribará la caja de un manotazo haciendo pucheros,

¡¿Dónde está el tigre!?

Pero si estos te gustan más.

Bah, mentirosa.

No, hoy no; mezcla los copos con la leche, los remueve hasta volverlos papilla, come a cucharaditas de pájaro, se lleva a la boca sólo una puntita de la cuchara, haciendo un gran esfuerzo, remueve otra vez, aplasta un poco más la papilla, hasta que el tazón se vuelca.

Está muy malo, no quiero más,

dice, como si eso justificase derribar el tazón. Ni me molesto en limpiar lo vertido, tampoco en intentar convencerla de que desayune. A esas horas mis nervios están ya destrozados y sé que Amélie va a ir tendiéndome una trampa tras otra, buscando cualquier excusa para que estalle, le grite, nos peleemos, ella llore, ahora cargada de razón, porque es mamá,

tonta, fea,

la culpable, volverá al suelo a patalear, yo seguiré gritando, tardaremos media hora en reconciliarnos, media hora que ella se ahorrará de colegio... Hoy no cedo a la tentación. Aguanto sus provocaciones, le pongo los zapatos, obedeciendo sus órdenes,

no aprietes tanto, ¡no!, dos nudos no, sólo uno

En otras circunstancias discutiría con ella para convencerla de que si sólo hago un nudo los zapatos se le desatan enseguida, pero me limito a deshacer el nudo. Salimos a la calle, casi la arrastro –las mañanas son los únicos momentos en los que Amélie no quiere ir en brazos, insiste en ir a pie, y a paso deliberadamente lento– hasta que llegamos a la calle donde está su colegio, y entonces comienza a llorar, un llanto auténtico, no pensado para conmoverme ni para enfrentarse a mí ni para ganar tiempo;

el llanto provocado por saber que va a pasarse un día más en ese lugar que odia, donde se siente sola –no sé, no entiendo por qué no tiene amigos, por qué ni un solo profesor se ha encariñado con ella; ¿he hecho algo mal?–. Llora muy bajito, nada teatral, mientras la llevo de la mano a su clase; ante la puerta –por supuesto llegamos tarde, los demás niños están dentro–, me acuclillo y ella se me abraza, no para intentar retenerme; tan sólo para comunicarme su dolor. Le digo adiós con un nudo en la garganta, pero intento sonreír cuando me despido, ya a unos pasos, con la mano.

Luego vuelvo a casa; friego los cacharros sucios de ayer, pongo la lavadora, las camas no me molesto en hacerlas, salvo la de Amélie cuando, por suerte cada vez menos y hoy no, se ha hecho pis. Me da tiempo a prepararme un café, a tomármelo mientras escucho la radio; no sé qué le voy a dar de comer a la niña, cada día escucho una nueva noticia de alimentos contaminados por bacterias o dioxinas o virus, cada vez soy más experta en nutrición, cada vez más resignada a haberme comido toda la mierda de este mundo para que otros se enriquezcan a mi costa, pero al menos que no le toque a Amélie, curioso pensar así, aceptar tan fácilmente que a mí me perjudiquen mientras a la niña la dejen en paz, como si fuésemos rehenes de una banda de desalmados, «A mí hágame lo que quiera, pero a la niña no, por favor», ¿dónde estaba? Sí, escucho la radio mientras me tomo el café, me arreglo para ir al trabajo –para llevar a la niña me pongo cualquier cosa que tenga a mano–, cojo el 54 y llego a la Porte de Namur, y desde allí voy caminando a l'Ultime Atome.

Trabajo, turno de día, porque con Amélie el de noche no puedo. Servir mesas, cobrar consumiciones, echar una mano en cocina. No me quejo. Los compañeros son simpáticos, los clientes en general también. Y estoy agradecida por el dinero que recibo, mira, me imagino sin trabajo y me muero de miedo, no es que ser camarera me parezca apasionante, pero después puedo ir al supermercado y comprar lo que necesito.

Entonces: voy al supermercado después de trabajar; luego a casa; Amélie ya ha llegado; la oigo cotorrear en casa de la vecina; por suerte me recoge a la niña y se queda un rato con ella;

son esas deudas que vas acumulando y que no puedes pagar, sabes que siempre estarás en el debe por mucho que te esfuerces, porque tienes muy poco que ofrecer y un déficit constante, y aunque no es la persona con la que me gusta dejar a mi hija, espera, es simpática y eso, pero le habla de Dios y rezan juntas, me la va a volver beata, tampoco se me ocurre qué hacer con la cría. Bastante mala conciencia tengo por dejarla todo el día en el colegio, una niña tan pequeña, y ya sé que a lo mejor te parece una tontería, pero es como si le estuviese robando algo, además engañándola, diciéndole que los niños tienen que ir al colegio porque así aprenden mucho y de mayores podrán elegir, pero dime tú qué puedo elegir yo.

Cuando he guardado todo en el frigorífico y empezado a hacer la cena (no imagines gran cosa, macarrones con tomate de lata, o patatas y salchichas, o tortellini con jamón de York) golpeo un par de veces el tabique que separa mi cocina de la de la vecina, y casi inmediatamente el timbre suena sin cesar hasta que llego a la puerta y Amélie salta a mis brazos, apenas dos estrujones y, antes de bajarse, ya empieza a contarme lo que ha ocurrido hoy en el colegio; fíjate, cuando me cuenta cómo ha sido su día, siempre pienso: pues no es tan infeliz, no lo pasa tan mal, ha jugado, ha corrido, no la han regañado mucho, siempre llega contando cosas divertidas que le han ocurrido a ella o a algún compañero, pero sé que mañana volverá a llorar y que le parecerá un drama regresar al colegio.

Cenamos. Jugamos. Le leo algún libro. Nos cepillamos los dientes y nos ponemos el pijama, ah, no, pero no es eso todo: lo primero, la habitual pelea para decidir si va a dormir en su cama o en la mía; gana casi siempre y hoy ha ganado; luego la acompaño a la cama, leo otro rato en voz alta, consigo apagar la luz, sólo tras prometer que no me voy a levantar hasta que se quede dormida.

Por fin lo hace. Salgo sigilosamente del dormitorio. Me siento en el sofá. Cojo un cigarrillo, el primero del día, ese que tengo que merecerme; antes de encenderlo me sirvo una copa de Oporto, y pongo en marcha el contestador, esperando que sólo haya mensajes agradables, es decir, ninguno del casero, ni del psicólogo del colegio; ni de la policía... ¿de la policía?, no hay motivo, hace mucho que no, ya te contaré, y sin embargo el miedo permanece, cada vez que escucho el contestador, bueno, a ver:

Buenas tardes, señora eeh Vanderheyde, me permito molestarle porque la sociedad que represento ha decidido utilizar los elevados beneficios del ejercicio anterior para lanzar una campaña de asesoramiento de los ciudadanos de este barrio, que a menudo se encuentran inermes ante la creciente violencia y tienen miedo de que sus hijos salgan a la calle...

Una empresa de seguridad que vende alarmas, pienso, pero escucho el mensaje hasta el final, demasiado cansada para cortarlo y pasar al siguiente.

¿Chantal? ¿estás ahí? No, si estuvieses cogerías el teléfono, ¿verdad? A no ser que prefieras no hablar conmigo... hey, Amélie, ¿tampoco quieres ponerte tú?

(Por fin un mensaje de Daniel.)

Óyeme reina (¿yo o Amélie?). Tengo un plan (no, por favor, otro no). Nuestro futuro está resuelto. Bueno, exagero un poco, ya me conoces. Pero te voy a comprar un piso; y eso no es exageración. Ve eligiendo el barrio, ya te contaré (falta algo; esto no es normal). En fin, un golpe de suerte. Oye, voy a necesitar un poco de ayuda (ah, eso ya sí es normal), pero poco, ya verás. Mañana paso a verte y te cuento. Besos. Uno en los labios, si me dejas. Y a Amélie otro, también en los labios porque no es una antipática como su madre. Chantal, de verdad, esta vez va de verdad.

Apago el cigarrillo. Borro los mensajes. Voy al baño. Me desnudo y me siento en la taza del váter –para que veas que te lo cuento todo– preguntándome: ¿Qué plan tendrá esta vez? ¿Cómo puedo quitárselo de la cabeza? Desde luego, yo no entro; un plan tan rentable tiene forzosamente algo sospechoso; sobre todo viniendo de Daniel; ya te he hablado alguna vez de Daniel. Me peso en la báscula; sesenta y dos; mi peso normal es sesenta. Cuando voy a salir del baño me da la risa. He estado sentada cinco minutos en el váter y se me había olvidado hacer pis. Corrijo el olvido (te lo cuento todo, todo). Entro en mi dormitorio. Con el camisón blanco y los cabellos rubios largos extendidos alrededor de su cabeza, Amélie parece un ángel de retablo. Un ángel que ronca.

Amélie, cuando seas mayor no va a haber quien te aguante, pienso. Me tumbo a su lado. La beso en el hombro y pego la cara a la suya. Me quedo dormida.

Suena el teléfono. Tardo un rato en reaccionar, confusa, como cuando se despierta una en un lugar desconocido. Por fin me levanto y cuando llego al teléfono, aunque han sonado quizá diez timbrazos, todavía no has colgado.

Rachid, qué alegría escucharte. No, no estaba durmiendo todavía, te miento, no sé por qué, como si estar dormida a esas horas no fuese sexy o sólo lo hiciesen las marujas. Me preguntas qué he hecho hoy. Ya te lo he contado.

Eso es todo.

Y es justo lo que me pregunto:

¿Es eso todo? ¿No ha pasado nada más? ¿Son como este todos y cada uno de mis días?

Entiéndeme, no me quejo, tengo trabajo, tengo a Amélie, pero aun así no me parece que quiera dejar pasar toda mi vida sumando días como este. ¿Me entiendes? Tengo la impresión de no poder tomar decisiones propias ni hacer planes: no me queda tiempo para decidir lo que quiero ni lo que puedo; sencillamente respondo a las circunstancias lo mejor que sé. Como un espadachín de esgrima que, ante la superioridad del contrario, no hace más que detener un golpe tras otro, pero le falta tiempo no ya para atacar, hasta para pensar en la posibilidad de hacerlo. Es eso, nada más: que estoy cansada de defenderme.

Vale. Ya he hablado bastante. ¿No?

Ahora tú.

Ahora te toca a ti decirme cómo son tus días.

A través de la puerta de la cocina. Chantal podía oír la historia que estaba contando Amélie. Una historia, inventada sobre la marcha, de un dragón solitario llamado Daniel; los demás dragones no le quieren porque no sabe echar fuego por las narices; y cuando se lo encuentran en el campo lo persiguen, se ríen de él y le lanzan llamaradas que le chamuscan el trasero.

Daniel la interrumpía para pedir una aclaración o sugerir alguna idea para la historia, un repentino giro narrativo, una revelación que transformara la trama en algo diferente, aunque Amélie casi nunca aceptaba sus ocurrencias

No, eso no, no era así,

y continuaba su propia historia aunque más adelante introdujera alguna de las propuestas de Daniel, ligeramente modificadas para que pareciesen un descubrimiento propio. Cuando él le sugirió que el dragón, en lugar de aprender a lanzar fuego, aprendiera a lanzar chorros de agua y se hiciera un dragón bombero, Amélie se partió de risa.

–Un dragón bombero, tonto.

–¿Por qué no? Echa agua por las narices y apaga el fuego que prenden los otros dragones.

–No, él aprende a hacer fuego como los demás. Un fuego chiquitito primero. Pero también sabe escupir y apagar fuegos.

Chantal se había puesto a recoger la cocina con el fin de darles un poco de tiempo para estar juntos antes de la cena. Hacía mucho que la niña no veía a Daniel. Por eso, cuando sonó el timbre –Chantal ya le había anunciado la visita–, corrió a la puerta, pero sólo abrió una rendija, sin quitar la cadena.

–Hola, bicho –le dijo por la rendija.

–Hola, enana.

–Bicho peludo.

–¿No me dejas pasar?

–No, porque no vienes nunca.

–Pero ahora he venido.

–Ahora es nunca.

Daniel nunca discutía la lógica de Amélie, considerando que la lógica de los adultos también es una mera construcción que no explica la realidad, sino que la suplanta. «La gente cree en la creación del universo por Dios o en el big bang, no porque realmente comprenda lo que eso significaría en sus detalles –Chantal le había escuchado más de una vez esa teoría–, sino precisamente porque sustituyen la realidad: no necesitamos verla ni entenderla, porque ya nos hemos inventado una. Los niños hacen exactamente lo mismo. Nosotros tampoco sabemos cómo funciona de verdad un teléfono o un ordenador, tan sólo damos explicaciones diferentes e igualmente imperfectas.»

Daniel se sentó delante de la puerta y ambos pasaron un rato mirándose por la abertura.

–Lo siento –dijo Daniel al cabo de un rato. Era uno de los pocos adultos que conocía Chantal capaces de pedir disculpas sinceras a una niña y sin sentirse particularmente comprensivo o amable por ello. Amélie se ablandó un poco, decidió ofrecerle una posible excusa.

–¿Has estado muy ocupado en el trabajo?

–No. En realidad, trabajo poco.

–Ah. ¿Has venido a ver a mamá?

–Sí.

–¿O a verme a mí?

–A mamá. Pero me alegro mucho de verte. Te he echado de menos.

–¿Y por qué no has venido antes?

–No lo sé.

Se hizo un largo silencio. Chantal prefirió no intervenir. Aunque seguro que escandalizaría a algunos que permitiese a la niña dejar en la calle a un adulto durante diez minutos, Amélie tenía razón: Daniel se portaba como un cerdo.

–Pero, si te dejo entrar ¿vas a jugar conmigo?

–Claro.

Amélie cerró la puerta para quitar la cadena y volvió a abrir. Daniel la tomó en brazos y se la llevó a la cocina, donde Chantal estaba preparando la cena. Le dio un beso sin soltar a la niña.

–Nos vamos a jugar –anunció Amélie.

Chantal no se dio prisa en acabar de preparar la cena. Ahora escuchaba sus risas y sus gritos, los jadeos fingidos de Daniel mientras peleaban en la cama, su juego favorito, luchando como siempre por conquistar el centro del colchón. Quien echase al suelo al contrincante había ganado. Daniel, aunque parecía combatir hasta perder el resuello, jurando a voces que era una enana y que él con ella no tenía ni para empezar, perdía irremediablemente, vencido por algún ataque sorpresa de Amélie que le hacía caer de espaldas al suelo con gran profusión de ayes y volteretas. Llegó, sudoroso, cabizbajo y derrotado, cuando Chantal los llamó para cenar.

–Me ha ganado otra vez. Pero es la última. La próxima se va a enterar.

Después de la cena, Amélie sólo aceptó irse a la cama si Daniel la acostaba y se dejaba contar una historia. Cuando llevaban ya casi una hora de parloteo, Chantal fue al dormitorio y asomó la cabeza.

–Hora de dormir.

Daniel empezó inmediatamente a dar grandes ronquidos.

–Tú no, payaso, la niña.

Daniel fingió despertarse, se restregó los ojos, bostezó exageradamente.

–Ah, la niña. Qué pena. Con el sueño que tenía.

Aún pasaron diez minutos de despedidas y arrumacos antes de que Daniel volviese a la cocina, abrazase a Chantal, que estaba secando los últimos cubiertos, y apoyase la cabeza en su hombro.

–Te he echado de menos.

–Pues te digo como la niña. Podías venir más a menudo.

Daniel no se defendió. Fue a sentarse a la mesa plegable en la que habían estado cenando; la cocina era tan estrecha que con la mesa desplegada apenas había espacio para pasar.

–Es muy práctico.

–¿Qué es muy práctico?

–Esto. Tu cocina, los muebles, no sé –Daniel tendió el brazo trazando un semicírculo en el aire, como abarcando lo que le rodeaba.

–Nada es práctico. Es lo que hay.

Chantal se olió las palmas de las manos, hizo un gesto de desagrado y se las lavó en el fregadero.

–Eso digo. Que es lo que hay, poca cosa, pero parece acogedor, que vive una familia, no sé si me entiendes, da la impresión de que se podría ser feliz aquí. Hay platos hondos y platos lisos, una sola cubertería –y no tenedores, cucharas y cuchillos descabalados–, ganchos para colgar los paños de cocina, fieltros para poner encima las ollas calientes y que no estropeen la mesa. Está bien. Está muy bien.

Chantal se secaba las manos y sacudía casi imperceptiblemente la cabeza mientras escuchaba a Daniel.

–¿Y qué quieres que haga? Tengo una niña, Daniel. A veces parece que se te olvida.

–Nada. Si te digo que está muy bien. Es admirable.

–Mira, vamos a cambiar de tema.

–Sí, como quieras, yo sólo decía…

Daniel miró el reloj y enarcó las cejas como si le sorprendiese lo rápido que pasa el tiempo.

–¿Qué?

–Nada, que me alegro de que estéis bien, que la niña crezca, que sepa contar historias, que tenga personalidad. Y tú…

–Yo.

Chantal retiró una silla con cuidado para que las patas no hiciesen ruido contra el suelo –le faltaban dos de las cuatro gomas de protección– y se sentó frente a Daniel. Apoyó los codos en la mesa y se pasó las manos por el pelo como para alisárselo.

–Yo –repitió.

–Sí, cuando venía hacia aquí pensaba: lo mismo se le ha puesto ya esa expresión de amargura, esa mirada de resentimiento hacia el mundo, no sé si te has fijado, hay muchas mujeres que a partir de los treinta o treinta y cinco parecen haber renunciado, no sé, que ya no esperan nada, igual que Marlene, que miran como si acabasen de insultarlas o como si estuviesen deseando que las insulten para poder desahogarse…

–Las mujeres, a los hombres no se les pone esa cara, ¿no? ¿Y cómo está Marlene?

Daniel se encogió de hombros. Tomó una mano de Chantal y fue tirando suavemente de sus dedos uno a uno.

–Me gusta mucho verte. Saber que estás bien.

Chantal le dio un manotazo cariñoso.

–¿Cómo sabes que estoy bien, Daniel? No me has preguntado nada. Sacas tus conclusiones sin hacer una sola pregunta.

Lo dijo sin acritud, con una burla en los ojos que significaba: ¿Lo ves? No cambias. Pasa el tiempo pero cuando regresas es como si no hubiese pasado. Eres un desastre.

Se levantó rápidamente, como si acabase de recordar algo, se asomó al pasillo para escuchar la respiración de Amélie; de regreso abrió el frigorífico y sacó una botella de vino blanco. No preguntó. Puso dos vasos en la mesa y los llenó antes de volver a sentarse.

Daniel asintió. Se dio un capón.

–¿Cómo estás, Chantal?

–Bien.

Los dos soltaron una risa fatigada, a continuación dieron un trago. Chantal se relamió, dio otro trago. Negó con la cabeza.

–No, no es verdad. No estoy mal. Pero tampoco bien. Esto no me basta. –Volvió a reír–. Los platos hondos y los lisos, la cubertería completa. Las cosas en su sitio. No tengo tiempo para casi nada. A veces salgo, cuando me deja Amélie, que le cuesta mucho, pobre. He empezado a salir con un chico.

–El español aquel.

–El español pasó a la historia. Con otro. Bueno, no sé si salgo con él. Es decir, he salido una noche con él, hablamos bastante por teléfono, pero no nos hemos acostado juntos. De todas maneras no es esa la solución. Yo querría salir de aquí sola. Encontrar algo. Vivir un poco más.

Daniel se puso a arrancar la etiqueta de la botella con la uña. Al cabo de contemplarlo unos instantes, Chantal tomó la botella y la puso un poco más lejos de su alcance.

–¿Me prestas quinientos euros?

No era su estilo. Daniel no era de los que pasan a hacerte una visita, fingen interesarse por ti, cuánto te he echado de menos y esas cosas, te ablandan con preguntas personales y cuando estás madura te dan un sablazo. De haber querido el dinero para sí mismo lo habría pedido nada más entrar por la puerta, para evitar malentendidos.

–No tengo mucho dinero. Tiene que ser importante. –Daniel asintió–. Pero importante de verdad. Estoy intentando ahorrar, y no consigo llevar al banco más que cuarenta o cincuenta al mes.

–No te voy a decir para qué. Pero si todo sale bien…

–Me pones un piso, ya me lo dijiste.

–Eso es, te pongo un piso. Uno pequeño, no te creas.

–Con una inversión de quinientos euros me pones un piso. Eres un mago de las finanzas.

–Esta vez va a salir bien.

–¿Sigues tomando medicamentos? ¿Vaciando los botiquines de las casas?

–¿Qué tiene eso que ver?

–Mucho. Tiene mucho que ver. Quiero saber si estoy hablando contigo o con el efecto de un antidepresivo, o con el resultado de no sé qué alteraciones químicas en tu cerebro.

–Te digo que va a salir bien.

–Y yo te digo que quiero saber con quién hablo, y si mañana va a caminar por la calle la misma persona u otra diferente porque se ha tomado pastillas de otro color, o si voy a tener que ir a sacarte del psiquiátrico porque has mezclado no sé cuántas porquerías y andas por ahí dando gritos.

–Que esta vez va en serio. No tomo nada. Hace días que estoy limpio. No lo necesito porque tengo una perspectiva.

–Ya es algo.

–Lo que sí necesito son quinientos euros.

–No sé si debo dártelos.

–Claro.

–Porque no sé si te van a hacer bien o no, pero para saberlo tendrías que decirme para qué los quieres, y si me lo dices, me implicaría en algo en lo que no debo implicarme. ¿He razonado bien?

–Perfectamente.

–Si tú fueses Chantal: ¿darías ese dinero a Daniel?

Daniel rellenó los vasos, aunque estaban aún casi llenos. Dio dos tragos seguidos. Sonrió. Se puso serio de nuevo, fue a coger otra vez la botella para seguir rascando la etiqueta pero se arrepintió de camino.

–Sí. Si yo fuese Chantal, daría ese dinero a Daniel.

–De acuerdo entonces. Mañana voy al banco; pasa por la noche otra vez y te doy los quinientos euros. Bueno, debería dártelos de cien en cien para asegurarme de que nos sigues visitando.

–Gracias. No es fácil.

–Ya, ya lo sé que no es fácil.

–Te debo un piso.

–¿Quieres quedarte a dormir?

–Lo digo en serio. Si todo sale bien, voy a poder ayudaros.

Chantal bostezó. Se llevó la mano a la boca cuando casi había acabado de hacerlo.

–¿Te quedas o no?

–Vuelvo mañana.

Chantal volvió a bostezar.

–Es que me levanto a las siete para llevar a Amélie al colegio.

–Por eso no tengo hijos.

Los dos se levantaron. Fueron hasta la puerta cogidos de la mano. Se abrazaron aún con la puerta cerrada.

–Deberías ducharte.

–Tú hueles muy bien.

–En serio. Y no ir con esa pinta; te deprimirías menos. Y deprimirías menos a los que te rodean.

–Hasta mañana.

–Hasta mañana.

Todavía se quedó con la puerta entreabierta viendo a Daniel alejarse. ¿Qué haces con un hermano que te pide quinientos euros a la vez que te oculta algo, con un hermano que hace años se perdió en un laberinto propio del que asoma raras veces y cada vez más confuso? ¿Sirven esos quinientos euros para acabar de encerrarlo en su laberinto? ¿O son justo lo que necesita para salir? Daniel la había ayudado más veces de las que podía recordar. Se podía decir de forma más dramática: Daniel le había salvado la vida; o al menos se la había devuelto. Había sido su segundo padre, mucho mejor que el primero.

¿Qué haces –se preguntó cerrando la puerta– con un hermano que está metido en una historia turbia y acude a ti para que le des dinero? Chantal se asomó al cuarto de Amélie; dormía. Se tumbó vestida a su lado. Eh, Amélie, dime qué hago. La niña seguía durmiendo, así que Chantal se respondió sola.

Y qué vas a hacer, tonta. Dárselo.

Regla fundamental de supervivencia para mujeres: nunca creer a un hombre que dice «No te preocupes, no pasa nada»; búsquese inmediatamente la salida de emergencia.

–No te preocupes, no pasa nada.

Tengo que irme, pensó Chantal al escuchar las palabras de Rachid. Instintivamente guardó la cajetilla y el mechero en el bolso, buscó a su alrededor como si no recordase dónde había puesto su abrigo.

–Por favor –susurró Rachid y se llevó el índice a los labios. Por un acto reflejo, Chantal se tapó la boca con la palma de la mano. El timbre volvió a sonar, dos, tres veces seguidas, transmitiendo la impaciencia de quien llamaba. Rachid no respondió al gesto de interrogación de Chantal. Tomó la copa de vino de la mesa, y jugueteó con ella un momento entre las manos. Consultó el reloj: 20.32. Puso cara de resignación.

–Otra vez –musitó.

Chantal no entendía nada. Otra vez, ¿qué? También ella puso cara de resignación. Otra vez, Chantal, otra vez has buscado al hombre equivocado: ¿quién le persigue? ¿acreedores? ¿traficantes de no quiero saber qué? ¿un marido engañado? ¿la policía? Chantal, como cada vez que tenía miedo, creyó que iba a perder el conocimiento: las manos se le enfriaron repentinamente al tiempo que empezaba a sudar. No le podían hacer nada, pero temía a la policía, a que hiciesen un uso arbitrario de sus antecedentes.

Llegó un timbrazo prolongado, inacabable, que puso a tintinear los vasos de una vitrina.

Rachid se levantó del sillón, chasqueó la lengua, dejó el vino en la mesa.

–Son ellos de nuevo. Tengo que abrir. Lo siento. Es por lo de mi mujer.

Debió de ver los ojos asustados de Chantal, porque intentó una sonrisa.

¿Por qué se esforzaba en tranquilizarla, en quitar importancia a lo que estaba pasando, si de verdad no pasaba nada? Chantal se levantó y se dirigió a la habitación en la que creía que Rachid había dejado su abrigo. Entonces le tocó el turno a Rachid de poner cara de horror.

–Por favor, siéntate. Por favor. Estábamos tomando una copa juntos, es todo. Sólo es eso.

De todas formas, salir corriendo tampoco era la opción más prudente.

Eran dos hombres, vestidos con traje y corbata. Enseñaron un papel a Rachid, pero se notaba que lo hacían por cumplir un requisito más que para abrirse paso con él. Rachid les dejó entrar sin mirarlo. Cuando llegaron al salón, lo escudriñaron desde el sitio como si buscasen un objeto preciso, algo que, su olfato no les engañaba, tenía que estar escondido en algún lugar cercano.

Uno de ellos –gafas sin montura, corbata lisa, chaqueta príncipe de Gales, calvicie incipiente– pareció reparar por primera vez en Chantal.

–¿La señorita…?

No se dirigió a ella sino que se giró hacia Rachid.

–Una amiga.

Como si eso le diese acta de existencia, el hombre la examinó brevemente, sacó de la cartera que llevaba en la mano –una cartera blanda de cuero, de cobrador del gas–, una pequeña cámara digital y una grabadora. Se echó la cámara a un bolsillo de la chaqueta y puso la grabadora en marcha.

–Espero que no les importe que grabe. ¿Podría decirme su nombre?

Chantal no respondió inmediatamente; consultó con la mirada a Rachid, pero antes de saber si debía responder o no ya le habían hecho la siguiente pregunta.

–¿Qué relación tiene con el señor Bauer?

A pesar de la situación, a Chantal se le escapó una sonrisa.

—¿Te llamas Bauer? ¿Rachid Bauer?

Rachid asintió, por primera vez divertido.

—Mi mujer es alemana. Nos casamos en Bonn. Y pensé que era una buena idea tomar su apellido. Te tratan mejor.

—Veo que la relación no es muy íntima… ¿o sí? ¿Nos acompaña a visitar la casa?

—Ya conoce el camino. La casa no ha cambiado.

—Preferiría que nos acompañase.

—Todo está igual que la última vez. Es imposible perderse.

—No puedo obligarle, pero preferiría que nos acompañase. Siempre es mejor.

—Da igual. Que se quede aquí. —Chantal se fijó en que el otro hombre, el que había permanecido callado hasta ese momento, llevaba un traje que combinaba un pantalón demasiado largo con una americana de mangas demasiado cortas. Pero no era el traje el culpable, sino una curiosa desproporción entre los miembros del hombre.

—Insisto en que nos acompañe. Así todo está claro.

—¿Te importa?

Los tres se adentraron en el pasillo. Al cabo de unos segundos Chantal vio el fogonazo de un flash. Ya no se sentía inquieta. Aún no entendía qué buscaban allí esos dos, pero no parecía nada por lo que tener miedo. Aprovechó para inspeccionar el salón. Le llamó la atención:

Que no había fotos de mujeres (aunque podía haberlas retirado antes de que llegase ella).

Que todo estaba muy limpio para tratarse del apartamento de un hombre (otra vez: ¿normalidad o preparación deliberada del escenario?).

Que Rachid tenía una colección impresionante de DVD; más tarde se acercaría a ver qué tipo de cine le gustaba; ¿cine marroquí?, ¿sangre y testosterona?, ¿comedias?, ¿sexo?

Que, aunque había un aparato de música, sólo tenía unos cuantos CD.

Que no había libros (¿dónde estaba el Corán, en la mesilla de noche?).

Que (y eso no tenía que ver con el apartamento, pero se le ocurrió de pronto) Rachid bebía alcohol. Chantal tenía entendido que los musulmanes eran abstemios.

Que había en el salón un exceso de normalidad; ningún detalle original, ninguna estridencia, el salón de alguien tediosamente ordenado, o el de quien ha comprado todos sus muebles de una vez y decorado el piso con desgana y sin estilo: tresillo de bambú con mesa baja y estantería a juego, mesa y sillas de comedor de madera clara, como de catálogo de IKEA, alfombras de un solo color, ¡cuadros con reproducciones de barcos!

Que no tenía ordenador.

Aquí vive. Este es el lugar elegido por él. Su espacio. Chantal pensó que nunca podría enamorarse de alguien que habitaba tal lugar sin alma, sin exceso, sin pasión (salvo los DVD).

Rachid regresó solo. Hubo otro fogonazo.

–¿Qué hacen? –preguntó Chantal bajando la voz.

–Fotos. Buscan pruebas. Cualquier cosa.

–¿Pruebas de qué?

–Tu cepillo de dientes en el cuarto de baño; tu ropa interior colgada del toallero.

–¿Mi ropa interior?

–Se asoman al dormitorio. Van a ver si la cama está deshecha, si todavía está caliente, si hay manchas húmedas, cualquier indicio que delate que hemos estado haciendo el amor.

–Han llegado demasiado pronto, ¿no?

–Tschsss… –Rachid escuchó, pero no parecía que regresasen de su investigación–. Que rebusquen. Allá ellos… ¿de verdad que han llegado pronto? ¿Si hubiesen llegado más tarde…?

–Se me ha escapado. No sé lo que habría hecho. Bueno, depende de ti también.

–Por mí…

Rachid se interrumpió al ver llegar a los dos hombres.

–Ah, no os he presentado. El señor Charbo, agente judicial –el que llevaba gafas–; y este señor, aunque venga de paisano, supongo que pertenece a la policía judicial. –Los dos hicieron una breve y embarazosa inclinación de cabeza.

–Necesitamos los datos completos de la señorita, señor Bauer –le dijo el agente judicial, otra vez sin dirigirse directamente a ella.

Rachid siguió hablando con Chantal como si no hubiese sido interrumpido.

–Los señores están aquí para encontrarme en acto flagrante de adulterio, lo que, como estoy en proceso de separación, me convertiría en culpable de abandono del lecho conyugal y responsable del divorcio; de esa manera, la pensión que tendría que pagar a mi mujer sería mucho más elevada.

–¿Eso es legal?

–En Bélgica es legal.

–Miren, no compliquemos las cosas. Nosotros...

–Y supongo que debe de faltar un tercero, un detective contratado por mi mujer que avisa a estos señores, porque si no, no me lo explico.

–Venga ya.

–Dime tú. Hacía semanas que no venían, y precisamente hoy...

–Estábamos identificando a la señorita.

–¿Y llegan a cualquier hora de la noche y se meten en tu dormitorio?

–Hasta las 21.00 horas –precisó el agente.

–La señorita –insistió el policía con impaciencia. Consultó el reloj tras chasquear la lengua.

–Y no podemos, ni querríamos, molestar los fines de semana.

–Un país civilizado –señaló Rachid.

–En el suyo se puede ser polígamo –comentó el policía al tiempo que sacaba una cajetilla de cigarrillos. La levantó como para pedir permiso, pero no se decidió a fumar–. Por allá abajo pueden tener las esposas que quieran, pero aquí no. Aquí la gente...

–Soy belga.

–Por favor, no discutamos tonterías –interrumpió el agente–. ¿Podemos acabar de identificar a la señorita? Yo levanto acta de su presencia aquí, de que no hay sin embargo indicios de adulterio, y el juez hará su trabajo.

–No me negará que los árabes tienen varias mujeres –al policía parecía irritarle la tranquilidad de Rachid; un tipo que abandonaba su hogar, quizá con hijos, y luego andaba liándose con mujeres belgas. Pero su enfado no se limitaba a Rachid–. A usted debería darle vergüenza –dijo a Chantal–. Con un hombre casado.

–¿Quiere usted callarse? –el agente se quitó las gafas, como si fuese capaz de mirar más agresivamente sin esos cristales entre sus ojos y los del policía.

–¿Va usted a levantar acta también de esto?

–Perdone. –El agente no respondió a la pregunta. Se limitó a disculparse varias veces–. Perdone. Es la primera vez que me acompaña.

–Es verdad lo que digo. Y lo que digo también es que dentro de diez minutos empieza el partido de la Champions.

–Y yo le digo que se calle. Miren –se volvió a poner las gafas, pero se las quitó de nuevo como si le molestasen–. Miren; yo levanto acta de que estaba usted acompañado por la señorita…

–Chantal Vanderheyde.

–¿Con domicilio en?

Se lo dijo.

–¿Ocupación?

–Oiga, ¿para qué quiere saber en qué trabajo?

–En este caso es esencial.

–Quiere saber si eres una puta.

–Yo no lo expresaría así.

–¿Piensa que soy una puta?

–Señorita, yo no pienso. Tomo nota.

–¿Y si fuese un hombre?

Los tres se quedaron mirando a Rachid. En las tres caras se leía la misma perplejidad.

–Repito. ¿Y si fuese un hombre?

–No le entiendo. –En ese momento el agente judicial decidió apagar la grabadora. Tenía aspecto cansado, de haber pasado un día de perros, de estar allí fundamentalmente para dar prueba de su espíritu de sacrificio y su apego al cumplimiento del deber; de vez en cuando se llevaba la mano libre al estómago, como si para colmo de males le estuviese doliendo la úlcera. Se volvió hacia Chantal, que le debía una respuesta.

–Supongamos que es un hombre –insistió Rachid.

–No me va a decir que la señorita es un hombre –la mirada del agente judicial se quedó prendida de los pechos de Chantal como cuando se le engancha a uno una manga en el picaporte de una puerta: tuvo que hacer varios intentos antes de conseguir soltarse–. Perdóneme, pero la señorita no me parece un hombre.

–Un hombre, ja. –El policía se decidió por fin a encender el cigarrillo–. Lo que tiene uno que escuchar.

–Óigame. Usted a partir de ahora se calla. No se lo repito. Se calla.

–Yo no digo nada.

–Eso espero. Su función es permitir la ejecución… –El agente se interrumpió como si hubiese perdido interés por lo que estaba diciendo. Contempló nuevamente los pechos de Chantal, suspiró, sin duda dispuesto a escuchar una prolija explicación, una de esas justificaciones que los borrachos dan para hacer creíble lo poco que han bebido cuando la policía los detiene al volante de un automóvil–. Decía usted que la señorita es un hombre.

–Yo no he dicho eso.

–A mí desde luego me parece una mujer.

–Gracias.

–No, es una mera suposición. Una pregunta que le hago, una curiosidad personal.

–Ah. Una curiosidad personal. –El tono del agente era el de quien sabe que le están tendiendo una trampa pero no dónde se encuentra. Mientras tanto, el policía consultó el reloj con disimulo–. O sea, una curiosidad personal –repitió.

–Sí. Imaginemos que la señorita Vanderheyde fuese un hombre. Y que, en lugar de encontrarnos bebiendo y conversando amigablemente, nos hubiesen encontrado en la cama. ¿Me sigue? –El agente judicial indicó con un gesto que hasta ahí no era complicado seguirle–. Haciendo el amor con un hombre. ¿Me entiende?

–Lo que faltaba –murmuró el policía–. Un maricón.

–Entonces, lo que yo me pregunto es si levantaría usted acta de la constatación de adulterio.

Obviamente, el agente no estaba convencido de entender la situación. Inspeccionó nuevamente a Chantal de arriba abajo, como para asegurarse definitivamente de que se encontraba ante una mujer. Chantal, en ese momento, decidió sentarse y cruzar las piernas con un gesto lento, casi sensual.

–Es decir, si una relación homosexual se considera adúltera o no.

–Son casi las nueve.

Nadie hizo caso al policía, que, harto de formalidades, se sentó también en un sillón. Agradeció con un movimiento de cabeza que Chantal le acercase el cenicero. Luego se quedó mirando la televisión apagada.

–Supongamos –concedió el agente– que la señorita es lo que usted dice y que los hubiésemos sorprendido realizando el acto sexual. –Contempló las uñas de la mano derecha como si comprobase el resultado de la manicura, después las frotó con un gesto automático contra la solapa de la americana–. Es mucho suponer, un caso teórico, digamos. Entonces, en efecto, no habría habido la constatación de adulterio contemplada en el artículo 1016 bis y siguientes del Código Judicial pues dicho artículo se refiere a la constatación de adulterio, entendido como relación carnal fuera del matrimonio de un hombre con una mujer.

–¿Entonces?

–Entonces –explicó satisfecho– la relación sexual con una persona del mismo sexo no puede ser considerada adúltera. Ergo –se giró hacia el policía como para buscar su aprobación, pero este tamborileaba inquieto sobre su propia rodilla, al parecer ajeno al debate jurídico–, si la señorita fuese un hombre, como mi función es la constatación de adulterio, servidor no tendría nada que hacer aquí, puesto que no podría aplicarse el artículo 229 del Código Civil relativo al divorcio por causa de adulterio.

–Así que, mientras duran los trámites de divorcio, usted me recomendaría que limitase mi actividad sexual a personas de mi mismo sexo.

El agente levantó las manos tan rápidamente como si hubiera tenido que defenderse de un golpe.

–Yo no le recomiendo nada.

–Pero sería más prudente.

–Yo no he hecho ninguna recomendación, que quede claro. Además…

¿Se estaba divirtiendo?

¿Era una exhibición destinada a ella?

¿Quería Rachid mostrarle que, en efecto, no tenía que preocuparse por nada, que, a pesar del susto inicial, lo tenía todo bajo control? Chantal calculó que les quedaba una hora de estar juntos –había prometido a Amélie llegar a las diez y media–, y que probablemente no iban a tener tiempo de «consumar el adulterio», aunque ganas no le faltaban. La halagaba que Rachid se hubiese esforzado en recibirla arreglado, seguro que después de probar varias combinaciones ante el espejo: se había decidido por un vaquero negro con rayas grises muy finas, que parecía recién estrenado, lo suficientemente ajustado como para que Chantal pudiese apreciar que Rachid no tenía culo de taxista, plano, fofo, adaptado a su entorno, el asiento, sino sorprendentemente pequeño y a la vez musculoso; y se había afeitado –¿para no irritarle la piel cuando se besaran?–; curiosamente –y debía confesar que habría esperado otra cosa de un taxista norteafricano–, a pesar de que también su tórax y sus brazos eran musculosos, no se había puesto un jersey ajustado con el fin de resaltarlos, sino una chaqueta holgada de lana color café.

Rachid se dio cuenta de que le estaba mirando; perdió un momento su gesto de concentración. A Chantal le gustaban los labios de Rachid cuando, con un esbozo de sonrisa, conversaba con el agente como si fuesen amigos; buscaba entre ellos la breve aparición de la punta de la lengua, un animalito huidizo que se asomaba rapidísimamente al exterior para regresar enseguida al fondo de su madriguera.

¿A qué sabría la lengua de Rachid?

–Además ¿qué?

–Además, si yo estuviese en una situación en la que debiese o pudiese recomendar algo, tampoco le recomendaría dejarse sorprender en el acto sexual con otro hombre.

–Son las nueve. Son ya las nueve.

–Porque es verdad que no habría adulterio, pero sí podría considerarse «exceso, sevicia o injuria grave» motivadora de divorcio, con arreglo al artículo 231 del Código Civil, lo cual tendría una influencia sobre la decisión del juez a la hora de fijar si se trata de un divorcio culpable –artículos 242 a 246–, lo que a su vez repercutiría sobre la pensión que debe pagar a su exesposa.

–Vaya.

–Lo siento.

–De cualquier manera, me quita usted una duda de encima.

–¿Qué? ¿Nos vamos o no nos vamos? El partido, maldita sea.

El agente asintió. Se giró en derredor, pero no, no quedaba nada por hacer.

–Señorita –dijo, inclinándose ligeramente como si la invitase a bailar un vals–, señor Bauer; espero no haberles molestado más de lo imprescindible.

Rachid acompañó a los dos hombres hasta la puerta. Cuando regresó, fue a sentarse junto a Chantal.

–¿Estabas jugando?

–No, ¿por qué?

–Toda esta historia del adulterio con hombres, era un juego. Estabas divirtiéndote.

–No, sentía curiosidad. ¿No te pasa, que hay un montón de cosas que te gustaría saber pero no tienes a nadie a quien preguntar?

–No me digas.

–Por ejemplo: ¿quién inventó las escaleras mecánicas? Me gustaría saberlo, pero no se me ocurre a quién preguntar. Y es un invento fundamental para nuestra sociedad, tanto como la cremallera o el velcro. Imagínate los grandes almacenes o los aeropuertos sin escaleras mecánicas. ¿Pero sabemos quién las inventó?

–Eso podrías preguntarlo.

–Ya lo he hecho, más de una vez. Pero nadie ha sabido responderme. ¿Por qué las burbujas no son cuadradas o elípticas? ¿Por qué cuando corres y hace frío te gotea la nariz, pero cuando hace calor no?

–Vivimos rodeados de enigmas. –Rachid asintió con la cabeza enarcando las cejas–. Estás casado.

A Chantal le pareció que el rostro de Rachid se ensombrecía; no era una manera de hablar, verdaderamente tuvo la impresión de que su piel se volvía aún más oscura, como si un objeto se hubiese interpuesto entre la luz y su cara.

–Sí. ¿Y?

–Nada. En realidad, nada.

Una caricia breve, insegura, un interrogante abierto, sobre el pelo de Chantal, que se elevó como en un experimento de laboratorio escolar –frotad el bolígrafo y aproximadlo al cabello de vuestro compañero. ¿Qué sucede? ¿Por qué?–, al acercarse la mano de Rachid, ese cuerpo cargado de electricidad y deseo.

–En serio ¿importa?

–No, por ahora no. –La mano descansó sobre la cabeza de Chantal. Descendió por su mejilla, llegó a rozar los labios pero se replegó casi inmediatamente, temerosa de haber ido demasiado lejos–. ¿No van a volver?

–No pueden. Las nueve es el límite.

–Es un país civilizado.

–Y no como Arabia.

–Tengo que irme en tres cuartos de hora.

–No hay prisa.

–Tres cuartos de hora.

–Quiero decir que no tenemos que apresurarnos. Vamos a volver a vernos.

–¿Habría prisa si no fuésemos a volver a vernos?

–Es una pregunta con trampa.

–Es curiosidad. Una de esas preguntas que una quisiera hacer alguna vez.

–Probablemente, aunque pensase que no íbamos a volver a vernos desearía hacer el amor contigo en estos tres cuartos de hora.

–Fair enough.
–No sé inglés.
–En realidad, yo tampoco. ¿Me das un beso?
A vino. También, sorprendentemente, a cáscara de naranja.
Dejó entrar la lengua de Rachid, la retuvo un momento con los labios y la tanteó con la punta de su propia lengua. Entonces la sujetó con los dientes. Los ojos de Rachid se abrieron de repente, como los de una muñeca antigua, que baja los párpados cuando se la tumba, y los abre, mecánicamente, cuando se la incorpora. Ella cerró los suyos. Se sentía bien, relajada, no del todo excitada.

Todavía no.

Había tiempo.

Vivirían en un oasis, rodeados de desierto. No se escucharía el ruido de los coches, no habría frigoríficos que corrompiesen el silencio con su zumbido, no olería a gasolina ni a humo de las chimeneas. Sólo el ajetreo de los animales los despertaría por las mañanas, las cabras protestando porque les duelen las ubres rebosantes de leche, los cencerros que suenan como cacharros que caen al suelo, un aleteo asustado de gallinas. El rasca rasca de los cuernos de un cabrito contra el pretil del pozo. El viento que comba las paredes de la jaima, las agita como ropa tendida. Ruidos que no son tales; son sonido, como la propia respiración, como el latir del corazón.

Él saldría a ordeñar una cabra y al regresar le pondría en la cara las manos ásperas, calientes todavía de empuñar la ubre, oliendo a leche y a vientre de animal, y después encendería el fuego. Ella se levantaría y, antes de ir siquiera a lavarse al pozo, antes de pensar en peinarse o ponerse una chilaba o asomarse al nuevo día, antes de ir a saludar al sol, de recibir la visita del viento en sus cabellos, se arrebujaría en las pieles de cabra con las que se había tapado durante la noche y gatearía hasta donde duerme Amélie.

Se tumbaría a su lado.

Sentiría su calor como de pan recién hecho.

Le besaría la nariz.

Eh, despierta.

Y Amélie abriría los ojos, dos rendijas por las que se asoma al mundo, atisbando lo que se encuentra más allá de ese doble umbral. Y una vez convencida de que no hay allí afuera peligro ni amenaza –no, no hay que ir al colegio; no, mamá no te va a dejar sola esta noche, ni la que viene, ni la otra–, de que es más seguro estar despierta que dormida –a salvo de sueños inquietantes, de pesadillas inoportunas– Amélie sonreiría, pondría una mano en la mejilla de su madre, se sentaría de repente echando para atrás la piel con la que se tapaba.

Tengo hambre, diría.

Y Rachid llegaría con una bandeja de cobre adornada con figuras geométricas, sobre ella tres tazones de leche aún con la tibieza del cuerpo del que salió, obleas de pan crujiente, yogur, higos, dátiles. Daría un beso a Amélie. Otro a ella.

–Buenos días. ¿Has dormido bien?

Ningún hombre se lo ha preguntado antes. Por más que hace memoria, no recuerda que otro hombre, nada más despertar, se la quede mirando, sonría, pregunte como si de la respuesta dependiese la marcha del resto del día: ¿Has dormido bien? Sólo recuerda espaldas acorazadas bajo la manta y el sueño, ceños fruncidos, como adelantándose a cualquier intento de conversación, respiraciones innecesariamente pesadas, alguna protesta por el ruido que produce al vestirse, podrías marcharte sin despertarme, parece que lo haces a propósito

Una pregunta así, ¿has dormido bien?, el insólito interés que demuestra, compensa algunas cosas. El hecho de que no estén despertando en una jaima, de que a través de los cristales se escuche el tráfico matutino –los toques de claxon con los que los trabajadores devuelven toda su rabia al mundo–, de que no huela a animales ni al viento fresco del desierto; tampoco hay dátiles; yogur sí, desnatado, biológico, con bífidus activo.

El hecho, en definitiva, de que Rachid no sea un musulmán exótico, y viva, ni siquiera insatisfecho, en un apartamento de dos dormitorios, –que alquiló amueblado porque tuvo que buscar algo rápidamente al separarse de su mujer–, en el séptimo piso de un edificio de veinte, al fondo de un pasillo flanqueado de puertas tras las que se escuchan los mundos inventados y monótonos de los televisores, alguna que otra riña real, un niño llorando sin respuesta, lo habitual en un bloque de apartamentos.

Hay que conformarse con lo que hay. Y lo que hay es que se ha quedado a dormir con ella y que seguía en su cama cuando

Chantal regresó de llevar a Amélie al colegio, y que al volver a tumbarse junto a él la ha recibido apretando su cuerpo al de ella, murmurando cosas indescifrables pero sin duda tiernas en su oído, buscando con la mano entre las ropas hasta, tras alzarle la camiseta, encontrar el hueco cálido, el blando refugio de su vientre, dejando la mano ahí, transmitiéndole el latido de su corazón. Y que, como Chantal se volvió a dormir, la ha despertado con caricias.

¿Se puede pedir más a estas alturas?

—¿Nunca has pensado regresar? —es lo primero que le preguntó Chantal después de asegurarle que había dormido de maravilla. Rachid frunció el entrecejo, confuso o disgustado.

—No me he ido de ningún sitio.

—Quiero decir, regresar a Túnez. Tu padre era tunecino.

—Nunca he salido de viaje, salvo una vez a París, otra a Ámsterdam, unas cuantas veces a Alemania. ¿A dónde voy a regresar?

—No sé, pero tu cultura…

—Mi cultura. Dime cuál es mi cultura.

—No te enfades.

—No es una cuestión de enfado.

—No te enfades.

—Es que me imaginas con una chilaba puesta, de rodillas, dándome con la frente en el suelo.

—Sí, un poco sí. En una mezquita, descalzo, en una hilera de musulmanes que rezan en dirección a La Meca.

—No te he visto nunca comulgar.

—Claro. Porque no comulgo.

—Ni comer mejillones con patatas fritas, ni tienes perro.

—¿A qué hora tienes que coger el taxi?

—A las once. Hay tiempo. Amélie no ha llorado.

—No.

—Me habías dicho que lloraba todas las mañanas.

Chantal se rio. Se sentó en la cama, y apoyó la espalda contra la pared —la cama no tenía cabecero—; le pareció demasiado frío el contacto y se puso un cojín en los riñones. Metió los dedos entre el pelo de Rachid intentando esconderlos en él, hasta que no se viese nada de ellos.

–Es la primera vez.

–¿Que no llora?

–Que ve a un hombre en mi cama. Debe de estar tan desconcertada que no encontraba como encajar su sorpresa con su comportamiento habitual. Ni siquiera me ha hecho una escena al dejarla en el colegio. Me ha preguntado muchas cosas sobre ti.

–¿Y qué le has contado? No sabes mucho.

–Cómo que no. Le he contado que eres un príncipe árabe y que, en realidad, vives en un oasis –he tenido que explicarle lo que es un oasis–, en una jaima –también he tenido que explicarle lo que es una jaima–; que tienes cabras. Y un cuchillo curvo.

Rachid fue a levantar la cabeza pero Chantal le sujetó por el pelo. Volvió a intentarlo: quería mirarla a la cara para saber si estaba mintiendo. Cuando Chantal lo consintió, Rachid se incorporó también, sentándose a su lado.

–¿Y qué ha dicho?

–Le ha interesado mucho. Ha preguntado si vas a volver. Supongo que no se fía y quiere interrogarte.

–¿Y qué quieres que le diga?

–No le cuentes lo de los corderos.

–¿Qué corderos?

–Eso de que sacrificáis un cordero en no sé qué fiesta cortándole la yugular con un cuchillo y dejándole que se desangre.

–No he matado un cordero en mi vida.

–Qué pena.

Una auténtica pena.

Por ahí no hay salida. Aunque sea injusto, ella preferiría un Rachid que le abriese puertas a otros mundos, le gustaría escapar con él –bueno, aunque no fuese sobre un alazán blanco–, inventar una nueva vida, recorrer unos cuantos miles de kilómetros para encontrarse en un lugar diferente, con reglas diferentes, con olores y sabores distintos.

Escapar a Oriente. Como los escritores aburridos del siglo XIX, como los muchachitos desencantados de los años sesenta, como los yuppies en busca de emociones religiosas de los ochenta. Como cualquiera, como ella misma, que, cuando te has conformado con haberte conformado a que todos los días sean lo mismo, cuando tu máxima aspiración es que no os pase nada ni a ti ni a la niña, que Amélie no sea tan infeliz en el colegio, que encuentre un día un trabajo y una pareja soportables, cuando todo lo que te atreves a pedir es que las cosas no sean peores, sería la salvación enamorarse de un hombre que señale a lo lejos y diga: ¿te vienes? No un hombre para seguir haciendo lo mismo pero de a dos, no un hombre para pasar las noches viendo estúpidos programas de televisión, no un hombre con el que sales los sábados a tomar una cerveza y ya está, eso es todo, eso es la vida conyugal, o a lo sumo un viaje a una playa en la que se amontonan gentes como vosotros, que tachan los días como una cuenta atrás, quince, catorce, trece, doce, once..., uno, regreso a lo de siempre después de unas vacaciones como siempre. Un hombre...

Mierda, un príncipe azul, Chantal, lo que buscas es un príncipe azul, pero sin querer, y sin poder, ser tú una princesa de cuento.

Besó a Rachid en la frente. Luego en los dos ojos, izquierdo, derecho. Dejó sus labios cerca de los de él. Aguardó. Te toca. Sonrió al recibir el beso. Al abrir los ojos se encontró con que el despertador decía: las diez y cuarto.

–Las diez y cuarto.

–Tengo que irme.

–La próxima vez tráete el cepillo de dientes. Puedes dejarlo junto al mío, en el cubilete verde. Así no tienes que acordarte cada vez.

–¿Es una oferta de matrimonio?

Le gustaba mirar sus dedos mientras se abrochaba uno a uno los botones de la camisa, luego la bragueta, el cinturón; hacían las cosas, cada pequeño movimiento, con cuidado de relojero. No había violencia en esos dedos atentos ni siquiera cuando el mundo los desobedecía: el botón que no entraba en el ojal, la cremallera que había pillado un trozo de camisa y no corría para arriba ni para abajo, o Chantal que andaba despistada, sumida en alguna preocupación y no respondía, su cuerpo no se tensaba, no suspiraba olvidadiza o entregada. Los dedos de Rachid continuaban su trabajo despacio, interesados, como antenas de caracoles que palpan el mundo con atención, que se retraen ante los choques pero vuelven a desplegarse, lentos y obstinados.

–A Amélie le has caído bien.

–Porque le cuentas historias de *Las mil y una noches*. A ver qué dice cuando se entere de que no soy Simbad.

Lo que yo. Una pequeña decepción, un resentimiento injusto, pero pasajero. No eres Simbad, pero podrías serlo, y quieras o no tienes algo oriental, exótico, que alimenta la imaginación. ¿Y por qué iba a servirme sólo tu cuerpo? ¿O por qué van a servir mejor otras fantasías, igualmente falsas, como que me querrás siempre, que seremos felices todo el tiempo, que a tu lado estoy segura?

Pero no eres tú quien me sacará de mi pozo. Tengo yo que buscar sola la salida. Daniel. El loco de Daniel. Quizá él ha encontrado la salida. Pero no voy a dejar que me empuje a ella. Esta vez voy a salir yo por mis propios pasos. Seré yo quien decida cuándo y por qué me suceden las cosas. Voy a abrir los ojos.

Pero los cerró mientras Rachid le daba un beso de despedida. Sólo volvió a abrirlos cuando oyó cerrarse la puerta. Salió de la cama de un salto, buscó las zapatillas sin encontrarlas –se las habría puesto Amélie–, fue al salón y tomó el teléfono.

–Daniel. Soy yo, Chantal, tenemos que hablar.

En la cabina olía a humo de cigarrillo y a perfume. Chantal dejó el bolso encima de la repisa de plástico tras soplar dos o tres veces para alejar de su superficie restos de comida y ceniza. Descolgó el teléfono e introdujo la tarjeta de Belgacom en la ranura. Oyó la señal de marcar. Aguardó unos instantes a que se marchara el autobús que acababa de parar en un semáforo, para que el ruido del motor no dificultase la conversación. Marcó el número escrito en el reverso de un recibo del supermercado. Al otro lado del cristal, Daniel asintió como si aprobase un trabajo bien realizado. Pasaba el peso del cuerpo de un pie a otro, con una mano apoyada sobre un costado de la cabina. Chantal tenía la impresión de que era él el que estaba encerrado en un cubículo de cristal.

Tranquilo.

Chantal no pronunció la palabra, tan sólo movió los labios. Él asintió de nuevo y se volvió hacia Claude, que aguardaba en la furgoneta; tampoco desviaba la mirada de la cabina.

Como si Chantal estuviese abriendo la caja fuerte de un banco. O caminando por un alambre.

No es nada.

Pero ella también notaba el pulso en las sienes, y no eran casuales las ganas que tenía de ir al baño.

—¿Sí?

La voz de Lebeaux sonó tranquila; había dejado transcurrir medio minuto desde que la secretaria la había pasado con él. Seguramente estaría grabando la conversación.

—¿Ha visto los recortes de periódico?

—Claro, señorita, cómo no voy a haberlos visto.

–Tiene tres días para reunir el dinero. El jueves le llamaremos a las 8.30 y le diremos dónde encontrar el móvil con el que nos comunicaremos. Sólo entonces sabrá dónde es la entrega del dinero. Tendrá media hora para llegar al lugar de entrega. Irá solo.

–Con el chófer.

–Solo.

–No sé conducir, señorita.

No tenía miedo. Se le notaba en el tono, en la manera de decir «señorita»; utilizaba la palabra como insulto.

–Tome un taxi. Bájese a cinco minutos del lugar que le digamos. Si alguien se acerca al escondite donde dejemos el móvil se anulará la entrega y empezará la filtración a la prensa. Lo mismo si le vemos hablar con alguien por teléfono. Le tendremos vigilado.

–Quinientos mil euros, habíamos dicho.

–Lo sabe perfectamente.

–A cambio de una foto.

Chantal se arrancó un padrastro de un mordisco. Desde el otro lado del cristal Daniel le preguntaba en silencio qué estaba pasando; echaba la barbilla hacia adelante y enarcaba las cejas; la estaba poniendo nerviosa. Se dio la vuelta para no seguir viéndolo, pero Daniel rodeó la cabina, asomándose a ella con una mano haciendo de visera, como si se protegiera de un reflejo mientras inspeccionaba el contenido de un escaparate. Chantal agitó la mano para alejarlo, sin éxito. Lo de que iban a tenerlo vigilado había sonado idiota. ¿Cómo iban a vigilarlo durante el trayecto?

–Quinientos mil euros. O la foto va a la prensa. Para empezar.

–¿Quién la ha metido en esto? ¿Sabe lo que se juega?

Quizá se daba cuenta de que no se creía su papel, de que hablaba como una actriz que tan sólo pronuncia las palabras en voz alta para memorizarlas; sin sentimiento ni convicción. Pero lo peor no era eso, no pasaba nada porque el viejo intentase la vía paternalista, lo peor era que en la voz de Lebeaux no había un ápice de miedo. Probablemente ni se le había pasado por la cabeza pagar.

–Tenemos testigos, imbécil. La foto es el inicio. Chiquillos que mueren sacando diamantes para uno de los grupos armados con los que tiene contacto tu banco; tenemos la identificación de los aviones con los que vuestros socios sacan los diamantes del país; su plan de vuelo; el nombre de los comandantes; también el de varios hombres de paja. Ah, y pregunta a tu amigo Degand, pregúntale lo que ha visto cuando estaba en el Congo. Y sobre todo, pregúntale qué ha hecho con las niñas. Pregúntale si se divirtió.

–Está usted loca.

Por ahí. Acababa de encontrar el hueco.

–Pregúntale por las fiestas en el campamento de mercenarios; si él no te contesta, te podemos contestar nosotros. Hay tres niñas violadas, descuartizadas, y gente dispuesta a declararlo. Pero todo esto irá saliendo poco a poco. Primero la foto, para despertar la atención; después información sobre los diamantes; ahí empezarán a hacernos caso; y después los asesinatos. ¿Vas a entregar la cinta que estás grabando a la policía? ¿Les vas a dejar que escuchen nuestro tema de conversación?

Se hizo un silencio largo. Tocado. Quizá Lebeaux estaba sudando tanto como ella. Quizá podía oler su propio sudor, tenía la boca igual de seca, sentía la misma rabia, también a él el subidón de adrenalina le nublaba la vista. Y las manos entumecidas, como si no circulase la sangre por ellas. Exhaló una bocanada de aire; al otro lado alguien hizo lo mismo.

–Quinientos mil euros –repitió Chantal–. El jueves, siguiendo las instrucciones. O te juro que tu banco, tu vida y la de tu jovencita se van a la mierda.

Nuevo silencio. Tocado otra vez. Lo de la jovencita había hecho mella.

–De acuerdo –dijo por fin.

Chantal colgó. Daniel se abalanzó sobre la puerta de la cabina. La abrió con tanto ímpetu que golpeó a Chantal.

–¿Ya? Venga, vámonos corriendo.

–¿Por qué corriendo?

–Por si han rastreado la llamada.

–No seas tonto.

–Es posible. Hoy esas cosas son posibles.

–Daniel, si deciden no pagar, si no se creen que ganan más callando, se lo habrán contado ya a la policía y nos detendrán cuando les dé la gana; mejor que nos detengan ahora, que podemos decir que es una broma de mal gusto, y no mañana recibiendo una bolsa supuestamente con dinero.

–¿En serio crees que nos van a atrapar?

Daniel, el estratega, enfurruñado porque su plan de ataque no era tan perfecto como creía, daba pataditas a una de las esquinas de la cabina. Daniel, con sus trucos de aficionado, con esa tontería de dar un móvil nuevo a Lebeaux; como si la policía no tuviese otras maneras de seguirle a distancia. Tomó a Daniel por el brazo y caminó, tirando ligeramente de él, hacia la furgoneta.

Montaron los dos junto a Claude, que había dejado el motor en marcha y arrancó de inmediato.

–¿Y?

–Claude, estás conduciendo. Mira hacia adelante.

Claude no hizo caso a Daniel, condujo despacio unos metros sin quitarle la vista de encima.

–¿Qué pasó? ¿Va a pagar?

–Lo sabremos dentro de tres días –dijo Chantal–. Pero lo dudo. Aún estamos a tiempo.

–Mira hacia adelante.

–¿Qué ha dicho?

–Que esa foto no vale nada. Y tiene razón.

–¿Entonces?

–Entonces me he vuelto loca.

Claude volvió a prestar atención a la carretera.

–Has estado muy bien –dijo Daniel.

–No, ha sido una locura.

–Pues si te vuelves loca tú, la jodimos, porque –Claude inclinó la cabeza como para señalar con ella a Daniel– con este tenemos bastante.

–Te he oído; se te oía desde fuera de la cabina. Sé lo que le has dicho. Impresionante. Te juro que me he puesto a temblar.

–¿Y me lo va a contar alguien a mí o yo soy sólo el chófer?

–Le ha contado que su gente es responsable de torturas y violaciones, que Degand está implicado.

Claude buscó en la expresión de Chantal una seña, una confirmación o el rechazo de lo que Daniel acababa de decir, pero Chantal no movió un músculo. Así que tenía que ser verdad.

–¿Y cómo sabes eso?

La risa de Daniel sonó fuera de lugar; puros nervios. Chantal, sin embargo, parecía tranquila.

–No lo sé, pero Lebeaux probablemente tampoco. Y aunque se lo pregunte a Degand, lo lógico es que este conteste que no es cierto. Pero si es verdad todo lo que ha leído Daniel, si importan diamantes que cuestan la vida a miles de personas, si Degand viaja continuamente a África a negociar con asesinos, son capaces de todo. O existe la posibilidad de que lo sean. Tampoco sabemos con seguridad que saquen diamantes ilegalmente; pero por lo que me habéis contado, si no lo hacen ellos, lo hacen sus cómplices. O jugamos fuerte o lo dejamos. Desde luego no te van a pagar por esa foto churretosa.

–Nos.

–Nos ¿qué?

–No es «me», es nos van a pagar. El dinero es de los tres.

–Bueno, pues no nos van a pagar un euro por la foto del bisabuelo. Y tampoco para que no descubramos un par de chanchullos a la hora de importar diamantes. Sólo pagarán si son la basura que creemos.

Otra vez un silencio denso, cada uno intentando dar forma a sus propios pensamientos. Claude resopló, incapaz de expresar lo que pensaba. Por fin, tras recorrer unos cientos de metros a mucha más velocidad de la permitida, frenó, aparcó en doble fila, sacudió la cabeza, se apoyó con los antebrazos en el volante.

–Nos van a machacar.

Ninguno de sus acompañantes fue capaz de desmentirle.

Quizá había sido un error decírselo a Rachid. O quizá el error había sido pensar que no lo necesitaba, que podía hacer las cosas sola, cuando, en realidad, llevaba media vida haciendo las cosas sola; lo difícil era hacerlas con alguien. Probablemente se lo había dicho a Rachid para que fuese él quien expresara lo que ella pensaba desde que se metió en esa fea historia.

–¿Te has vuelto loca?

Rachid el príncipe árabe. Rachid montado en un alazán que la salva de las garras de sus enemigos y huye con ella para iniciar una nueva vida.

Tenía a Amélie sobre sus rodillas. La niña no se separaba de él, como si entendiese que de ese hombre al que no conocía unas semanas atrás dependía la felicidad de su madre, y por tanto su propio futuro. Amélie pintaba con sus rotuladores una escena en la que Amélie, Rachid y Chantal acampaban al borde de un río. En la orilla había plantas exóticas –una palmera reconocible por los frutos marrones y redondos que doblaban las ramas con su peso–. Una niña rubia y sonriente; un Rachid con turbante, que más bien parecía el vendaje de un herido, una mamá con falda, aunque Chantal casi siempre llevaba pantalones, un río con peces que se asoman a la superficie como si necesitasen respirar. Amélie había pintado ya tres dibujos que invariablemente regalaba a Rachid. Lo mismo hizo al terminar el cuarto, con esa seguridad del valor de sus regalos que sólo los niños tienen.

–Toma, es para ti.

Rachid contempló la imagen, la tomó y la alejó estirando los brazos como para comprobar el efecto.

–Me gusta –dijo al fin–. Pero ¿por qué no nos estamos bañando en el río? A mí me gusta mucho bañarme.

–Porque acabamos de comer. Y hay que hacer la digestión antes de meterse en el agua.

–Es verdad. ¿Sabes nadar?

–Este podéis colgarlo encima de vuestra cama.

–No tenemos cama. Chantal tiene una y yo tengo otra.

Amélie empezó a pintar su siguiente obra. Un prado con flores.

–Para cuando tengáis una.

Cuando Rachid llevaba a la niña en brazos, la gente se quedaba mirándolos por la calle. Una niña rubia, de piel clara y ojos azules, en brazos de un norteafricano sin afeitar. Según Rachid, pensaban que la había raptado.

–No me has dicho si sabes nadar.

–Voy a aprender. El año que viene.

Amélie pintó un sol colorado. Se lo pensó mejor e intentó taparlo con el rotulador amarillo. El resultado no pareció convencerla.

–Podríamos irnos con el dinero. Comprar una casa en un pueblo de las Ardenas.

–Adonde puedes ir es a la cárcel.

–Ya ha estado. ¿Tú sabes nadar?

–Campeón del colegio.

–Mentiroso.

–De verdad. Un día te enseño las medallas.

–¿Y qué quieres que hagamos? No puedo seguir dejando cada tarde a la niña con la vecina, corriendo como el conejo de Alicia porque llego tarde a todas partes. Estoy cansada de esa angustia de no poder disfrutar nada porque ya estoy pensando en lo que tengo que hacer justo después. Rara vez tengo tiempo de jugar con la niña sin planchar, cocinar, limpiar al mismo tiempo. Y no veo la salida.

–¿Me enseñarías?

–¿A nadar?

La niña asintió. Estaba intentando pintar una vaca, pero parecía que no estaba de pie, sino tumbada con las patas estiradas.

Dio el rotulador a Rachid, que pintó otra vaca, no mucho mejor que Amélie.

—Está durmiendo —se defendió—. Es la hora de la siesta y por eso las vacas están dormidas.

—Podrías pintar un camello. Seguro que te sale mejor.

Rachid pintó un animal con tres jorobas que parecía a punto de caerse al otro lado del horizonte.

—Esa no es la salida.

—Dime tú entonces cuál es la salida. Mejor, no, no me lo digas.

—Esa es la salida de los que no salen nunca. ¿Qué haces cuando tengas la casa y la hayas pagado, cuando se haya acabado el dinero? ¿Vender droga? ¿Asaltar a un tendero?

—La niña.

—Si la niña no puede saber lo que haces es que es una mierda lo que haces.

Amélie levantó la cabeza al oír que hablaban de ella, pero enseguida volvió a interesarse por lo que estaba pintando Rachid.

—Venga, pues dime qué puedo hacer. ¿Trabajar duro? ¿De limpiabotas a presidente? ¿En el libre mercado todos tenemos la posibilidad de labrarnos un futuro? No fastidies.

Rachid dio los últimos retoques al camello, pero el resultado no mejoró. Se lo entregó a Amélie.

—¿Te gusta?

—Parece un dragón.

Chantal tomó la hoja y la estudió con mirada crítica.

—O una vaca desinflándose.

Rachid se levantó elevando a Amélie por los aires. La depositó sobre la silla.

—No tenéis ni idea de pintura.

Amélie se puso en pie de un salto.

—¿A dónde vas?

—A mear.

—Voy contigo.

—¿A mear?

—Hasta la puerta.

–Bueno, pero entonces me cantas algo. Mear es muy aburrido.

Los dos salieron de la cocina cogidos de la mano. Chantal puso agua a calentar en una pava y dos sobres con una infusión de menta en la tetera. La voz de Amélie llegaba desde lejos, su voz infantil y desentonada, que se interrumpía a veces para preguntar ¿has terminado?

Cuando regresaron, Amélie en brazos de Rachid, jugueteando con su cabello como si quisiera rizarlo con los dedos, a Chantal se le cayó una taza de las manos. Se quedó mirando los añicos y empezó a llorar silenciosamente. Rachid se acercó a ella; los tres se abrazaron.

–No pasa nada –la consoló Amélie–, tenemos más tazas. Y cuando Daniel te dé dinero compramos otra.

Chantal negó con la cabeza. Se separó de ellos y se limpió la nariz con un trozo de papel de cocina.

–No; creo que vamos a tener que pasarnos sin la taza.

–Rachid puede prestarnos una. –Amélie tiró de los mofletes a Rachid. Dibujó su perfil con el dedo, cruzó la frente, ascendió por la nariz, se despeñó hasta el labio, llegó a la barbilla–. O regalárnosla.

–Pareces una niña, pero eres una bruja.

Amélie se rio, echó el cuerpo hacia atrás. Sus ojos chisporrotearon.

–¡Soy una bruja!

–¿Y si no quiere dárnosla? –preguntó Chantal como si Rachid no estuviese presente.

Amélie se encogió de hombros.

–No me la has pedido.

–No me lo vas a poner fácil ¿verdad?

–Me dijiste que no querías que te salvara. Y tenías razón: salvarte es asunto tuyo. Yo quiero saber si te apetece estar conmigo. Todo lo demás es posterior.

–Todo lo demás.

–Montar un circo ambulante o tener diez hijos. Irnos a vivir a Túnez o comprarnos un coche.

–Prefiero lo de Túnez.

–Yo no sé si lo prefiero. Pero ni me lo planteo hasta saber si quieres estar conmigo.

–Voy a tener que hacer algo, ¿verdad?

–Yo diría que sí.

No le gustaba la idea de dar marcha atrás después de haber insistido en participar, pero al fin y al cabo ya había cumplido su misión. Quizá habría forma de no dejar solo a Daniel en ese asunto. De velar por él a distancia. Y tendría que renunciar al dinero.

–De acuerdo. Primero voy a poner orden, corregir un error. Después volvemos a hablar.

Chantal besó a Rachid en los labios. Amélie les puso la mano en la frente para separarlos. Lo pensó mejor y apretó una cabeza contra la otra.

–Mua –dijo.

DEGAND

La realidad es un lugar sencillo. Sólo se necesita saber que la distancia más corta entre dos puntos no es la línea recta. Porque entre A y B siempre hay estorbos. Unos se pueden eliminar, otros hay que sortearlos. La distancia más corta entre A y B se obtiene no perdiendo nunca de vista B, si se está en A, y viceversa. Lo demás no cuenta. Imaginemos que queremos atravesar la imagen formada en un caleidoscopio, caminando por las rendijas que quedan entre los elementos que lo componen. Si la figura se altera a cada segundo, ¿cómo llegar de A a B? Lo dicho: no perdiendo nunca de vista el objetivo. ¿Qué más da que a nuestro alrededor la imagen haya cambiado, se hayan añadido nuevas formas, nuevos colores, que se hayan creado fascinantes composiciones? Da igual. Nada es importante, salvo llegar de A a B, o viceversa.

Entonces la realidad es un lugar sencillo. A algunos les parece incierta, múltiple, incomprensible, desconcertante, aterradora. Es porque cada vez que cambia la imagen del caleidoscopio se emboban mirándola, se extravían estudiando las infinitas combinaciones. Es porque nunca se han propuesto de verdad llegar a B.

Por supuesto hay que tener en cuenta los cambios, las condiciones en las que se desarrolla el trayecto: sólo un tonto seguiría caminando de frente al llegar a un muro. Pero sin perder de vista que nada tiene importancia salvo el lugar al que queremos ir. Lo otro, las estrategias de los competidores, las rivalidades y alianzas, la legislación, la ética empresarial, son las piezas del caleidoscopio que se presentan en combinaciones efímeras y que hay que tomar en consideración para alcanzar el objetivo, usarlas, desecharlas.

Las leyes cambian. Es su naturaleza. Cada sociedad tiene las suyas, pero también dentro de cada sociedad evolucionan. Toda ley tiende con el tiempo a dejar de estar en vigor. Entonces, si a cada momento se puede decidir eliminar o modificar una ley, es porque esta no es importante en sí misma; así que tampoco lo es transgredirla, siempre que la transgresión no se convierta en un obstáculo mayor que la ley, y siempre que no te descubran.

La moral: cambia con cada generación. Lo que era pecado hace cien años lo aconsejan hoy en los consultorios radiofónicos. Lo que era un crimen es ahora un mérito. Y nadie se acuerda de valores que se consideraban inamovibles: el amor a la patria o hacia los reyes, los Diez Mandamientos, la fidelidad en el matrimonio.

Entonces: ¿Por qué comportarse de manera acorde con la moral reinante? Porque no hacerlo generalmente trae consigo la condena, el descrédito, la marginación. Lo que puede ser un obstáculo importante para llegar de A a B. Así, para realizar ese trayecto de la manera más directa posible, hay que fingir que se respeta la moral, incluso respetarla siempre que se pueda, pero nunca tomarla en serio: cuando convenga habrá que saltársela, asegurándose de que la transgresión no salga a la luz.

Frz, frz, frz, frz, frz, frzrzrzrzrzrzrz.

¿Quién será el idiota que pone a funcionar los aspersores en marzo?

Ahora bien, hay que tener en cuenta que: la sociedad acepta mejor una transgresión de la ley que de la moral. No es muy inteligente, pero es así, un dato que no hay que menospreciar. Si se descubre que un banquero ha evadido impuestos, ¿qué sucede? O si ha infringido la legislación sobre reservas de caja, o sobre la información de los accionistas, o sobre la transparencia de cuentas. Tal infracción puede perjudicar a cientos o miles de personas, hacerles perder dinero, quizá como resultado llevarlos a la quiebra, destruir sus vidas. Pero todo eso no importa. Los demás banqueros no retirarán el saludo al infractor. Al poco tiempo –apenas unos meses– volverá a ser invitado a cenar con políticos y obispos, con prohombres y generales. Además, hay algo profundamente hipócrita en el respeto de leyes que no son universales: la fábrica que aquí está prohibida puedo ponerla a funcionar en Bangladés y contaminar ríos o emitir gases peligrosos. Quitando a unos cuantos exaltados que confunden la ética con el Derecho, ¿me criticará alguien por no respetar en Guatemala la legislación laboral que tendría que respetar en Bélgica?

Ajá.

Pero supongamos que ese banquero realiza turismo sexual; hasta hace muy poco no había delito si en el país donde lo realizaba no era tal, y el de origen no se consideraba competente. Puede que el buen hombre estuviese ayudando a sobrevivir a una familia sumida en la miseria, a una joven a pagarse los estudios, a un chiquillo a llevar comida a sus padres. Todo eso no importaba: de descubrirse, el banquero se habría convertido en un paria, casi nadie querría hacer negocios con él por miedo a que los fotografíen juntos. El juicio moral sería más severo que el de los tribunales.

En parte, ahí está el secreto, porque absolutamente todo el mundo infringe de alguna manera la ley, en la declaración de impuestos o al volante, empleando a trabajadores ilegales, pagando en negro parte del precio de una vivienda. Es sabido: la sociedad no funcionaría si las leyes no se infringiesen. La cohesión social no la dan las leyes, que son una imposición aceptada a regañadientes, sino la moral compartida.

En conclusión…

No es posible. Ha sido ese cretino que he contratado como jardinero. Va a inundar el césped.

Decía…

Degand se quedó parado en medio del salón. Acababa de perder el hilo y no sabía muy bien por qué se había levantado del sillón. ¿A dónde iba? ¿A ponerse otro whisky? Buena idea. Caminó hasta el mueble bar, abrió la mininevera y se puso un cubito de hielo. Después se sirvió un pequeño trago de Glenmorangie. Dudó, hizo tintinear el hielo, echó otro chorro más. Se aseguró de que había cerrado bien el frigorífico. Cerró la puerta del mueble bar. Dio dos pasos. ¿Había cerrado bien la puerta del frigorífico? Volvió a comprobarlo. Caminó hasta la ventana del salón que daba al lado de la pista de tenis, un capricho de su mujer, cuya pasión deportiva había durado un verano.

El sonido de los aspersores tenía algo de veraniego. La luz de las farolas hacía brillar el césped y creaba pequeños arcos iris bajo las ráfagas de agua. El jardinero debía de haberse equivocado al programarlos. Valiente idiota. Claro que si fuese más listo no sería jardinero.

La cuestión es:

La cuestión es que la sospecha de que Lebeaux hubiese infringido la ley para importar diamantes del Congo o financiado operaciones ilegales era una molestia, pero sólo eso. Nada que no pudiese arreglar un abogado, nada cuya sanción fuese a reducir considerablemente los beneficios obtenidos. Y la resaca del juicio –de haberlo, si no se acordase extrajudicialmente el pago de una compensación pecuniaria– se disiparía mediante un buen ejercicio de relaciones públicas.

Degand sonrió satisfecho. Dio un trago de Glenmorangie, venció la tentación de ir a sentarse en el sofá; pensaba mejor paseando, como aquellos filósofos griegos.

De hecho, ya había comenzado tal ejercicio. ¿No había sido una buena idea financiar la reconstrucción de una escuela destruida por el volcán en Goma? ¿No había sido verdaderamente inteligente regalar todo un ala de cirugía –con equipamiento moderno– a un hospital de Kinshasa, en el que se operaría a las víctimas de la guerra fratricida? Enhorabuena, Degand. Prevenir los obstáculos es un atajo para llegar de A a B.

Se quedó un momento en suspenso al escuchar abrirse la puerta principal. Los pasos, rápidos, ligeros, igual que en esos musicales en los que la gente no camina sino que llega a todas partes bailando, eran los de la niña.

Entonces, el problema era el de la imagen moral. Por supuesto lo de las manos cortadas hacía un siglo no tenía la menor importancia: aquello era historia, que es el lugar en el que los crímenes se convierten en actos civilizadores. El problema era otro, ¿qué sucedería...?
—Hola, papá.
—Hola, cariño.
—¿Te pongo otro?
Degand recibió el beso en la mejilla con la sorpresa habitual. No acertaba a comprender el cariño de su hija: nunca se había ocupado mucho de ella de niña, y tampoco cuando se hizo adolescente sintió esa adoración que algunos de sus conocidos profesaban a sus hijas. Aunque su atolondramiento tenía algo gracioso, la ligereza que la juventud pone en defectos que serían insufribles en un adulto, y aunque su falta de precisión a la hora de expresarse y de convicción a la hora de actuar la hacían parecer soñadora, romántica, a él esos rasgos le parecían un anticipo de lo que podía observar en su propia esposa: una confusión mental insoportable, la precipitación de quien no sabe cómo actuar y encubre su desconcierto con actividades prolijas y sin rumbo. Veía a su hija, y podía descubrir en ella a su mujer, incluso en los rasgos físicos. ¿Cómo enamorarse de quien sabes que no soportarás unos años más tarde?
—Toma. Estás otra vez en las nubes. —Degand aceptó el vaso con una sonrisa. Así llamaban ellas a los momentos en los que reflexionaba, ponía orden en el caleidoscopio, buscaba el camino más corto: estar en las nubes—. ¿Pongo música?

¿Dónde se había quedado?

–Eeeh,

–Una que te gusta.

Entonces pondría las Variaciones Goldberg interpretadas por Glenn Gould. Siempre le había fascinado Gould, porque era uno de esos hombres cuyo único interés era llegar a B; lo otro, los aplausos del público la opinión de los demás, el aprecio de los músicos, era secundario: dejó de dar conciertos para poder trabajar en las variaciones y en sus propias composiciones, porque sólo le importaba la perfección de la ejecución. Empezó a sonar la primera variación. La niña giró el regulador de la luz hasta dejar el salón en penumbra. Se sentó al lado de su padre, cerró los ojos. Ah, el sentimentalismo adolescente, las ansias de transcendencia.

El problema

dudó si levantarse a poner algo más de hielo en el whisky, pero temió volver a perder el hilo

era si los chantajistas tenían pruebas no del incumplimiento de una ley, sino de un atentado contra la moral, más bien, no que tuviesen pruebas, sino fotografías. Porque la palabra

Degand intentó construir la frase como si fuese a escribirla

la palabra nos informa de algo, pero la fotografía nos hace partícipes. Perfecto, bien dicho. La fotografía nos hace partícipes; aunque sepamos que en el Congo, o en Irak o en Colombia se cometen atrocidades, la opinión pública apenas se inmuta –sí, unos cuantos activistas, unos cuantos que se creen guardianes de la ley, unos cuantos, llenos de odio hacia los vencedores en la sociedad, que lo canalizan a través de persecuciones políticas en las que se supone que defienden la ley, pero lo que hacen es despedazar al contrario…, otra vez, dónde estaba, sí, conocer las atrocidades–, ah, las palabras se olvidan rápido, los datos se vuelven mera información estadística; nada moviliza la indignación tanto como ver las fotografías: las manos cortadas, las torturas de presos, fotos de fosas comunes… entonces la gente se escandaliza, porque al ver la foto es parte de la escena, podría sentirse culpable…, y eso es algo que la gente no soporta; siempre ha sido así; se benefician de los crímenes pero rechazan cualquier responsabilidad.

–¿Papá?

¿Tendrán alguna foto reciente? ¿De niños trabajando en alguna zanja enlodada –esos mismos niños que pueden estar muriéndose de malaria en cualquier selva sin que a nadie le importe–? ¿Tendrán fotos de gente mutilada por alguna de las milicias que dirigen los yacimientos? ¿Tendrán fotos de muertos cubiertos de moscas? Eso a la gente le gusta; pueden condenarlo, igual que condenaron a los colonizadores del Congo los mismos que se enriquecieron con su explotación, cómodamente, desde las butacas de sus casas.

–Papá, ¿qué pasa? ¿Por qué pones esa cara de enfado?
–Porque el mundo está lleno de imbéciles, hija.
–Pero eso no es nada nuevo.
–¿Te has dado cuenta de que el jardinero ha puesto en marcha el riego automático?
La niña se rio; a ella la imbecilidad del mundo no le daba rabia sino risa. Eso se le pasaría también con la edad.

Pero sólo sería preocupante si tuviesen fotos recientes

–¿Dónde has dejado a tu novio?
–¿Hablando de imbéciles?
–¿Os habéis peleado?
–Ya quisieras. Te parece insoportable. Se te nota mucho.

Sí, era un chico sin sustancia, pero no lo pensaba por celos, como creía su mujer, a él esos chicos que manoseaban a su hija no le producían más emoción que un cierto desprecio,

si tuviesen fotos recientes

la niña era guapa, sobre todo tenía un cuerpo como para exhibirlo en una pasarela, pero a él tampoco el cuerpo de su hija le producía emoción alguna, ni siquiera cuando ella, con familiaridad que le resultaba un poco agobiante, se recostaba sobre su hombro,

de socios del holding en situación comprometida, testigos de alguno de los escenarios anteriores –muertos, moscas, niños, barro–; pero entonces ya las habrían puesto sobre la mesa, no se habrían conformado con una foto antigua del bisabuelo. Aunque si lo único que tenían era información, las imágenes podían conseguirlas más tarde; o podían utilizar fotos antiguas para apoyar informaciones nuevas: por ejemplo mostrar mutilados de hace un siglo y ponerles una pregunta retórica como pie de foto: «¿Creían que esto era el pasado? La matanza continúa. Y los responsables son los mismos». Al menos él lo haría así. Y aunque sin duda estaban frente a diletantes, podían echar a rodar algo que luego se les escaparía de las manos, una bola de nieve que los aplastaría a ellos mismos, pero que podía causar de rebote daños graves al consorcio.

–¿Por qué te gusta tanto Glenn Gould? A mí me parece repetitivo, frío.
–¿Por qué

Nunca se es suficientemente precavido. Tendrían que cortar de raíz la amenaza. Extirparla. O bien. ¿O bien? Un momento, pensemos este paso; aquí hay algo interesante: sí, o bien aprovechar la nueva situación, examinarla desde una perspectiva nueva.

me gusta?

Cada cambio en el caleidoscopio abre nuevas posibilidades, nuevos caminos. Quizá haya sido una suerte, un golpe de fortuna, pero la fortuna sólo existe para quien sabe agarrarla por el pescuezo y hacerle que vuelque su cuerno lleno de oro, aquí, a mis pies…, la niña, decía, ah,

–Hija, me gusta porque dedicó toda su vida a dominar esas variaciones. Porque se había impuesto ese objetivo y dejó de lado lo demás sin contemplaciones. Porque quería ser perfecto, y se dio cuenta…
Degand se quedó callado. Habría podido terminar la frase, pero sabía que estaba a punto de encontrar una verdad; era uno de esos instantes en los que debía callar para no precipitarse y decir algo que no era lo justo.
–¿De qué se dio cuenta? –La niña le puso un dedo en la frente–. *Is anybody home?*
Degand no reaccionó inmediatamente; intentó resumir al cabo de unos segundos el resultado de sus reflexiones.
–La opinión de los otros es imperfecta, incluso muy deficiente, mediocre. El mundo es mediocre.
–Papi.

–Los demás son sólo un obstáculo si quieres llegar a donde te has propuesto. Para hacer las cosas bien tienes que despreciar la opinión de los otros.

–Se lo diré a mi profesor de Matemáticas cuando me corrija.

A veces tenía la impresión de encontrarse tras un cristal blindado; y el resto del mundo quedaba al otro lado; lo veían gesticular pero no lo oían.

–Murió relativamente joven. Hay quien dice que le mató el esfuerzo –dijo la niña desde más allá del vidrio blindado.

Degand negó con la cabeza. Sintió cierto malestar, una especie de vértigo. Dejó el vaso sobre la mesa. ¿Era miedo? A veces tenía esos pequeños momentos de desconcierto, no, no era miedo, eran unos segundos de desorientación. Tomó la mano de su hija e hizo lo posible por sobreponerse. Gould no murió de esfuerzo, no lo mató, qué tontería, su obsesión por la partitura. El problema es que había llegado a B.

Y ¿qué haces, qué puedes hacer el resto de tu vida cuando por fin has llegado a B?

Kinshasa, enero de 2004.

Un calor asqueroso. En cuanto abren las puertas del avión es como si te pusieran en la cara un trapo empapado en agua caliente. Con este clima no puede haber civilización. Las condiciones meteorológicas son apropiadas para animales, no para personas; nada más bajar del avión empiezo a oler a sudor.

¡Firmes, ar!

Estos tontos me hacen un recibimiento con parada militar como si fuese un alto dignatario. Sus cabezas aún no han sido descolonizadas. Por eso imitan a sus antiguos señores; les encantan los toques de corneta, los uniformes; no me extrañaría que también estos se buscasen un día un emperador como Bokassa. Mobutu jugaba a ser emperador pero imitaba servilmente a los extranjeros; en África hacía todo tipo de *hocus pocus* para impresionar a sus súbditos –muchos creían que tenía poderes mágicos–, pero lo que realmente le satisfacía era deslumbrar a los occidentales; no pretendía diferenciarse, sino parecerse a ellos presumiendo de mansiones, piscinas, Rolls, castillos; pero cuando un mono imita a los humanos, aunque haga exactamente los mismos gestos, sólo resulta divertido, cuando no ridículo.

Ni un minuto más de lo imprescindible en el aeropuerto. Hay vendas manchadas de sangre por el suelo. Gente tumbada, que no sabes si está esperando un avión o si vive ahí, o si se ha muer-

to. Los soldados patrullan con ojos enrojecidos –y no será por falta de sueño–, en jaurías, buscan a quién robar o aunque sólo sea maltratar, para algo tiene que servir el uniforme. Uno está hurgando desganadamente en un cubo de basura. Ánimo. A lo mejor encuentras algo valioso.
¿A qué demonios huele aquí?

Mansiones y chabolas de camino al hotel. Para muchos, demostración de la injusticia reinante en África. La morfología de la ciudad como prueba de cargo: rascacielos y anchas avenidas junto a callejas sin asfaltar y llenas de porquería, hoteles de lujo y por detrás galpones inmundos; anillos con diamantes en los dedos de quien aparta con malos modos la mano del tullido que le pide limosna. En Europa es parecido, pero allí las calles no pertenecen a los miserables; existen, pero en barrios separados; hemos conseguido un *apartheid* sin necesidad de violencia. En París arden los suburbios y ¿a quién le importa que ardan? Eso es la civilización: que cada uno esté donde le corresponde sin que haya que verter sangre para lograrlo.

Esto me sugiere una reflexión que me parece particularmente aguda: un régimen democrático puede ser brutal, pero no innecesariamente violento, lo que, comparado con una dictadura, permite reducir las pérdidas de productividad –huelgas, enfrentamientos con las fuerzas del orden, sabotajes, gente valiosa que se va al exilio– y el despilfarro de recursos para mantener un aparato de seguridad hipertrofiado. Los regímenes democráticos se basan en la satisfacción de las necesidades de las mayorías, que, casi por definición, desprecian la voluntad y las necesidades de las minorías. Las dictaduras sólo son necesarias para preservar el orden cuando, por ejemplo, durante una crisis económica, resulta imposible satisfacer los deseos de la mayoría –que entonces se vuelve contra el Estado– o cuando excepcionalmente la mayoría desea algo que choca con los intereses de las clases dirigentes. En tiempos normales, sin embargo, la democracia sale más barata que la dictadura para imponer los mismos intereses. Buena parte del continente africano se encuentra en la transición de un sistema a otro, pero falta una mayoría con un consenso suficiente para ser la base de un sistema democrático. Por eso, aunque haya instituciones democráticas, su funcionamiento es el propio de las dictaduras.

Michel Degand, África le sienta mal a tu sistema respiratorio, pero a tu cerebro de maravilla.

No quiero cenar. No quiero agasajos. No quiero copas. No quiero chicas. Chicos tampoco. Convenzo al general de que estoy muy cansado por el viaje y de que mañana tendremos tiempo para conversar y cenar juntos. Dice que quiere presentarme a gente muy importante. Son de una fatuidad insoportable.

Pido que me suban unos sándwiches a la habitación. A pesar del ruido que hace el aire acondicionado, me quedo profundamente dormido. Me despiertan unos golpes en la puerta. Miro el reloj; son las dos de la mañana. Me asusto. En este país, inesperado es sinónimo de peligroso. Aunque no estoy armado, los guardaespaldas duermen en la habitación de al lado, y todo el hotel es una fortaleza: ¿por qué habría de tener miedo? Tocan de nuevo. Dudo si responder. ¿Qué?, grito. Me contestan en un francés ancho como una autopista; creo que es una mujer, pero no estoy seguro. ¿Qué?, repito.

Monsieur, c'est l'amour qui passe.

Desayuno con el general que vino a recogerme al aeropuerto y con el ministro M. Tema del desayuno: han desaparecido dos barras de uranio 138. Se teme que los libaneses se las hayan vendido a alguna organización terrorista islámica. Esa banda de fanáticos va a matar la gallina de los huevos de oro.

El general me dice muy orgulloso: «El uranio que se utilizó para la primera bomba atómica provenía de Katanga». Supongo que es la mayor contribución del Congo a la historia universal. Enhorabuena.

A pesar de todo me gusta el Congo. Me irrita, pero también me hace sentir como un pionero que llega a nuevas tierras. Las posibilidades son infinitas. Hay que saber verlas, y saber conquistarlas. Y, sobre todo, la falta de una legislación exhaustiva da un margen a la creatividad que en otros lugares no existe. Pero algún día llegarán aquí también los cagatintas.

Me han propuesto viajar a Kivu septentrional para inspeccionar las minas. He dicho que no. Me parece imprudente que me vean por allí, no por los problemas –obvios– de seguridad, sino, sobre todo, porque no es bueno que los contactos con la extracción sean muy estrechos: presenciar en directo las condiciones de trabajo, los métodos empleados por las milicias ruandesas que controlan la producción, las aldeas arrasadas, te convierte para muchos en cómplice o encubridor.

Yo sólo he venido a hacer negocios con quienes se puedan hacer. Y que nadie piense que soy un cínico: hubo un tiempo en el que Occidente administraba sus colonias –es decir, sus reservas de materias primas– con mano de hierro; muchas calles en Europa llevan los nombres de los administradores de entonces; hoy hemos subcontratado la mano de hierro a los africanos, que es lo que significaba la concesión de la independencia. Lo escribo con la mano en el corazón: ¿por qué debo avergonzarme de continuar haciendo como individuo lo que mi país ha hecho con orgullo durante décadas?

Además: si los hombres de negocios occidentales no estuviésemos aquí –detrás de nosotros vienen las ONG, como antes los curas precedían a los ejércitos–, la vida para los negros sería aún más brutal. Ya lo era antes de que llegásemos los blancos. Porque sólo hay una diferencia fundamental entre negros y blancos: el sentimiento de culpa; ellos carecen de él.

El ministro M. me ha presentado a dos empresarios que «están haciendo mucho por el país». Ha sido una situación incómoda; casi se han ofendido porque he tardado no sé cuánto tiempo en tenderles la mano. No por animadversión; sencillamente me he quedado absorto pensando si el ministro M. de verdad cree lo que dice, y si esos dos empresarios estarán también convencidos de ello. Lebeaux, por cierto, utiliza a veces frases así. Al parecer se las cree.

Hoy ha sido un día entero de reuniones bilaterales: he visto a cada uno de los administradores de nuestras empresas y de nuestras *joint ventures*. Vamos a tener que pasar a segunda línea –no se lo he dicho, claro– en la compra de diamantes en el este del país y centrarnos en su importación a partir de otras regiones; seguirán siendo los mismos diamantes sacados de contrabando; la diferencia es que tendremos que pagar a un intermediario más. No es que haya problemas en África; aquí todo va muy bien; los problemas los tenemos en Europa.

Y por la noche cena con varios ministros –también L. de Zimbabwe y K. y P. de Angola–. Hemos acordado varios pagos por las gestiones de algunos políticos y miembros de las fuerzas de seguridad y agencias de información de la RDC –ver archivo privado, Doc. Admin. 30/1/2004– y la participación de una de nuestras sociedades en la explotación de varias minas de cobalto y cobre; a cambio Gécamines nos cede el procesado y refinado de estos metales para obtener germanio (¡más de 3.000 toneladas!); bajo cuerda se comprometen también a entorpecer la instalación de plantas de refinado financiadas por el Banco Mundial para que conservemos el monopolio.

Con los políticos de Angola y Zimbabwe he hablado sobre todo del pago con aviones y vehículos civiles (sic) por sus exportaciones de minerales preciosos a través de Sudáfrica. Todo ha salido a la perfección; quizá me he puesto eufórico. He bebido demasiado.

No me he ido a la habitación hasta las dos de la mañana. En cada pasillo del hotel vigila un plantón uniformado. Lo que no impide que haya mujeres –negras– patrullando los corredores, entrando y saliendo de las habitaciones con pasos amortiguados por la espesa moqueta. Al llegar a mi puerta, se me ha acercado una. Es muy triste dormir solo, me ha dicho.

Por lo general, en estos casos, ni siquiera respondo. Era una joven muy guapa, de labios casi occidentales y nariz fina, quizá una mezcla afroasiática. Por una vez, he hecho una excepción. Le he franqueado el paso a mi suite. Me ha preguntado si quería que preparase el jacuzzi; he asentido. Se ha ido al baño y enseguida he oído el sonido del agua. ¿Te llamo cuando esté dentro o prefieres ver cómo me desnudo? He empezado a arrepentirme de haberla dejado entrar. Es todo tan vulgar, tan tópico. Cuando se apaga la curiosidad inicial, adolescente, el sexo se revela como algo repetitivo –de hecho, se basa en la repetición *ad nauseam* de unos pocos movimientos–; si la gente busca continuamente relaciones sexuales no es por el acto en sí, sino para sentirse queridos, admirados, importantes, poderosos; cosas que yo, francamente, no necesito.

Por otra parte, qué fastidiosa perspectiva entrar en el baño, desnudarme delante de ella, que vea caer al suelo mi ropa interior, cómo me quito las gafas empañadas por el vapor, todo de una intimidad muy desagradable. Estaba pensando en cómo echarla del cuarto sin que provocase un escándalo –es decir, cuánto tendría que pagar–, cuando he oído golpes, violentos chapuzones, un sonido gutural; he imaginado una escena en la que alguien estaría estrangulando a la mujer, alguien que me había estado esperando a mí. He golpeado la pared del dormitorio de mis guardaespaldas, quienes, en calzoncillos y cada uno con una pistola en la mano, han tardado menos de cinco segundos en llegar. He señalado la puerta del baño y la han abierto –no de una patada, como habría esperado, sino usando el picaporte–. Se han abalanzado al interior; no ha habido disparos ni ruido de lucha; cuando me he asomado he visto a los dos guardaespaldas rescatando a la mujer de la bañera, presa de convulsiones y echando espuma por la boca; apenas eran capaces de sacarla del agua. Cuando lo han conseguido, estaban empapados y el cuarto de baño encharcado. La habitación se ha llenado de gente sin que haya podido impedirlo. Un par de soldados, clientes, algunas prostitutas.

Un ataque epiléptico, ha dicho uno de los guardaespaldas. La chica se ha ido tranquilizando, aunque se ha quedado babeando medio inconsciente, con los ojos casi en blanco. La han envuelto en una toalla y uno la ha cargado en brazos. El otro ha echado a los curiosos. He acompañado a los guardaespaldas a la puerta y he visto que se la llevaban a su habitación.

La hemos salvado de morir ahogada, se ha justificado el que no la cargaba en brazos.

Uno de los soldados que había estado dentro de la habitación ha vuelto sobre sus pasos y se me ha acercado con aire de conspirador. ¿Quiere que venga otra chica? Se ha encogido de hombros cuando he respondido que no, pero al cerrar la puerta aún no se había marchado. Creo que de todas maneras esperaba una propina.

El viaje, en conjunto, ha sido un éxito. Vuelvo a casa satisfecho. (Kinshasa, 30/1/2004)

–Buenos días –dijo Degand al portero, que hizo ademán de apresurarse a abrir la puerta de cristal, cuando él ya la había abierto.

–Buenos días, señor Degand –respondió a su saludo con una inclinación exagerada. Degand sabía que tan sólo aguardaba a que se dirigiese al ascensor para hacer un guiño a la telefonista, la cual sonreía ya tontamente, parapetada tras su mesa de madera de haya cubierta de revistas y vasos de cartón.

Esa increíble capacidad para generar complicidades a sus espaldas. Todos repentinamente amigos, dejaban de lado rencillas y querellas, para compartir el guiño, la sonrisa burlona, a su paso.

Degand los saludaba de todas maneras. Saludó igualmente a los dos obreros que estaban reparando la moqueta en un pasillo, buenos días, y ellos detuvieron sus gestos, quedó alzada en el aire una mano armada de una cuchilla, la brocha empapada en cola se apoyó en el borde de un cubo, buenos días, señor Degand, y durante los siguientes pasos oyó su silencio, ni una voz, ni un roce, ni un movimiento, casi podía decirse que contenían la respiración hasta que Degand dobló la esquina para dirigirse a su propio despacho, y entonces ellos rieron después de algún comentario jocoso realizado en voz baja.

¿Es esto poder, o falta de poder?

Que se rieran de él, que lo encontraran irresistiblemente ridículo por motivos que se le escapaban, era un síntoma de falta de poder. Al mismo tiempo, que siempre aguardaran a que les diese la espalda, que contuviesen sus guiños, risas, observaciones mordaces hasta que él se hubiese marchado, era sin duda un síntoma no de respeto, sino de poder. No se atrevían. Hubo un tiempo en el que el matón de la clase –fueron varios, pero esas tediosas figuras parecían cortadas por el mismo patrón y se confundían en su memoria– lo elegía siempre a él como víctima, era a él a quien le escupía en el bocadillo, a él a quien robaba los pantalones en los vestuarios para hacerle salir en calzoncillos, a él a quien obligaba a decir en su nombre una obscenidad a alguna de las chicas. Esos tiempos se habían acabado. El matón de la clase no había dejado de despreciarle, pero se había dado cuenta de quién era el más fuerte. El matón de la clase le limpiaba la taza del váter.

Recogió una carpeta de plástico de su despacho y volvió a salir sin detenerse. Entró, después de que lo anunciase la secretaria, en el despacho de Lebeaux, quien, sentado tras su escritorio, hacía garabatos sobre un folio en blanco como un escolar aburrido.

–Entre, Degand. He leído su propuesta de retirarnos de uno de los sectores más lucrativos. Por lo visto no le preocupa que, por culpa de la recesión, el banco y varias de nuestras empresas estén pasando momentos difíciles.

»¿Podría explicármelo?

Cualquiera que lo hubiese escuchado, habría inferido del tono de la pregunta que Degand era culpable de las circunstancias que aconsejaban una extrema prudencia en el sector diamantífero e incluso de la mala situación del banco.

Se sentó tras pedir permiso con un gesto y se dispuso a explicar pacientemente lo que su jefe ya sabía, o al menos debía saber. No tenía a Lebeaux por una persona inteligente. De no haber heredado la fortuna y el hábito de dar órdenes, no le cabía duda de que no estaría al frente de un holding tan considerable como la *Société Générale de la Belgique et du Congo*. Mientras que él estaba mucho más preparado para ello, y no sólo por sus dos licenciaturas –Derecho y Economía– y sus varios másteres; era una cuestión de cacumen. Sólo que Degand no había heredado de sus padres más que el desprecio a la clase media de la que provenían. Pero de nada sirve dolerse del injusto reparto de oportunidades en el mundo. Basta con tenerlo en cuenta.

Degand contuvo su irritación ante las continuas y bruscas interrupciones de su discurso. Incluso parecía reacio a dejarle marchar a África. ¡Le echaba en cara que había estado en enero! ¿Qué pensaba, que iba allí de vacaciones? Seguramente Lebeaux disfrutaba esos momentos. Le hacían sentirse poderoso, a salvo de cualquier réplica. Probablemente necesitaba tratarlo mal para no darse cuenta de que, en realidad, no era nadie: era un cargo, un nombre. Y en el fondo le exasperaba saber que, si Degand no lo llevara de la mano, estaría perdido sin remedio en el laberinto de las finanzas.

Al final de su explicación, tras un par de frases y objeciones con las que fingía ante sí mismo que era él quien tomaba las decisiones, y no sólo quien estampaba en ellas su firma, Lebeaux se refirió al tema que probablemente le preocupaba desde el principio de la conversación.

–Pero antes de que le envíe de viaje a África, hágame un favor.

–El que usted quiera.

–Déjeme resuelta esta mierda del chantaje.

–Estoy en ello, señor.

–Pues termínelo. Saben más de lo que creíamos.

–¿…?

–Dicen que están dispuestos a tirar de la manta y a desvelar mis negocios con diamantes. Que estamos aliados con asesinos…

Lebeaux siguió hablando con un tono fingido de desinterés. Como si estuviesen conversando de un asunto engorroso a la vez que insignificante. Pero Degand estaba seguro de que se moría de miedo. Lo que le inquietaba es que no le entregase la grabación. ¿Se la estaba ocultando, o era verdad que no existía? A ver si iba a empezar a guardar secretos.

Degand examinó con atención a su jefe sin decidirse a marcharse. ¿Sabrían los chantajistas algo que él ignoraba? Se puso en pie. Hubiese jurado que Lebeaux se ponía a consultar su agenda para no aguantar su mirada.

–¿Señor Lebeaux?

–Hum.

–Cuando hable con ellos, el día de la entrega…

–Hum.

–…insista mucho en que le lleven la foto.

–¿Y para qué queremos esa foto mugrienta?

Tenía una cara de perplejidad tan graciosa. Bastaba cualquier imprevisto para que se derrumbara su pose de importante ejecutivo acostumbrado a decidir compraventas de millones de euros; de hombre de la alta sociedad que no necesita ocuparse de minucias, porque un ejército de criados las resuelve para él. Sentado en ese despacho del piso quince, con la ciudad supuestamente a sus pies, seguramente la miraba desde allí arriba con orgullo y desprecio de propietario. Es lo malo del poder heredado: uno presta atención a los símbolos, pero desconoce la realidad porque no ha tenido que enfrentarse a ella.

Cuando respondió vio que la perplejidad aumentaba en el rostro de su jefe. La secretaria les interrumpió con una llamada por el interfono y Degand aprovechó para salir del despacho, aunque se quedó un momento tras la puerta cerrada fingiendo que buscaba algo en sus bolsillos para escuchar la conversación.

Así que rehuía hablar con su mujercita. Hasta ese punto habían llegado las cosas.

El viejo inútil se estaba desmoronando.

El día de la entrega del dinero Degand se levantó, como todas las mañanas, a las seis y media en punto. También como todas las mañanas se asomó a la ventana del dormitorio para ver el tiempo que hacía; contempló perplejo los copos de nieve que estaban cayendo, relucientes bajo la luz de las farolas aún encendidas. Todavía no había amanecido.

–Está nevando –dijo–. En abril y nevando.

Su mujer se revolvió en la cama, se incorporó y miró también por la ventana.

–Eso es por el cambio climático.

Aunque aparentaba sesenta, en mayo celebrarían su quincuagésimo cumpleaños. De nada servían los tratamientos con algas, la hidroterapia, las inyecciones de colágeno, las cremas antioxidantes y regeneradoras, los masajes reductores, la mesoterapia, y mucho menos los *liftings* que le habían dejado la piel tan tersa que no se sabía si estaba sonriendo todo el tiempo o tenía que hacer ese gesto para que no se le rajara como el parche de un tambor.

–Qué tonterías dices.

–Te has pasado la noche roncando. No me has dejado pegar ojo.

Degand no consideró que mereciese la pena responder. Cerró las cortinas y se dirigió al baño. Necesitaba todos los días una hora para cumplir con los rituales del aseo: hacer sus necesidades le llevaba a menudo casi veinte minutos, a pesar de la ingestión regular de linaza y las dosis de aceites laxantes que tomaba tres veces al día. Después se duchaba concienzudamente; si tenía la impresión de haber terminado demasiado deprisa, aunque ya se estuviese secando, volvía a meterse debajo de la ducha a darse otro par de friegas. Se rociaba las axilas con desodorante sin perfume. Se ponía la ropa interior que la criada había dejado la tarde antes doblada sobre el taburete del baño, y el batín. Se secaba el cabello con el secador y se pasaba un cepillo. Como nunca había encontrado una maquinilla que apurase lo suficiente, se afeitaba con cuchilla, una nueva cada mañana; luego se daba una loción *aftershave* sin alcohol –tenía la piel muy sensible– y, cada tres días, se recortaba ligeramente las uñas.

Sólo cuando salía del baño le estaba permitido a su esposa entrar en él, aunque, si por alguna extraña circunstancia también ella tenía que madrugar, se marchaba a otro baño para no verse obligada a esperar. A Degand le parecía repugnante esa intimidad de algunas parejas que compartían el baño e incluso mientras uno usaba el lavabo el otro orinaba, bueno, suponía que tan sólo orinaba. Al parecer había parejas así.

Cuando salió del baño su mujer estaba dormida o se hacía la dormida.

–El calentamiento global. Te tragas cualquier estupidez.

No hubo reacción alguna en el bulto escondido bajo el edredón.

En la mesa del salón encontró el zumo de naranja recién exprimido, la mantequilla y la mermelada, el *Financial Times*, *L'Echo* y *La Libre Belgique*. De la cocina llegaba el olor del café.

–Buenos días, señor.

Había quitado a la muchacha la costumbre de preguntarle si había dormido bien. Al fin y al cabo, a nadie le importaban sus problemas para conciliar el sueño.

–Buenos días.

Aguardó a que le sirviese el café con leche batida y desapareciese otra vez en la cocina. Tomó el *Financial Times;* una vez más la portada la ocupaba el precio del barril de petróleo. ¿Y las tostadas? En *La Libre Belgique* se comentaba la visita de la princesa Mathilde a un orfelinato. ¿A quién podían interesarle las visitas de la princesa, o las mamarrachadas de su marido, o los discursos del holgazán vividor que tenían por rey? Vivía en un país de bantúes.

−Yin-yin.

La muchacha llegó a toda prisa secándose las manos en el delantal; al parecer aún no se había habituado a que en Bélgica hubiese paños de cocina.

−¿Espera que me coma la mantequilla a mordiscos?

−Ay, señor.

La mujer se esfumó a una velocidad admirable. Sólo tardó dos minutos en regresar con las tostadas.

−Disculpe el señor.

Degand desayunó leyendo la prensa. A las ocho escuchó las campanadas de la iglesia vecina; si por él fuera, hacía mucho tiempo que las iglesias habrían perdido el derecho a molestar al vecindario con el escándalo de sus campanas. ¿No se habían enterado aún de que la gente tenía relojes, que ya habían pasado los tiempos en los que había que avisar a los fieles de las horas de los oficios? La gente protestaba por el ruido de los bares nocturnos pero ninguno se atrevía a decir que ya estaba bien después de tantos siglos de escuchar el de las campanas. Lo dicho: un país de bantúes.

Un coche aparcó delante de la casa y Degand se incorporó. Se limpió cuidadosamente con la servilleta y se dirigió a su despacho. Abrió la puerta de la caja fuerte empotrada en uno de los muros, y extrajo una pistola Jericho de 9 mm. con su funda. No entendía gran cosa de armas ni le gustaban especialmente, y de hecho no la había utilizado nunca salvo para probarla en la galería de tiro de la armería. Había comprado ese modelo porque le aseguraron que lo utilizaba la policía israelí, lo que le pareció una buena referencia. Se la colgó a un costado y se aseguró de que estaba bien cerrada la hebilla. Entonces se preguntó si realmente necesitaba una pistola. Tardó casi un minuto en decidir. No, él no iba a necesitar una pistola. Para eso estaban otros.

Volvió a guardarla en la caja fuerte y sacó una americana del al armario del vestidor.

La niña todavía dormía, por lo que salió de casa sin despedirse de nadie.

−Buenos días.

−Buenos días, señor Degand.

Los dos hombres le estaban aguardando delante de la verja, cada uno a un costado de un discreto Ford Focus gris. Esos dos no se reían. Esos dos sabían quién era.

Entraron en el coche y el conductor no se movió hasta recibir instrucciones.

—A la sede del banco. Luego ya veremos.

El coche arrancó suavemente. Degand marcó en el móvil el número de su jefe.

—¿Sí?

—Estamos en camino, señor Lebeaux.

—Muy bien.

—A partir de ahora vamos a mantener la conexión abierta. Si se perdiera por algún motivo, volveré a llamarle inmediatamente.

—Muy bien.

—Cuando le indiquen a dónde dirigirse a recoger el móvil nosotros también iremos para allá, pero sin acercarnos a usted. Y cuando le digan dónde se realizará la entrega, repítalo usted en voz alta como para asegurarse de haberlo entendido bien; usted conduce en esa dirección, pero cuando esté llegando dé media vuelta y regrese al banco.

—Ya lo sé, Degand. Ya lo hemos hablado antes.

—Nunca está de más.

—Usted ocúpese de terminar con este engorroso asunto.

—Por supuesto.

Degand conectó el auricular, se lo colocó en el oído y dejó el teléfono abierto sobre el asiento, dispuesto a jugar unas horas a los detectives. De haber estado solo se habría reído. Pero no es conveniente reír mucho en público, sobre todo si tienes una función subalterna, porque te tomarán por el bufón de la corte. Aunque seas quien mueve los hilos, aunque sepas lo que nadie sabe: que dentro de unos momentos vas a encontrarte con Daniel X, sin profesión conocida, habitante de un bloque de viviendas sociales, adicto a los medicamentos, exuniversitario, con dos estancias en un psiquiátrico; y a Claude Y, de profesión trapero —con lo que tiene que relacionarse uno—, casado con una peluquera alcohólica (probablemente la mujer que había hecho la última llamada), sin más datos de interés en su biografía que el hecho de haber nacido, si es que merece la pena reseñar el nacimiento de alguien así; y que los dos sujetos llegarán en una furgoneta Peugeot blanca, propiedad de Claude Y, matriculada en 1991, matrícula BER 486, que aparece en las grabaciones de la cámara de seguridad de la residencia de Lebeaux; el examen atento de dichas grabaciones, realizado por él mismo, le ha permitido primero averiguar el nombre del propietario y después organizar su seguimiento hasta descubrir a su cómplice. Degand sabía a quién se iba a encontrar, mientras que Lebeaux era como un boxeador grogui, que lanza los puños a su alrededor, pero sin acertar a entender de dónde le llegan los golpes.

A las ocho y media sonó el teléfono de Lebeaux. Le dieron instrucciones de ir a buscar el móvil al Parque del Cincuentenario.

–Degand, ¿lo ha oído?

–Sí, señor Lebeaux. Nosotros vamos también para allá.

–Esta gentuza me va a tener paseando de un lado a otro de la ciudad como si no tuviese nada mejor que hacer.

–Dentro de una hora habrá terminado todo.

–Eso espero.

A las nueve menos cinco Lebeaux le hizo saber que había encontrado el móvil en una papelera; rezongó porque lo estaban haciendo hurgar en la basura como un mendigo. Degand no repuso nada. Empezaba a hartarse de los melindres de Lebeaux.

Los chantajistas fueron puntuales. A las nueve sonó el móvil que habían dejado en la papelera; Lebeaux repitió las instrucciones que iba recibiendo. Degand a su vez se las fue diciendo al conductor.

–Más o menos sé dónde es. Hay un campo de fútbol muy cerca. Mi chico ha jugado alguna vez allí. ¿Le he contado que es un buen futbolista, con doce años?

Degand negó con la cabeza, pero no hizo un solo comentario que animase al conductor a seguir glosando las proezas deportivas de su retoño.

La nevada se volvía más densa por momentos, lo que a Degand le parecía muy conveniente. Así nadie andaría paseando por un lugar tan apartado como el que habían elegido los chantajistas para la entrega.

—¿Has visto cómo nieva? —preguntó el conductor a su compañero, como si sus reflexiones se hubiesen acercado en ese momento a las de Degand—. Parece el Polo Norte.

El guardaespaldas asintió, con la cabeza ligeramente agachada e inclinada hacia adelante, intentando discernir el trazado de la carretera.

—Eso es por el cambio climático.

—Pero yo había entendido que iba a hacer más calor.

—Vete tú a hacer caso a los científicos. Saben lo mismo que tú y que yo.

—Y yo que me imaginaba tomando daikiris bajo una sombrilla en Le Cock o Blankenberg.

El conductor se rio. Aunque intentó hacerlo bajando la voz, le salió un relincho estridente. Miró por el retrovisor e hizo un gesto como de disculpa a los dos ojos que le contemplaban inexpresivos. El guardaespaldas también debió de notar el ambiente cargado porque no volvieron a conversar en todo el trayecto.

Esos dos sí sabían quién era.

Degand clavó la vista en el reposacabezas y se dijo que había llegado el momento de las cosas serias.

DANIEL

Cayeron, las altas torres.

Primero sin estrépito. Aunque antes de la caída se había escuchado un zumbido de intensidad creciente, que pasó a ser un rumor como de ejército aproximándose por algún acceso subterráneo. Entonces, cuando el zumbido se hubo vuelto fragor amenazante, iniciaron su implosión aquellos edificios que se elevaban en la distancia, en el Barrio Norte. Sus aristas, que antes cortaban el cielo y le imponían su geometría, parecieron ablandarse. Las ventanas escupieron una lluvia plateada que multiplicó la luz tenue del amanecer; los añicos revolotearon unos instantes, luego cayeron a tierra igual que una bandada de gaviotas petrificadas por algún conjuro. Silencioso vuelo de esquirlas devorado por la nube de polvo que, remontando desde las aceras, trepaba por los edificios, aún intactos en sus pisos superiores. Luego los paramentos parecieron ablandarse, estirarse en torsiones imposibles; se fueron abriendo grietas que ascendían por las paredes de ladrillo como plantas trepadoras, y de los pisos superiores comenzaron a desprenderse grandes trozos de fábrica, volcándose en el vacío hasta hundirse en la polvareda que acabó por ocultar completamente los edificios.

Llegó entonces ese estruendo, ese estallido, que hizo también vibrar los cristales de edificios muy lejanos. El aire dio un violento empujón contra puertas y ventanas. En los oídos se sentía esa repentina presión que a veces experimentan los viajeros cuando un tren penetra en un túnel. Siguió un confuso quebrarse de objetos, una sucesión de chasquidos, tintineo de vidrios, martilleo de metales, chirridos de gomas, el sordo retumbar de cosas huecas que parecían no romperse nunca. De las calles comenzó a ascender una extraña algarabía, un griterío de hora del recreo en un patio de colegio, raro vociferar a esas horas de la mañana en las que no hay ferias ni kermeses, ni festejos ni espectáculos al aire libre. La distancia, desde ese piso decimosegundo, ha distorsionado un momento los gritos y lamentos haciéndolos pasar por risas y alegres interjecciones. Pero escuchando bien se percibe algún llanto, llamadas desesperadas.

Es el fin

se dijo Daniel, con una calma que le sorprendió. O sea, que es así el apocalipsis, nada más que eso. Un derrumbarse de edificios; quejidos a lo lejos; y esa sensación de indiferencia ante la catástrofe.

Daniel aguardó, callado, a que también en los muros de su apartamento apareciesen las primeras grietas, a que los objetos comenzasen a avanzar con pasitos inquietos por las estanterías hasta abalanzarse contra el suelo. Pero no ocurrió nada: ni temblores ni crujidos, ni vasos hechos añicos, ni tuberías reventadas, ni humo ni azufre. Incluso los gritos se fueron apagando, se alejaron también los pasos que antes resonaban contra el pavimento, y lo poco que aún se oía podían ser ecos o tan sólo recuerdos. Como si todos los habitantes de la ciudad hubiesen huido o perecido.

A lo lejos, aún más lejos que los edificios ya inexistentes, el silencio fue dejando paso, como por una rendija, al impaciente ulular de las sirenas. En ese momento, cuando las sirenas iban aumentando de volumen hasta dar la impresión de que en el cuarto iban a penetrar de un instante a otro camiones de bomberos o ambulancias, Daniel se incorporó asustado.

Escuchó el batir, cercano, de su corazón.

Recorrió con la mirada la habitación, descubriendo en sus paredes las grietas habituales, el papel pintado que se abombaba aquí y allá en burbujas subcutáneas o se levantaba en juntas y rincones mostrando un envés oxidado; los sillones desvencijados, las estanterías de plástico en las que se apilaban pequeños montones de calcetines, trapos, papeles arrugados, confusas y casuales mezclas de objetos; y, a través de una de las puertas, una pila de cacharros sucios sobre el fregadero y el suelo de sintasol cubierto de cercos de líquidos evaporados, de migas de pan y restos secos de comida, también un pantalón y una camisa que desde donde estaba Daniel semejaban un cadáver esmirriado. Ningún signo de la catástrofe, de destrucciones repentinas, de violentas erupciones. Tan sólo el rastro del paciente trabajo de la desidia y el óxido. Daniel echó hacia atrás las sábanas y fue a la ventana. A lo lejos, rodeados de un cielo que bordeaba de malva sus contornos e iba difuminándose hacia lo alto en diferentes tonalidades que por fin encontraban el azul casi celeste de esa mañana soleada, se levantaban incólumes los edificios de oficinas del Barrio Norte.

Daniel sintió una cierta decepción: hubiese preferido encontrar un paisaje de ruinas, descubrirse de pronto en otro lugar, en un mundo con reglas distintas, brutales pero sencillas, en el que sería necesario pelearse por la posesión de un balde de agua, donde para obtener alimento habría que escarbar en el suelo buscando la ínfima sustancia encerrada en unas briznas de hierba, un mundo del que habría desaparecido la complejidad de las relaciones que domina las grandes ciudades: el agua y el combustible no llegarían por conductos subterráneos inaccesibles, sino que estarían ahí, al alcance de la mano; para obtenerlos no habría que estampar firmas ni mostrar documentos, ni pagar con billetes que en sí no valen nada; bastaría la voluntad de sobrevivir –ahí Daniel veía la posibilidad de salir alguna vez ganador, mientras que en esa otra vida de papeles y flujos invisibles siempre era el perdedor–. Él quería ver desaparecer esa ciudad que le aguardaba impertérrita cada mañana, verla hundirse, reventar, y poder volver al principio, a esa época en la que la guerra era la guerra, y no la leve pero incesante presión que los ganadores ejercen sobre los más débiles, con la que poco a poco, en medio de amplias sonrisas, de promesas, de gestos de sincera compunción, te van desplazando a un espacio cada vez más exiguo; las calles, los parques, los restaurantes y bares se vuelven uno a uno territorio enemigo. Y sólo te queda, al final, una pequeña guarida donde rumiar tu rencor, que ni siquiera puedes expresar, porque los mismos que te expolian te están pagando un subsidio de paro.

Abrió la ventana para que lo acabase de despertar un tiritón. Con la primera bocanada de aire fresco entró en el apartamento el ruido del tráfico. La ciudad hacía rato que se había despertado. Daniel dobló el cuerpo hacia el exterior, apoyando la tripa en el alféizar para revisar la situación del nido. Era un nido raquítico, fabricado por una paloma –Daniel la había visto más de una vez llegar con una brizna en el pico– sobre el voladizo de una viga por debajo de la ventana: entre los cables de teléfono y televisión, había depositado pajillas, hilos y borra como intentando hacer confortable la miseria. Daniel lo contempló unos segundos enternecido. En los dos últimos días el nido no había cambiado; acaso la paloma daba ya por concluido el trabajo.

Daniel cerró la ventana y se quedó un momento parado en medio de la habitación.

¿A qué me sabe la boca?

A rata muerta, pensó.

A moneda sucia.

A coño.

Ya quisieras.

Siguió contemplando a través del vidrio el perfil intacto que dibujaban los edificios –contra el cielo–. El brillo de sus aristas ya era dorado.

Tengo que salir de aquí, pensó, sin razón aparente y sin saber con exactitud qué delimitaba el adverbio «aquí».

Fue al baño. Dudó si ducharse y se quedó mirando la alcachofa de agujeros casi obstruidos por sedimentos de cal; siguió distraído con la vista el reguero de óxido que descendía por la pared de la ducha, descansó un momento los ojos sobre la jabonera inundada donde flotaba una pastilla de jabón medio derretida, y continuó el recorrido hasta toparse con la punta de sus pies desnudos: iba siendo hora de cortarse las uñas.

Decidió no ducharse. Al fin y al cabo iba a empezar a sudar y a cubrirse de polvo en un momento. Además se le hacía tarde: Claude ya le estaría esperando. Se cepilló los dientes, se peinó deprisa, rescató de debajo de la cama un mono gris, se lo puso con desagrado: no lo había lavado desde el trabajo anterior y a Daniel le parecía que se le había quedado pegado el olor a rancio, a sebo, a desconsuelo. Lo mismo debía de pasarles a los embalsamadores y a los poceros. Que ya no saben distinguir el olor de detritus o despojos del suyo propio.

Daniel descendió en el ascensor; se quedó un momento en el patio, aspirando por la nariz el aire frío de la mañana, intentando oler si iba a ser un día fausto o aciago. Fue a mirar la hora pero se había dejado arriba el reloj. O se lo había dejado en cualquier otro sitio.

Claude, pesado, ya voy.

La furgoneta estaba subida a un bordillo, dificultando el paso de los peatones, que lanzaban miradas airadas al conductor atrincherado tras un periódico. Daniel tuvo que desplazar una jaula vacía al asiento central para poder montar.

Claude tiró el periódico al suelo.

–Vamos a una casa en Woluwe St. Pierre, de este lado del parque –le dijo como saludo–. La dueña ha muerto. Es el casero el que ha llamado. Parece que hay cosas interesantes. Allí vive gente de dinero, a lo mejor hay suerte esta vez.

Daniel negó con la cabeza.

–Si tuviese dinero no te habría llamado el casero, sino algún familiar.

–¿Y si no tiene familiares?

–Te habría llamado un notario o un abogado.

–O sea, mierda otra vez.

–Bueno, te pagan por el trabajo.

–Pues eso, mierda.

Claude tomó las rondas hacia el norte y dobló en la calle Belliard; había el embotellamiento habitual en esa calle flanqueada de edificios de oficinas y de las instituciones europeas.

–Esta noche he soñado con un temblor de tierra.

–¿Y?

–Nada. Eso, que había un terremoto y todo se venía abajo.

Claude se encogió de hombros.

–Marlene dice que el lugar más seguro cuando hay un terremoto es el quicio de las puertas, porque te protege el dintel. Eso dice. ¿A ti qué te parece?

–Que el lugar más seguro es el campo.

−Ya, qué listo. Aunque no le vendría mal un temblor de tierra a esta ciudad. Al menos caerían estos adefesios que han construido aquí. Tú que has leído mucho: ¿son normales los arquitectos, quiero decir, gente como tú y como yo, van al bar, ven el fútbol, miran a las chicas…

−O a los chicos.

−Esta calle era preciosa, hace años. He visto fotos. Igual que todo el barrio que han derribado para construir el Parlamento. Y tú fíjate lo que han hecho. No pueden ser normales. Quiero decir, que hay que tener problemas de coco para construir estas cosas. O hay que hacerlo a propósito, querer vengarse de alguien.

−Los arquitectos reciben instrucciones, hacen lo que les piden, unos con más entusiasmo que otros.

−O sea, que llega un político o el dueño de una empresa y les dice: quiero que me construya el edificio más feo que se le ocurra, uno que no pueda gustarle a nadie. Y el arquitecto va, y lo hace.

Daniel se rio.

−No sé, debe de ser una cuestión de costes.

−No creo que sea barato eso que han construido ahí en Rond Point Schuman, para los ministros. Luego dicen que son anticomunistas, pero yo he visto edificios parecidos en las películas de espías del Este.

−El túnel está cerrado.

−Lo que faltaba.

Claude tenía razón en que nada había en esas calles que invitase a pasear o demorarse un momento. Eran estructuras hostiles que provenían de un mundo distinto; podía uno imaginar una escena de ciencia ficción: la gente vive sus vidas, mal que bien, ni muy feliz ni muy poco. Pero lentamente la ciudad va siendo invadida: las casas desaparecen una tras otra, sustituidas por cubos de cristal y hormigón habitados por gente de otro planeta, seres que se dedican a cosas que los mortales no entienden; barrios enteros se desintegran, pero los periódicos apenas mencionan el fenómeno, quizá infiltrados por los invasores. Escena final: no quedan humanos en la ciudad, han sido expulsados y merodean por las afueras sin rumbo ni esperanza; lo que era la ciudad, con casas, bares, panaderías, cines, quioscos, tintorerías, parques, ha sido suplantado por una enorme colmena de edificios rectangulares con vidrios opacos. Allá dentro, crueles androides se han hecho con el control del planeta.

–¿Te has dado cuenta de que no hay palomas? –preguntó Claude.

–¿Dónde?

–En estas calles. A lo mejor no son tan tontas como creía. Hasta van a tener buen gusto.

En cuanto atravesaron el barrio de las instituciones europeas el tráfico se hizo menos denso. Abandonaron la avenida de Tervuren y Claude comenzó a disminuir la velocidad en las esquinas intentando descifrar los letreros con los nombres de las calles, y se fue adentrando en un laberinto de rotondas, callejones sin salida y calles de trazado curvo que le devolvían poco más o menos al mismo sitio.

Llegaron por fin a la dirección que buscaban. Era una casa típica de principios del siglo pasado, dividida en pisos como ese cuya puerta les abrió el casero refunfuñando porque habían llegado con media hora de retraso: tres habitaciones en fila, techos altos, la del centro sin ventanas, separada de las otras dos por grandes puertas acristaladas de cuatro hojas; junto a la habitación del fondo, la que daba al jardín, había un cuarto de baño, y junto a la que daba al frente de la casa una cocina de planta rectangular muy alargada.

La cama, en la habitación del fondo, parecía recién hecha. Era un cuarto ordenado, con muebles chapados en caoba pero desvencijados, con la chapa levantada por los bordes; en el armario ropero los vestidos colgaban a un lado, luego seguían las faldas, después las blusas. Un tercio del espacio estaba ocupado por baldas: en dos los jerséis, en otra la ropa interior, en otra medias y pañuelos. Daniel buscó con la vista un camisón, pero no lo encontró.

El cuarto de baño olía a ambientador de pino. Daniel abrió un armario de espejo. Encontró algunos medicamentos también cuidadosa, casi obsesivamente ordenados: los frascos y tubos pequeños delante, los de mayor tamaño detrás; había medicamentos para la tensión, Frenadol, pomada contra el reúma, supositorios contra el estreñimiento, un termómetro de mercurio, un frasco con algunas tabletas de Doxylamina. Daniel se guardó el frasco en un bolsillo del mono. No había artículos de aseo ni cosméticos.

–Murió en el hospital.

–¿Qué?

–La vieja, que no murió aquí.

Claude se asomó con el bocadillo en la mano a la espera de una explicación, pero como Daniel seguía absorto repasando los detalles que iba descubriendo en la casa, regresó al sofá.

Sobre la mesilla de noche había varias fotos enmarcadas. Una foto antigua de un hombre joven con traje elegante –quizá incluso hecho a medida– realizada en estudio. La sacó del marco imitación de marfil y miró el reverso: Para Marie Thérèse, con todo mi amor. 12 de abril de 1944. Entonces Bruselas estaba ocupada por los alemanes. Sobre la mesilla no había fotos de niños ni de la mujer y el hombre juntos. Tampoco de él más mayor. Las demás fotografías eran de perros: una en blanco y negro de un terrier de Yorkshire –con un lacito en la frente– y tres en color de chuchos de raza indefinible; todos perros de pequeño tamaño, perros de apartamento.

En la habitación del centro, entre la chimenea y una de las paredes, había una cómoda de madera barata teñida de caoba: en los cajones de la cómoda encontró sábanas y manteles de hilo bordados con las iniciales de la dueña, que parecían no haber sido estrenados nunca, una plancha, un transistor. En el salón un tresillo de cuero gastado, una mesa baja, una televisión. Ninguna estantería para libros; sólo un revistero con publicaciones dedicadas a la programación televisiva. Daniel registró rápidamente la cocina: vajilla descabalada –pero Villeroy & Boch–, cubiertos de plata con manchas de verdín, cacerolas, sartenes, batidora y tostador, servilletas de hilo de bordes raídos y llenas de manchas. Volvió a la habitación del frente y paseó la mirada por las tres habitaciones en fila: ¿en qué había trabajado? ¿recibía una pensión? El único mueble nuevo, la cómoda, era barato, desentonaba con el aire de familia rancia venida a menos de que hablaba el resto de los muebles. No había ni una carta, ni una postal, ni un álbum de fotos.

—A él lo mataron durante la guerra.

—¿A quién?

Claude se acercó a Daniel con la boca llena y ya sólo un corrusco de bocadillo en la mano.

—A su novio. Iban a casarse, pero no llegaron a hacerlo. Él tenía un buen empleo, gerente de una empresa, o abogado. Ella era de buena familia. Después de que lo mataran, ella no se casó ni volvió a salir con nadie. Probablemente se querían mucho. La pobre no le olvidó. Llevó una vida impecable de solterona. Pero no podía dormir por las noches. Sería una tía de esas que ves por la calle, correcta, muy controlada, digna. Pero luego volvía a casa y no sabía dónde meterse, cómo dejar de darle vueltas al coco, cómo cerrarle la puerta a los fantasmas. Tomaba somníferos. Además andaba estreñida.

—¿Y qué tienes tú en contra de los estreñidos?

—Nada. Pero eso dice mucho de una persona.

—Para nosotros, mejor estreñida que con diarrea. ¿Qué, empezamos?

—Acaba de comerte el bocadillo.

Daniel rebuscó en los cajones de la mesilla. Una Biblia nuevecita, ni la había abierto. Pañuelos de papel, dos o tres bolígrafos. Un cuaderno de notas. Vacío. Ni documentos de identidad, ni papeles del banco, ni de los seguros.

—Aquí ya ha hurgado alguien, pero poniendo cuidado para que no se note. El casero, seguro.

—Bueno, ¿trabajamos o qué?

—Venga. Yo empiezo a desmontar el ropero.

Necesitaron casi todo el día para vaciar la casa. Claude tuvo que hacer dos viajes al almacén a descargar la furgoneta, mientras Daniel seguía empacando objetos en cajas de cartón. Aunque Claude refunfuñaba porque lo único de valor que se llevaban eran los cubiertos de plata, habían tenido días mucho peores. Cuando acabaron, el casero subió a inspeccionar el trabajo. Recorrió las habitaciones sin decir palabra y les acompañó a la salida.

–¿Dónde quieres que te deje?

Daniel se lo pensó un momento. Si se iba a casa seguro que no resistiría la tentación de tomarse la Doxylamina nada más llegar.

–Déjame en el bar.

Daniel no se apeó inmediatamente cuando Claude detuvo la furgoneta delante de Chez Biche. Se quedó sentado, sacudiendo levemente la cabeza algo gacha; no parecía darse cuenta de dónde estaba.

–Te conozco –dijo Claude; se subió con la furgoneta al bordillo para no bloquear el paso y apagó el motor–. Sigues dándole vueltas a la historia de la vieja.

–No, ya no. Ya la tengo.

–Venga, suelta.

–No lo mataron en la guerra; entonces la vieja tendría fotos de él con uniforme. Lo fusilaron después de que terminara. Era un colaboracionista. Probablemente hizo dinero durante la ocupación nazi; a lo mejor no estaban solteros, pero él se casó de uniforme, con emblemas que más tarde convenía que nadie viese y por eso ella destruyó las fotos de la ceremonia. Marie Thérèse, después de que lo fusilaran, se quedó sola, sin amigos; los vecinos conocían la historia, murmuraban a su paso, incluso la insultaban, le enviaban anónimos. Fue encerrándose en casa, saliendo sólo lo imprescindible, a hacer la compra, al médico, poco más. Se compró un perro; se fue habituando a vivir sin compañía humana; aunque aún era joven, no volvió a acercarse a un hombre, porque sabía que alguien acabaría contándole la historia. Además, guardaba un fuerte rencor al mundo exterior, a quienes habían matado a su marido. Marie Thérèse sabía que ellos dos sólo habían sido chivos expiatorios, pero muchos que se habían enriquecido de verdad, muchos responsables políticos se habían subido al carro de los vencedores. Imagínate lo que sentiría cuando hicieron diputados a Dewinter y a Custers, que habían desempeñado altos cargos bajo la ocupación.

–¿Y tú cómo sabes eso? ¿Dónde lo has leído?

–Por el día veía la televisión todo el tiempo, para no pensar, para no recordar. Pero en cuanto se metía en la cama se quedaba sin defensas ante el pasado, ante la frustración que le causaba su propia vida rota, ante ese futuro del que no podía esperar redención alguna. Así que se atiborraba de somníferos, además, de los fuertes, de esos que te dejan también atontado por el día. Hasta que murió. El casero, que sabía su historia, revisó sus pertenencias y descubrió con desencanto que no había un calcetín lleno de dinero debajo del colchón. Se llevó por si acaso los papeles de los bancos. Pero Marie Thérèse probablemente ni siquiera tenía tarjetas de crédito de las que habría podido buscar la clave –las viejas anotan siempre la clave en sitios fáciles de encontrar–. Entonces el casero llamó a los buitres para que nos alimentásemos de los despojos.

Daniel se volvió hacia su amigo, que había escuchado jugueteando con la medalla de san Cristóbal que colgaba del retrovisor. Claude se encogió de hombros.

–Pudiera ser.

–¿Quieres que te ayude a descargar?

–No, se ha hecho tarde. Dejo la furgoneta en el almacén sin descargar y me voy a casa andando. Ya lo hará el jefe mañana. –Daniel se bajó del coche–. Por cierto, mañana hay otro encargo. ¿Te interesa?

–Llevo un mes de atraso.

–¿Te has quedado embarazado?

–Del alquiler. No he pagado el último.

–Eso significa que te interesa.

–Significa que voy.

–Pues empieza por ahí.

En el bar sólo estaban la dueña y su hijo. Como no le habían visto aún, pasó de largo. Abrió el tubo de Doxylamina y contó ocho tabletas.

Se fue a casa a pie. En la calle giraban remolinos de viento que arrastraban de un lado a otro la basura generada por el mercadillo de la plaza del Jeu de Balle, residuos de los residuos que allí se vendían; los días de diario, cuando casi ningún turista recorría la plaza en busca de antigüedades o gangas, se ponían a la venta las mercancías más míseras, precisamente los objetos que Daniel y otros como él sacaban de las casas de los muertos: el orinal desconchado, las gafas con la patilla rota y pegada con cinta aislante, la dentadura postiza, herramientas oxidadas, material arqueológico arrancado de sus estratos que, fuera de contexto, narraba no la historia de los individuos sino la de una clase social.

En un solar abandonado una sombra excavaba un agujero; el bulto que yacía a sus pies era sin duda un gato muerto, por cuya eliminación el dueño no tenía intención de pagar el impuesto municipal.

Los árboles desnudos, grises como las paredes, habían capturado en las puntas de sus ramas las bolsas de plástico de un supermercado vecino, frutos fantasmales agitados por el viento que sugerían extrañas mutaciones debidas a una guerra nuclear.

Pero eran tiempos de paz. La ciudad respiraba plácidamente, como un animal dormido.

Entrar en la casa de un muerto le producía una sensación que no debía de ser muy distinta de la que sintieron quienes, por primera vez, rompieron los sellos de las cámaras mortuorias de los faraones. Ante él se abre, incólume, el expresivo álbum formado por los objetos que han sobrevivido al difunto. Inspeccionar dichos objetos es un trabajo de arqueología del individuo, un recorrido por su historia, sus pecados, sus aficiones, sus pasiones y sus angustias. Ningún objeto está mudo, aunque el lenguaje de algunos sea difícilmente inteligible y haya que pegar a ellos el oído, escuchar sus murmullos para intuir, si no el significado, por lo menos el tono en el que nos hablan. Una vida feliz deja huellas diferentes que una triste. Y lo mismo que a menudo se puede identificar un objeto por la sombra que proyecta, es posible reconstruir una vida por los residuos que dejó.

También, cuando se derriba una casa, en las colindantes quedan huellas que –como las marcas dejadas por trilobites y helechos prehistóricos sobre la piedra– revelan el tipo de mundo que ha desaparecido para siempre: oscuras franjas verticales recorren el muro allí donde se encontraban los tabiques; podemos saber el tamaño de las habitaciones y acaso su número; queda también la línea zigzagueante de una escalera, como si allí hubiese muerto un reptil extinguido hace millones de años, uno de esos animales de formas que hoy nos parecen imposibles; los agujeros por los que asoman trozos de tuberías o algún aparato de baño aún colgado precariamente en el vacío, como las partes duras de un cadáver que resisten más tiempo a la descomposición; papeles pintados, quizá de un color o motivo distinto para cada habitación nos revelan el gusto del inquilino o propietario. Un póster con una chica semidesnuda o con un guaperas televisivo pegado a la pared, reproducciones de barcos, de caballos, de paisajes románticos. Era un espectáculo habitual para Daniel, quien desde que tenía memoria asociaba la ciudad a excavadoras, martillos pilones y grúas, gigantescos saurios metálicos que aplastaban y derribaban los edificios como en una película japonesa de monstruos recién despiertos de un sueño de milenios. Daniel, cada vez que se paraba ante uno de esos agujeros entre edificios sentía un vago dolor, el que producen las fotografías antiguas de gente que sonríe feliz a la cámara sin saber que ya está muerta, o los juguetes desparramados en el cuarto de un niño con una enfermedad incurable.

El dolor que producen las cosas perdidas para siempre.

También fue dolor lo que sintió al entrar en su propio piso. Si el habitante de este piso estuviese muerto, ¿qué sabría de él? El desorden en la cocina, las latas abiertas son sin duda testimonios de cenas ingeridas de pie y a solas, a base de precocinados y embutidos. La grifería roñosa, los muebles con churretes de grasa dicen que son infrecuentes las visitas en esa cocina y que probablemente su habitante es un hombre. Lo confirman las ropas tiradas por el suelo, la inexistencia de jarrones para flores y de fotos de familia o amigos. En el cuarto la cama está deshecha, las cortinas echadas, abiertas las puertas del armario, de las que asoman, como bichos lentos y ciegos que poco a poco fuesen escapándose de un largo encierro, mangas de jerséis, rebujos de camisas, zapatos descabalados. No hay libros –los hubo y fueron vendidos hace tiempo para pagar el alquiler, pero eso el arqueólogo no puede saberlo–, no hay revistas, no hay televisor, no hay discos.

Aquí vive un ciego o un hombre ensimismado.

En los cajones un desconcierto de papeles, advertencias de bancos, avisos de tiendas por plazos de pago vencidos, gurruños en los que se mezclan fotos de periódico, propaganda de pizzas a domicilio, prospectos de medicamentos, hojas con teléfonos o direcciones apuntadas en una caligrafía borrosa.

Qué tristeza si yo viviera aquí.

Abrió un último cajón y extrajo con mimo, única joya entre todo ese montón de estiércol, una caja de preservativos. La caja revelaba una vida sexual y quizá afectiva; aunque no demostraran una relación estable, los preservativos podrían atestiguar la existencia de breves relaciones que devolvían el entusiasmo al habitante de esa madriguera, aunque sólo fuesen abrazos con desconocidas que se marcharían a la mañana siguiente sin dejar más rastro que el olor de un perfume barato, sin apuntar ni el nombre ni la dirección. Incluso si esos preservativos tan sólo eran un reflejo de meras ilusiones, en cierto modo afirmaban que aún había lugar para el optimismo. La caja de preservativos era como la pintura paleolítica que nos dice que no todo en aquellas vidas fue lucha y sufrimiento, piorreas, partos dolorosos, heridas causadas por las zarpas de fieras: también hubo momentos de ocio y placer, y las manos de dedos mutilados por el frío o los enemigos encontraron gusto en embadurnarse de pintura, posarse sobre la pared y quizá más tarde, jugando, sobre la piel del compañero. Que la caja estuviese sin abrir podría interpretarse bien como que se le acabó la anterior, bien como que el dueño nunca tuvo necesidad de ellos.

Daniel giró la caja entre los dedos: habían caducado hacía un año. *Abandonad toda esperanza.*

Siguió rebuscando, ya sin fe. Examinó con atención los tubos y frascos de medicinas: un par de medicamentos homeopáticos sin interés alguno, jeringuillas y ampollas de insulina, una pomada para las hemorroides, una caja de paracetamol con sólo una pastilla dentro y otra con un blíster de supositorios: Cafergot. Sobrevoló ávidamente la composición: ergotamina y cafeína. Se puso los cuatro que quedaban. No sabía si tendrían algún efecto.

Después se tumbó en la cama, recordando vagamente que debía llamar a Claude y proponiéndose hacerlo más tarde, cuando se le pasase el desaliento. Para animarse, dijo: tengo que salir de aquí. Voy a salir de aquí.

Pero las dos frases le sonaron a conjuros viejos, gastados, que habían perdido ya todo su poder.

Daniel estuvo a punto de tropezar al salir de su apartamento. De nuevo se había fundido la bombilla del corredor o alguno de los chicos la había desenroscado o habían vuelto a jugar a tiro al blanco. Sacudió con el pie el bulto sin conseguir que se moviese. Aunque llevaba dos años viviendo en el bloque de viviendas sociales, todavía no sabía cómo se llamaba ninguno de sus vecinos. El que estaba tumbado de través ante su puerta vivía dos más a la derecha. Probablemente no había atinado a encontrar su propia casa y decidió pasar la noche allí. Olía a fruta podrida; una mancha de orina bajaba desde la entrepierna hasta sus rodillas.

Eh,

¡eh!

Ni siquiera parpadeó. Daniel saltó por encima de él, echó la llave y llamó el ascensor. Cuando estaba abajo se dio cuenta de que no había apagado la luz del baño.

Había salido con la intención de ir a Chez Biche, pero de repente le dio pereza. Iba a encontrarse con las caras de siempre, a escuchar las simplezas que ya se sabía de memoria, poco a poco irían emborrachándose hasta que él perdería la consciencia de quién era, toda capacidad de juicio, acabarían hablando a gritos como si se encontrasen a una manzana de distancia, quizá habría alguna pelea, Marlene lloraría por cualquier cosa y Claude buscaría una excusa para meterse con Kasongo.

La portera le estaba mirando desde su cubículo con cara de desconfianza, quizá porque se había quedado parado a dos pasos del portal, sin decidirse a volver a subir para apagar la luz ni a ir a Chez Biche, ni a ningún otro sitio. Alelado, como siempre.

La portera tenía sobre la cabeza una gasa sujeta con esparadrapo, una gran cruz blanca en medio del enorme trasquilón que le habían hecho en la clínica para curarla. Desde que un visitante –nunca se averiguó de qué inquilino– le había roto una botella de aguardiente en la cabeza, no hablaba con nadie. Barría, fregaba, entregaba las llaves a los nuevos inquilinos, abría la puerta a los revisores del gas o la electricidad, pero no atendía a preguntas. Y en cuanto podía se encerraba en la portería como si viviese en un castillo asediado.

Antes del incidente hablaba con él, le contaba historias de los demás inquilinos. Hubo un tiempo en el que Daniel estaba al tanto de las rencillas e inquinas que recorrían los pasillos e incluso los distintos pisos como descargas eléctricas, de enamoramientos y desenamoramientos, de cuernos, peleas y reconciliaciones, también de alguna que otra relación incestuosa, de los problemas con el alcohol de varios habitantes del inmueble, de quién sacaba la basura antes de la hora debida, de quiénes no estaban al día en el pago del alquiler, y, en algunos casos, también del porqué de sus dificultades económicas.

De nada había servido a Daniel vender todos sus libros a uno de los libreros de viejo del bulevar Lemmonier. Las historias ajenas le perseguían, quizá porque cualquiera podía notar que le fascinaban. La misma portera solía decirlo: daba gusto hablar con él, porque era un hombre que sabía escuchar. Pero eso había sido antes de encerrarse en su cubículo y en su rencor.

Daniel la saludó levantando una mano y la mujer reaccionó hojeando nerviosamente una revista que tenía sobre la mesa. En condiciones normales le habría señalado que en el piso doce no funcionaba la luz y que había un borracho tirado en el suelo, pero si se acercaba a ella correría a echar el cerrojo.

Eran ya casi las doce; si se daba prisa podía llegar a tiempo a las oficinas del CPAS, que se encontraban en la misma calle. Le habían notificado dos veces por escrito que tenía que aclarar un detalle de la solicitud por la que le habían concedido la vivienda social.

Sabía lo que le iban a decir. Que no estaba casado ni tenía hijos y ocupaba una vivienda que haría más falta a una familia.

Que él era joven y podía encontrar más fácilmente dónde vivir. Que le buscarían una vivienda de transición. Serían amables, eficaces. No podría reprocharles nada, porque en el fondo tenían razón. Había gente más necesitada que él. Lo malo es que siempre se puede encontrar gente más necesitada, así que incluso la limosna que te den debes aceptarla con la mala conciencia de estar desplazando a otro, de haberte convertido tú también en un hombre que se abre paso a codazos para subirse al bote salvavidas, condenando a otros a hundirse en el océano. Y qué vas a decir a esa mujer que insiste con auténtica entrega –a pesar de su bajísimo salario– en resolver tu problema, en buscar una salida para ti, porque no eres capaz de encontrarla solo. ¿Qué vas a hacer? Darle un beso en la frente, sonreírle, decirle: no desesperes. Ánimo. Las cosas podrían ser peores.

Daniel entró en las oficinas. Miró a su alrededor, a la gente sentada con esa cara de desolación que también se suele encontrar en los ambulatorios de la Seguridad Social. Hola, perdedores, musitó. Volvió a salir a la calle, en dirección al bar.

Hacía mucho que no se levantaba con la cabeza tan despejada. Abrió los ojos, a la espera de ese dolor tan familiar en sus órbitas al contacto con la primera luz del día, y se quedó mirando al techo, sintiendo una paz poco habitual. ¿Qué había soñado? Nada. Precisamente eso era lo bueno. Una noche sin imágenes ni terrores, despoblada de amenazas, catástrofes, sospechas, falsas seducciones. Se sonrió y cruzó las manos detrás de la nuca, ciudadano feliz en una mañana de domingo, esperando que le llegue de la cocina el olor del café, del baño el ruido de los juegos de los niños, del salón la radio con música ambiental, y de la calle los rayos de un sol madrugador que, tras un par de horas de pasearse por un cielo azul, se mete en casa, intruso bienvenido, para poner los colores adecuados al idilio familiar.

A pesar de todo –ni olor de café, ni risas, ni música y sólo la luz primeriza, tímida del amanecer de un martes cualquiera– se levantó de buen humor. Se metió en la ducha sin prestar atención a las diferentes huellas del abandono y la desidia que otras mañanas le recordaban cuáles eran los cauces de su existencia, y a punto estuvo de ponerse a cantar mientras se enjabonaba. Prefirió no exagerar. Se puso ropa limpia, comprobó con satisfacción que aún no era la hora de salir y se dirigió al frigorífico. Primera decepción del día: ¿para qué sirve un frigorífico vacío? Cerró y dio al electrodoméstico unas palmadas como para consolarlo. Un café sí se hizo, y lo tomó de pie, mirando por la ventana mientras hacía tiempo para acudir a la cita con Claude.

También Claude estaba de buen humor. Llevaba varios días sin hacer el amor con Marlene, le contó nada más verle, un poco rara últimamente con eso de que no tenían hijos, pero la última noche había sido de antología, bueno, no iba a darle detalles.

–No, por favor.

Bajaron por los túneles de la ronda. Era más temprano que de costumbre y aún no se había formado el atasco de todas las mañanas. Estación de Midi, edificios derribados, bares con nombres españoles, otro barrio que estaban destruyendo poco a poco, pero ni siquiera eso disipó el buen humor en el coche. Claude enfiló hacia el sur y bordeó el Observatorio. Tuvo que consultar un par de veces el plano, pero, después de algunas vueltas, espera, tiene que ser por aquí, si no la próxima a la izquierda, o será por esta otra, las calles de los muy ricos, como las de los muy pobres, son todas iguales, no hay quien se oriente, llegaron a una verja de hierro. Portero automático. El ojo de la cámara que enfocó primero a Claude, después a Daniel, después a algún posible delincuente escondido en el auto. Claude pegó un tirón del mono de Daniel cuando se dio cuenta de que estaba haciendo muecas a la cámara.

–No seas crío, hombre.

La voz que salió del altavoz era sorprendentemente clara. Que llegaban demasiado pronto.

–Para ir preparando las cosas antes de que llegue el jefe –explicó Claude.

Un leve zumbido, como si el interfono se entregase a profundas reflexiones que hacen saltar los electrones de un circuito a otro. Clonk, sonido metálico y la verja se abrió para ellos. Como en una película americana.

Entraron por una avenida de setos y arbustos de boj recortados, más bien mutilados para reducirlos a absurdas formas geométricas, y dejaron el coche delante de una casa moderna que no habían visto desde la calle: una especie de caja de cerillas de hormigón sobre pilares, pero en lugar de rascador una hilera de ventanas la atravesaba de lado a lado; en un extremo, una escalera de caracol también de hormigón; sobre la casa una terraza que parecía abarcar todo el tejado.

Les abrió un criado.

–No es negro –susurró Daniel y recibió otro tirón del mono.

Esperaron en el recibidor. Una gran escalera de cristal y acero. Un par de sillones años cincuenta, una mesita baja. Cuadros modernos, algunos ya descolgados y apoyados sobre la pared. Cada mueble y cada objeto llevaba pegada una etiqueta blanca con un número.

–Los cuadros los dejan donde están. Y esos paquetes de ahí –señaló unas cajas de madera cerradas– también. Y no carguen nada hasta que no llegue su jefe.

Es más fácil entender las historias que narran los objetos cuando son pocos. La abundancia no explica, confunde con pistas falsas. Daniel fue pasando de habitación en habitación –perdiendo la cuenta de cuántas eran– con una sensación creciente de desorientación. Ese orden total de las cosas, cada una en su sitio, un sitio que parecía creado especialmente para ellas, no permitía descubrir caprichos ni preferencias, la mano de quien los ha comprado por un motivo concreto. Era como estar en una tienda, la misma frialdad de espacios al parecer deshabitados de recuerdos o intenciones: tan sólo se mostraba allí la riqueza del dueño, nada hablaba de sus dolores o pasiones. Quizá era ese un rasgo de los poderosos: podría pensarse que carecen de vida cotidiana, como si sólo estuviesen vivos durante apariciones públicas y transacciones secretas.

El buen humor de Daniel se iba disipando a medida que pasaba de una habitación a otra. ¿Qué había allí por descubrir salvo lo obvio? Una instantánea del éxito, pero sin pasado ni presente. Tranquilo. Algo habrá. Las historias no se pierden, sólo se ocultan. Siempre hay una forma de descubrirlas.

Los cuadros, protegidos con plásticos transparentes y apoyados contra las paredes, no respondían tampoco a un gusto personal, sino al valor de la firma: Permeke, Van Woestijne, Stella, Muñoz, Warhol, grabados de Picasso, bodegones barrocos, Hockney. Pero las máscaras y estatuas eran, casi todas, africanas; quizá el dueño de la casa tenía alguna relación con el Congo. La mayoría de los muebles era *art déco*.

–¿Claude?

Daniel le buscó de una habitación a la siguiente hasta que consiguió dar con él, comiéndose su bocadillo habitual antes del trabajo, sentado en una cocina inmensa con estética de trasatlántico: grandes estanterías de metal, ojos de buey en lugar de ventanas, incluso una escalera con balaustrada de metal lacado en blanco.

–¿Has terminado la inspección?

–No, me he perdido. Creía que no encontraría el camino de vuelta. Oye, ¿de quién es la casa?

–Me parece que de un ingeniero.

–¿Muerto?

–Creo. Si no, habrían llamado a una empresa de mudanzas en lugar de a nosotros. Pero no nos paga él.

–Ya me lo imagino, si está muerto.

–Eres tonto. Quiero decir que trabajamos para una casa de subastas. Los cuadros los ha legado a una fundación con su nombre. Los muebles se van a subastar y los herederos se dividen el beneficio. Mi jefe daba saltos de alegría. Nunca le había tocado un encargo tan jugoso. Los negocios van para arriba. –Oyeron el motor de un camión acercándose–. No esperarías que metiésemos este museo en mi furgoneta.

Al poco rato entraron en la cocina el jefe de Claude y tres hombres más, con músculos y ademanes de estibadores.

–Ya habéis llegado. Pues venga, a trabajar. Han fotografiado hasta las sillas, o sea que si descubren un arañazo que no estaba me lo cobran; y yo a vosotros, claro. Así que con tiento.

Empezaron a trabajar en silencio. A Daniel le encargaron la tarea de ir envolviendo los muebles con plástico acolchado mientras los demás hombres hacían el traslado al camión.

A Daniel le gustaba el trabajo: envolver las patas de mesas, sillas y aparadores sentado en el suelo; cortar las grandes tiras de plástico, los chasquidos de la cinta adhesiva, ir momificando cada objeto hasta hacerle perder los contornos. Al anochecer aún no habían acabado de vaciar la casa. Acordaron continuar trabajando hasta la madrugada. No había vecinos que pudiesen protestar por el ruido.

Al envolver una mesilla del dormitorio principal, Daniel creyó encontrar el primer indicio de una biografía. Nada tan personal como medicamentos, cartas ni álbumes de fotos. Pero sí un gran rollo que resultó ser un mapa del Congo con trazos de pluma que parecían marcar rutas –¿proyectos de viaje, caminos recorridos, carreteras construidas?–, y un libro, más bien un folleto algo grueso, el único que había encontrado en la casa. Era una relación de empresas con el año de creación, el desarrollo de sus actividades y un balance anual de 1910 a 1925. Sin saber por qué, acaso porque era uno de los pocos objetos que podían ayudarle a reconstruir la historia del habitante de aquella casa, Daniel se lo metió debajo del mono, sujeto con el elástico del calzoncillo.

Eran cerca de las tres cuando la casa quedó vacía, salvo los cuadros, ahora sí, un auténtico museo de salas desiertas.

El jefe de Claude dio un último vistazo a cada una de las habitaciones. Hemos terminado, sentenció tras haber recorrido todas.

Les acompañó a la puerta el criado que se la había abierto. Era el único que había conservado un aspecto impecable y fresco. Los cinco hombres acabaron de cerrar el camión tras asegurar los muebles con cuerdas.

–Claude se encargará mañana de pagarte, como de costumbre.

El jefe de Claude tendió una mano a Daniel como despedida. Mientras la estrechaba Daniel aprovechó para asegurarse de que nadie se daría cuenta de la sustracción.

–No había libros.

–¿Eh?

–Que no había un solo libro en toda la casa. Pero más estanterías que en una biblioteca.

–Los han donado a la Universidad de Lovaina.

Siguieron al camión hasta la Puerta de Hal, donde se despidieron con un par de bocinazos. Claude dejó a Daniel ante el portal de su edificio.

–Métete en la cama a descansar, hoy sí que nos hemos ganado el sustento.

Daniel subió en el ascensor pensando que nunca se había ido de una casa sabiendo tan poco de quienes vivieron en ella. Y el libro probablemente no le diría mucho. No detallaría a quién pertenecían las empresas –cosa siempre dudosa–; ni siquiera podía estar seguro de cuáles eran sus verdaderas actividades, sus relaciones con las autoridades congoleñas, la quizá macabra historia de su fundación –con mano de obra forzada gracias al uso del látigo–. Tan sólo una relación de beneficios o pérdidas, de inversiones, sin asentar sobornos ni enumerar testaferros. Se dejó caer en la cama, sacó el libro de debajo del mono; las pastas y los bordes se habían combado a causa del sudor. Gráficas, fotos de instalaciones industriales y maquinaria, listas de productos, nombres de empresas, compraventas, pérdidas y ganancias. Daniel se estaba quedando amodorrado con el libro entre las manos. Lo arrojó al suelo y se quitó el mono. Hacía calor en la habitación; de nuevo problemas con la regulación de la caldera. Se metió desnudo en la cama. Al ir a apagar la luz se dio cuenta de que de entre las pastas y el forro del libro, que había quedado abierto sobre el suelo, asomaba un papel amarillento. Daniel dudó si averiguar lo que era. ¿Una carta, una anotación personal del gran hombre? O quizás otro desengaño, pero si no lo comprobaba no iba a poder dormir. Lo levantó del suelo y acabó de extraer el papel. Era una fotografía con anotaciones en el reverso. Se la quedó mirando un rato, de uno y otro lado, fascinado, confuso. Empezó a dejar escapar un suave rugido. Una y otra vez dio la vuelta a la fotografía maldiciendo el país en el que le había tocado vivir, la historia entera de Bélgica y, por qué no, de Europa. Su estertor se extinguió como el motor de un coche que se aleja. Se hizo el silencio en la habitación y en la cabeza de Daniel la claridad.

Por fin, pensó.

Por fin, dijo.

Por fin, por fin, y corrió a la ventana del salón, la abrió. Respiró un par de veces el aire cargado de humedad y gases de combustión de la noche bruselense. Tenía ganas de gritar, de decir a esa ciudad indiferente que había llegado su gran momento. Ganas de hacer un gesto teatral, épico, que lo sacase para siempre de la abulia.

¡Por fin, cabrones, por fin!, gritó.

Y le pareció que las luces de la ciudad parpadeaban sobresaltadas.

Por este orden:
  Alquiler.
  Comida.
  Hachís.
  Cerveza.
  Preservativos.
  La poca ropa que necesitaba solía robarla en Inno. Los libros, en Tropismes, su librería favorita. Nunca iba al médico. Rara vez pagaba el tranvía para ir a la universidad. Caminaba mucho.

Pero su reducido presupuesto –alimentado exclusivamente por una beca estatal– no alcanzaba todos los meses para satisfacer sus necesidades básicas. Había intentado una vez que Laura pagase los preservativos, pero ella ni levantó la cabeza, ocupada en arrancarse la costra de una herida en el codo, cuando se lo sugirió.

–Es tu polla. Tampoco te voy a comprar yo los zapatos porque a veces te paseas conmigo.

Cuando tenía seis años decidió criar gusanos de seda. Le compró unos cuantos a un amigo a cambio de su colección completa de cromos de razas del mundo –el que más le gustaba, guerrero zulú, lo arrancó del álbum antes de entregarlo y justificó su ausencia diciendo que se habría despegado–. Metió los gusanos en una caja de puros y les echó unas hojas de morera. Lo que más le llamaba la atención era lo mucho que cagaban para lo poco que comían. Una mañana abrió la caja y todos los gusanos estaban muertos. Sus cadáveres los devoraban las hormigas. Conclusión: nunca guardes nada vivo en una caja.

A pesar de ello estudió Historia.

En aquella época Daniel tenía objetivos, planes, ideales, en su cabeza cabía la concepción de un mundo justo –aunque para que le cupiese tenía que prescindir de los detalles–, había querido estudiar Historia para sacar a la luz del día el sudor de los mineros en Le Grand Hornu y exhumar los cadáveres de los muertos por silicosis, tocar el alambre de espino que Krupp vendía a ambos bandos durante la Primera Guerra Mundial, oler el tifus y el cólera a las orillas del Senne, airear los barracones en los que se hacinaban los obreros en Les Marolles, escribir la biografía de cada uno de los gendarmes que reprimieron las huelgas de 1886, para averiguar cómo consiguieron disparar sin escrúpulos –¿o con ellos?– contra los manifestantes. Estudiar Historia era como hacer la revolución, convertir en sujetos a quienes normalmente son sólo objetos, dar la palabra a quienes nunca se escucha, y quitársela a los que repiten incansables fórmulas vacías, lemas banales, monólogos del poder; tenía diecinueve años y creía que la verdad era un arma suficientemente poderosa para hacer tambalearse el sistema. Pero sus profesores le conminaban a ser objetivo, a mantener la imparcialidad, a examinar la realidad sin emoción. Descubrió que estudiar Historia era como pinchar mariposas con un alfiler y guardarlas en una vitrina, clasificadas por géneros y familias. O como meter gusanos de seda en una caja de puros.

Todo está relacionado.

El mundo es un ser vivo.

Si te duele un pie empiezas a cojear; al evitar transmitir el peso al pie dolorido adoptas una postura sesgada; la columna se resiente; los dolores de espalda se vuelven insoportables; comienzas a pedir bajas por enfermedad; te despiden; te vuelves alcohólico. Te pegas un tiro.

El mundo es un todo. Nada ocurre sin que afecte al conjunto. El famoso aleteo de la mariposa que provoca un huracán al otro lado del globo.

Las cosas suceden, quiera uno o no. Hay que despojarse del deseo, asistir a la propia vida como si fuese de otro. Limítate a respirar. Que nada te afecte.

Ommmmmmmm.

Laura.

La conoció precisamente porque estudió Historia. Iban, cuando lo hacían, a la misma clase. No era muy guapa: exoftalmia; algo de celulitis ya a sus veinte años. Pero vivía sola. Una isla rodeada de un mar enfurecido. Era aficionada al hachís. Lo fumaban en la habitación de ella, tumbados en el colchón que tenía en el suelo. Se besaban continuamente. A ella le gustaba mucho meter la lengua en la boca de él, aunque a él en aquella época le parecía que hubiera debido ser al revés –hoy no pondría pegas: incluso pagaría dinero–. Se tenían cariño. Ella le enseñó las virtudes de los antitusígenos –cafeína y codeína sin necesidad de receta o muy fácil de conseguir–, los efectos secundarios deseados de algunos anabolizantes y, sobre todo, las propiedades alucinógenas del Robotusín. Lo más perverso que hicieron fue ponerse uno a otro supositorios de Diazepam.

Lo peligroso de la droga es los ambientes que frecuentas para conseguirla, afirmaba ella, refiriéndose a los gánsteres que controlaban la industria farmacéutica.

A ratos se querían; se deseaban todo el tiempo. Pasaban horas y horas en su cuarto. Olía a humo, a sudor, a hachís, a sexo. Se tumbaban muy apretados el uno contra el otro, como perrillos durmiendo. A Daniel no le importaba que no fuese muy guapa ni que tuviese granos en la espalda. Al contrario: la imperfección la hacía humana. Daniel nunca habría levantado la falda a Barbie.

Escuchaban Nirvana todo el rato, aunque Kurt Cobain ya estaba muerto. O porque Kurt Cobain ya estaba muerto.

El día de su cumpleaños –veintitrés– Laura le regaló una pastilla de chocolate. Fumaron. Se rieron sin saber por qué.

–¿Sabes qué me apetece?

Laura tardó en responder los dos o tres minutos que necesitó hasta que se le pasó el ataque de risa.

–Follar.

Ja, ja, ja, etc.

–¿Sabes con quién?

Más risas, las manos buscando por debajo de la ropa, besos y lametones.

—Claro que lo sé.

—Ah, ¿sí? ¿Con quién?

—Con tu hermana —dijo Laura.

Para morirse de risa, y Daniel casi lo hizo. Se olvidó de lo que habían empezado. Fumó un rato más, se amodorró en el colchón que olía a paja, aunque era de goma espuma. Ella se enfadó por la interrupción. Le sacudió por un hombro.

—Déjame un poco de sitio.

Le quitó la única almohada.

No hay marcha atrás. Una vez que las palabras han salido de la boca, de nada sirve explicar, excusarse, precisar, afirmar lo contrario. «Lo retiro», dicen los niños a veces después de un insulto. Pero el arrepentimiento no borra el recuerdo.

Laura, de todas maneras, no solía dar marcha atrás. Daniel se quedó varios días en casa de ella, como si no hubiese pasado nada. Fumaron más que nunca, se forzaron a hacer chistes. Fingieron excitarse, pero se acechaban, incluso cuando cerraban los ojos mantenían los oídos abiertos, como si pudiesen escuchar los pensamientos del otro. Cuando Daniel salió una mañana de casa de Laura, después de cuatro días sin abandonarla un instante, ya tenía la impresión de que no iba a regresar.

No era verdad.

Lo que había dicho Laura no era verdad.

Daniel no quería follar con Chantal. Sólo quería protegerla.

Todo está relacionado.

Chantal tenía ocho años y dentro de cada zapato una chapa de cerveza, con el borde ondulado hacia arriba. Daniel no dijo nada cuando lo descubrió, una mañana que se le ocurrió cepillar los zapatos de su hermana para hacerle un favor. Le gustaba hacer de vez en cuando cosas así: limpiarle los zapatos, ordenar su cuarto, arreglar sus muñecas.

Los días siguientes se limitó a observarla con disimulo: pasos cortos, lentos, como si no quisiese romper algo que se encontraba bajo sus pies; algún gesto de dolor que se le escapaba si daba un paso rápido o saltaba descuidadamente. Los hombros ligeramente echados hacia arriba, parecía que le diese miedo respirar.

Daniel entró una noche en el cuarto de Chantal. Ya se había acostado, pero estaba leyendo un tebeo. Daniel retiró las sábanas, tomó los pies de su hermana, pasó el dedo por las señales sanguinolentas.

–Así aprendo a aguantar el dolor; y no tengo que llorar cuando papá me pega.

Daniel volvió a meter bien el borde de las sábanas bajo el colchón. Le dio las buenas noches. Aguardó, resuelto, su cabeza una habitación perfectamente ordenada.

No tuvo que esperar más de tres días, hasta la siguiente borrachera del viejo. Cuando se puso a golpearla, sujeta por un antebrazo para que no se le escapase, con la otra mano una bofetada tras otra acompañada de recomendaciones sobre buenos modales y el respeto al progenitor, qué iba a pensar de ella su difunta madre que estaba en el cielo, Daniel tomó la botella que su padre había estado bebiendo antes de ponerse pedagógico, quiso estampársela en la cabeza, pero sólo le acertó en un hombro; de todas maneras su padre se derrumbó, como si sólo hubiese esperado una excusa para caer inconsciente. La botella ni siquiera se rompió. Luego Daniel tomó a Chantal de la mano, la sentó en una silla, le quitó los zapatos, sacó las chapas.

–Ya no vas a necesitarlas. Espérame aquí.

Hizo una maleta con lo imprescindible. Se dirigió con su hermana a un servicio de ayuda al menor y pidió –tenía catorce años– que los pusiesen en un centro de protección. Desde ese día se ocupó de su hermana. Su padre nunca insistió en que regresasen a casa y al asistente social que se ocupó del caso tampoco le pareció una buena idea juntar a los tres otra vez bajo el mismo techo.

Todo está relacionado.

Los gusanos de seda.

La historia.

Laura.

No terminar la carrera.

Irse de casa.

Las drogas.
Chantal.
La foto.
Todo llega a su debido tiempo. Siéntate a la puerta de tu casa y verás pasar el cadáver de tu enemigo.
Ommmmmm.
La foto.

Daniel se sentó a la mesa del salón. Había puesto en el suelo los objetos que antes se amontonaban en ella. Sobre el tablero desconchado tan sólo la foto. La palpó con la yema de los dedos como un médium que quisiera sentir las vibraciones de un mundo desaparecido. Él había visto antes otras fotos parecidas. Abundaban en los puestos que se levantan todas las mañanas en la plaza del Jeu de Balle, a tres o cuatro euros cada una, más caras las que llevan algo escrito en el reverso. Fotos del pasado colonial: negros empujando un carro cargado de grandes sacos, bajo la atenta mirada de un capataz blanco; negros observando cómo un tractor, conducido por un blanco, atraviesa un endeble puente que ellos acaban de construir para salvar un río; negros uniformados, alineados, armados, mientras un blanco les pasa revista. Negritos, qué lindos los negritos, vestidos a la europea escuchando las lecciones de un bondadoso y barbudo sacerdote. Un negrito mirando a la cámara –con gorro de marinero– mientras entre las manos sujeta un cartel que dice: *Merçi*. Los negritos, «los negros, cuánto les quiero», como había dicho Balduino en su primera visita al Congo.

También en la foto robada, en segundo plano, una hilera de negros tocados con fez, uniforme y correaje en perfecto estado de revista, el fusil paralelo a la pierna izquierda con la cantonera tocando el suelo. Sonríen, y parecen verdaderamente felices. Quizá lo son. Sonríen mirando a la cámara, sin duda orgullosos de posar para esa foto, de ser el telón de fondo de los auténticos protagonistas. Los blancos: son siete, sentados en sillas de mimbre, todos ellos en posturas que reflejan no sólo que son conscientes de la cámara, también que desean transmitir una sensación de estudiada indolencia. Recostados contra el respaldo, unos con las piernas cruzadas, dos con ellas abiertas y el fusil apuntado al cielo apoyado contra el pubis. Unos llevan salacot, otros sombreros de tela de alas inclinadas en distintos grados y direcciones, buscando el ángulo con el que más se gustan los dueños; sólo uno tiene la cabeza descubierta para mostrar una imponente melena. Dos fuman en pipa; los demás entretienen las manos sujetando el fusil o haciendo ademán de sacar algo del bolsillo de la guerrera o sosteniendo innecesariamente el mentón. Llevan botas, pantalones de faena con las perneras remetidas dentro de la caña, guerreras, correajes. Todos tienen barba.

Tres sonríen satisfechos a la cámara, imaginándose acaso al mostrar la foto, semanas más tarde, a sus amigos, o incluso a sus novias, aunque esto es menos probable. Otros tres miran como quien acaba de realizar una gran hazaña, con el orgullo contenido que tan bien sienta a los grandes hombres, posando, más que para los amigos, para la posteridad. Sólo hay uno que rehúye el ojo fijo de la cámara; está sentado en un extremo, con las piernas cruzadas, recostado contra el respaldo de una silla de mimbre; sus ojos parecen buscar algo en el suelo.

El primer plano tiene una buena definición para ser una fotografía tan antigua realizada en el exterior. No parece llevar retoques de estudio. El segundo plano es algo más confuso; la gama de grises es pobre. En el extremo derecho, el más oscuro, la vegetación se funde en sombras indeterminadas. Pero eso no le importa al fotógrafo. Sabe que el tema de la fotografía es otro. La vegetación tropical es un decorado, igual que los uniformes e incluso los personajes. La fotografía obtiene su efecto de una contradicción. Todos los presentes –menos uno– miran a la cámara, pero ellos también saben que aquello que atraerá la mirada de quien vea la foto se encuentra en el ángulo superior izquierdo. Es la tensión entre las miradas la que da vida a la fotografía: las de los hombres al frente, cuando deberían estar vueltos hacia el ángulo superior izquierdo y las de los espectadores que se encuentran con esas miradas y entablan un diálogo con ellas, pero tienen que dejar escurrir los ojos hacia arriba, a la izquierda, para descubrir el motivo de todo aquello, de la felicidad, del orgullo, de la serenidad poderosa que desprende la fotografía. El fotógrafo lo sabe y ha buscado acentuar los contrastes en la esquina superior izquierda. Allí no hay vegetación. El fondo de la fotografía es el cielo, un cielo gris y plano, quizá porque la lente no da para más. Contra él, clavada en el suelo a espaldas de los blancos, más o menos en línea con la hilera de soldados negros, se recortan una pértiga, o acaso es un tronco delgado y particularmente liso, y un gran racimo atado a su extremo. También es algo oscuro, y por eso hay que mirar dos veces para darse cuenta de lo que es. El centro es negro, indescifrable, pero los bordes son tan nítidos como esos retratos de perfil que se hacen recortando cartulina negra que luego se pega contra un fondo claro. Los bordes del racimo delatan que no son frutos los que cuelgan de la pértiga, sino manos cortadas y probablemente atravesadas por alambres, quizá por finas varas de madera, y atadas unas con otras. Las manos que se distinguen están abiertas.

En el reverso de la fotografía está dibujado de un solo trazo el contorno de los blancos sentados; en cada cabeza hay un número rodeado de un círculo. Los números se repiten en la parte inferior, acompañados de los nombres que identifican a los retratados. El número cuatro, que corresponde a uno de los hombres sentados con las piernas abiertas, está identificado como Raymond Lebeaux. Daniel recordaba a ese personaje: diputado, presidente de varias sociedades mineras, fundador de uno de los bancos más conocidos de Bruselas, brevemente ministro de Industria. Y también sabía quién era su bisnieto.

Igualmente conocía el significado de las manos cortadas. Había leído sobre la salvaje explotación que tuvo lugar cuando el Congo pertenecía al rey Leopoldo II; sabía de los castigos corporales, de la obligación de trabajar para los colonos. Cuando una aldea no pagaba o no enviaba hombres a trabajar en las explotaciones, la Force Publique daba una batida; para justificar cada bala gastada tenían que entregar una mano de nativo; así demostraban que no habían derrochado munición por andar de caza.

Saber, Daniel sabía muchas cosas.

Pero saber no sirve de nada. La verdad no cambia la historia. El corazón humano es como un depósito de agua: una vez alcanzado el límite de su capacidad, comienza a rebosar si entra más líquido. El conocimiento ocupa lugar. La verdad, a fuerza de repetirse, anestesia. Revelar el horror sólo tiene efectos pasajeros. Porque otro horror llegará a ocupar su sitio. Lo único verdaderamente útil, justo, revolucionario, es la venganza. Las palabras se olvidan sin dejar huella.

Las heridas, por el contrario, dejan cicatrices.

—¿Sabes lo que tengo aquí dentro?

Daniel no tenía la menor idea.

Kasongo abrió muy despacio la mano, como si temiera que se le fuese a escapar un insecto precioso que acababa de atrapar. Pero entre los pliegues rosados de la mano no había insecto alguno, sino un diente, un molar grande y amarillento, con manchas oscuras en la raíz.

A Daniel le dio un ligero escalofrío.

—¿Qué es eso? —preguntó, mientras empujaba la mano para alejarla de sus narices.

Kasongo se rio con una risa malvada, que volvía sus ojos aún más protuberantes y acuosos.

—Es una reliquia, hermano. Me protege de la desgracia.

Daniel no le dijo que dudaba del poder de una reliquia que no le había protegido aún del alcoholismo, la pobreza y la halitosis.

—¿Sabes de quién es?

—No, cómo lo voy a saber. Anda, no seas latoso, déjame en paz.

Kasongo no se movió.

—De Lumumba —dijo en un susurro—. Yo estuve allí.

—¿Dónde?

—Con Lumumba, con Patrice Lumumba. Cuando lo asesinó Thsombe. Yo era uno de los soldados.

Daniel dio un nuevo empujón a la mano de Kasongo pero no pudo evitar mirar el diente.

—Cuando mataron a Lumumba tú no habías nacido, o eras un niño de pecho.

–Casi. Pero se lo arranqué yo.

Daniel hubiera querido alejarse de allí, pero estaba seguro de que Kasongo volvería a acecharle con la historia, y que en algún momento acabaría escuchando su revelación, o invención, con él no se sabía nunca.

Se decía que tenía crímenes sobre la conciencia. Que había llegado a Bélgica huyendo de posibles represalias tras la derrota de Mobutu. Nunca le había preguntado y él tampoco sacaba el tema. También se decía que andaba con gente poco recomendable, antiguos asesinos mobutistas, pero Daniel lo atribuía a que no le caía bien a nadie en Chez Biche; si no le habían echado a la calle era porque aparecieron los dos juntos, como si fuesen amigos, el día que dieron el alta a Daniel en el psiquiátrico. Cuando salió del hospital se encontró con Kasongo, esperándole a la puerta con una sonrisa de oreja a oreja y palmadas de bienvenida en la espalda; le recordó a un perrillo que lleva días atado a la caseta y por fin ve llegar al amo. No sabía cómo se había enterado de que salía; lo más probable es que se hubiese pasado también él días a la puerta del hospital, esperándole. Lo acompañó a Chez Biche y desde entonces, aunque Daniel hizo lo posible por despegarse de él, y aunque Claude no perdía ocasión para insultarle, Kasongo se había convertido en el cliente más fiel de Véronique.

–Kasongo, no te ofendas por lo que te voy a preguntar.

–Somos amigos.

–Te lo pregunto a ti porque no se me ocurre nadie más.

–Hay que confiar en la gente.

–¿Tú sabrías cómo conseguir una pistola?

Kasongo depositó el diente en el pañuelo y este sobre la mesa. Respondió primero de forma evasiva.

–Podría hacerse. –Dio un largo trago de cerveza, se limpió los labios con la mano, registró con desconfianza la entrada de Claude en el bar. Daniel confió en que la presencia de Kasongo le disuadiese de acercarse–. ¿Algún modelo en concreto?

Daniel negó con la cabeza.

–Me da lo mismo. Una pistola, un revólver…, que no sea muy grande.

—¿El arma o el calibre?

Claude se había parado en ese momento al lado de su mesa. Daniel dudó si continuar la conversación, pero probablemente Claude ya había oído sus últimas palabras.

—La pistola. El calibre también me da lo mismo.

—¿Qué cochinada es esa?

El índice de Claude se acercó al molar hasta casi tocarlo. Kasongo puso rápidamente la mano encima, dobló el pañuelo y se lo guardó en el bolsillo de la camisa.

—¿Restos de un festín? ¿Lo demás te lo has comido ya?

—Déjale en paz.

—No entiendo cómo te relacionas con este delincuente.

—Hicimos la mili juntos.

—¿Qué le estabas comprando? ¿He oído bien?

—Es un diente —explicó Kasongo.

—Me ha parecido escuchar pistola y revólver. ¿Vais a atracar un banco juntos? Yo de este no me fiaría un pelo.

—De Lumumba. Lo asesinaron los belgas.

—¿De qué habla?

—De Lumumba. Dice que estuvo allí, y que le arrancó el diente que has visto.

—Con unas tenazas, crac. Luego lo enterramos. Pero alguien lo desenterró y quemó los restos. Serían los blancos.

—¿Cuándo fue eso?

—Es lo que yo le decía. Que no puede ser.

—A mí no me extrañaría.

—Los belgas dieron las órdenes y nos entregaron los fusiles. No son inocentes, los belgas.

Claude fingió desinteresarse de la conversación. Se sentó junto a Daniel, procurando dar la espalda a Kasongo, quien se levantó de su silla. Se dio dos golpecitos en el bolsillo en el que había guardado el diente.

—¿Qué presupuesto? —preguntó Kasongo.

Daniel se encogió de hombros.

—No sé. Quinientos euros… como máximo. No, espera; mejor cuatrocientos. ¿Encontrarás algo por ese dinero? O más barato si es posible.

Kasongo asintió y fue a pagar a la barra, con la mano izquierda sobre el bolsillo, aún protegiendo el amuleto.

En cuanto comprobó que Kasongo no estaba cerca, Claude dejó de fingir y se inclinó hacia Daniel.

–¿En qué mierda te estás metiendo? –Daniel estaba feliz. Apenas podía contener la sonrisa, como si estuviese recordando alguna escena placentera o divertida–. Sí, tú ríete, pero ten cuidado con ese. ¿No me vas a decir de qué va esta historia?

No tenía los cuatrocientos euros. Tendría que pedir dinero a Chantal. Pero, si todo salía bien, ciento cincuenta mil serían para ella. Hacía semanas que no la visitaba. Tampoco ella le llamaba para que se quedase con la niña desde que una vez que había prometido hacerlo se quedó dormido en la calle por haber tomado demasiadas pastillas. Le pediría dinero pero no la involucraría.

También se iba a ver obligado a pedir ayuda a Claude; Daniel no tenía carnet de conducir e iba a necesitar que Claude le hiciese de chófer para seguir a Lebeaux. Cuanto más supiese sobre él, mejor. Hay que conocer al enemigo. Pero habría preferido mantenerle fuera hasta que fuese imprescindible. En fin, ya no le quedaba otro remedio. Todavía sonriente, preguntó:

–¿De verdad quieres saberlo?

A yú da me.

A yú da me.

A yú da me.

Podría ser polaca o húngara, o quizá de aún más al este, de las estepas rusas. Casi pelirroja, pómulos marcados, piel muy clara, ojos tirando a verdes, su barbilla, frágil, dan ganas de rozarla con las yemas de los dedos. Veinticinco, quizá menos. El pelo corto, con flequillo. Sus párpados ligeramente caídos podrían interpretarse como una señal de cansancio; pero probablemente es su posición natural, lo que causa una cierta impresión de desapego, o de estar de vuelta de todo.

¿Te imaginas?

Daniel se olvidó por un momento de la chica sentada a un ordenador, al otro lado de la mesa, ligeramente en diagonal.

¿Te imaginas a Claude aquí sentado, sus cien kilos embutidos en esta silla, rascándose la cabeza con la insistencia con la que se la rascan a veces los perros, mirando perplejo a su alrededor, con su mono manchado de grasa, las migas eternas en la pechera, sus resoplidos constantes, rodeado de jóvenes silenciosos y aplicados?

Tampoco era difícil imaginar la cara de desconfianza de la empleada que le hizo el pase. Y las horas que se habría tirado sin atreverse a preguntar a nadie, intentando descubrir cómo funcionan los ficheros, cómo se pide un libro. Seguro que estuvo un montón de tiempo observando disimuladamente a los demás.

Pero a él le ayudaron a encontrar lo que buscaba.

A yú da me.

Daniel llevaba susurrando el conjuro unos minutos, en dirección a la mujer –¿estudiante, profesora?– que tenía casi enfrente. No surtía efecto. No había logrado ni una mirada. Podría haberle oído. Aunque las sílabas saliesen de sus labios como un soplo, en la Biblioteca Albert I reinaba un silencio casi material, una capa transparente, ligeramente turbia, que se instalaba sobre la gente, obligándola a caminar despacio, sus desplazamientos como una repetición de la jugada. Los empleados de la biblioteca parecían conscientes de ese peso que ralentizaba sus reacciones, ni un movimiento de más, cada gesto reducido a su mínima expresión.

De haber terminado la carrera, Daniel podría haber pasado sus días en un sitio así, haciendo avanzar el cuentakilómetros de su existencia con los pasos de una a otra estantería, de los ficheros –de la b a la d, de la p a la t, etc.– a los ordenadores, de la sala de lectura al mostrador de recogida de libros. Las manos le olerían a cartón viejo. Quizá habría escrito algún libro sobre la condición social de los mineros del Borinage a finales del siglo XIX o sobre los obreros metalúrgicos del valle del Sambre. Se habría acostumbrado a hablar en voz baja y sus ojos parecerían no rebasar un horizonte imaginario situado tan sólo a poco más de medio metro de distancia.

¿Habría sido más feliz? ¿Menos? ¿Se le habría caído el cabello? ¿Estaría casado? ¿Tendría hijos, hemorroides?

Elegir una vida es como quedarte con un programa de televisión después de zapear un rato; no te enteras de como terminarán las historias que has dejado empezadas, pero probablemente tampoco habrían tenido mucho interés.

Un día y otro día. Salir de casa con un bocadillo envuelto en papel de aluminio en el maletín, también unos folios, un bolígrafo. Toda la mañana leyendo, buscando informaciones; pausa para el almuerzo; comería, así se lo imagina, el bocadillo solo, a la puerta de la biblioteca, contemplando los jardines, con la cabeza no vacía, pero sí resonando con pensamientos que no llevan a ningún sitio; y por la tarde más lectura, investigación, búsqueda de datos precisos: salarios, precios, días de huelga, mortalidad laboral, prevalencia de la tuberculosis y del cólera.

¿Se alegraba de no haber tomado ese camino? La rutina es un antídoto contra el pánico, ese continuo ocuparse de minucias, no dejar casi resquicio al desorden, estar ocupado para no estar desocupado, no tener que levantar la vista del libro. Ponerse objetivos alcanzables, uno detrás de otro, para no darse cuenta de esa verdad ontológica tan difícil de aceptar, y que por ello procuramos una y otra vez alejar de nuestro lado: no tenemos objetivo; nuestra vida carece de finalidad, estamos aquí porque estamos, igual que podríamos no estar. Daniel había decidido que su único objetivo era mantener la lucidez, y a medio camino llegó a la conclusión de que sólo hay dos formas de lucidez: la desesperación y el cinismo. Daniel eligió la primera, incompatible con la vida académica, mientras que la segunda le habría ayudado a medrar en ella.

Toda elección tiene consecuencias. La suya llevaba consigo que Daniel sólo supiera de la existencia de Google a través de alguna mención en el periódico que llegaba cada día a Chez Biche; aunque durante la carrera había entrado alguna vez en internet para saber cómo funcionaba, apenas había aprendido a servirse de sus herramientas. Y ahora se sentía ridículo ante el ordenador, incapaz de encontrar lo que buscaba, avergonzado de tener que pedir ayuda, a sus años y ya un ser obsoleto, como un anciano que sigue poniendo en duda que los americanos hayan llegado a la Luna. Había decidido recurrir a la magia.

A yú da me.

Pero la magia no transforma la realidad, tan sólo a quien cree en ella. Y Daniel ni siquiera estaba muy convencido.

Acabó levantándose. Bordeó la mesa. Apoyó una mano a unos centímetros de donde descansaba el codo de ella.

–¿Me puedes ayudar con el ordenador? No soy muy hábil.

La chica ladeó ligeramente la cabeza, levantó un milímetro los párpados, las pupilas enfocaron a Daniel; dudó; arrugó casi imperceptiblemente la nariz; escaneó el mostrador donde había dos o tres empleados mano sobre mano, volvió a mirar a Daniel, y hubo algo, no se podía saber qué, pero hubo algo en Daniel que debió de agradar a la chica. Si un día se hacían amigos, Daniel le preguntaría; se moría de ganas de hacerlo en ese momento, pero temió poner en peligro la incipiente relación y el objetivo de su búsqueda. Tuvo que morderse mentalmente la lengua para no preguntarle: ¿qué es, por favor, dime qué has visto en mí que te ha parecido simpático, o agradable o hermoso?

—Bueno —dijo ella, lo siguió hasta su ordenador y se sentó en la silla que había ocupado Daniel.

¿Sentirá aún el calor que mi cuerpo ha dejado sobre el asiento? ¿Le resultará agradable notarlo, o lo percibirá con un leve encogimiento de repulsión?

—Lebeaux.

—¿Le Beau? Un poco presuntuoso como apellido.

—No, con equis al final, y todo junto.

—Ya me parecía. Yo soy Petra.

—Yo Daniel.

—¿Y qué es lo que buscas, Daniel Lebeaux?

—No, Lebeaux no soy yo.

—¿Quién es Daniel Lebeaux entonces?

—No nos estamos entendiendo. —Una bandada de palabras se agolpó contra los dientes de Petra, pero no la dejó escapar—. Dilo.

—¿Qué?

—Lo que ibas a decir y no has dicho por temor a herirme.

Los párpados descendieron despacio, como el telón de un teatro, y volvieron a subir a la misma velocidad tras un breve entreacto del que los cristalinos regresaron descansados, luminosos.

—Parece que has llegado en la máquina del tiempo. Vas vestido como un rockero de los años setenta y no sabes usar el ordenador.

—Por no hablar de mi melena.

—Por no hablar de tu melena. ¿Has estado hibernando?

—Sí. Pero sólo cinco o seis años.

—Y te llamas Daniel —esperó a que asintiese—, pero no Daniel Lebeaux —obtuvo una negativa—, Daniel a secas. ¿Quién es Lebeaux?

–Es quien quiero que busques. Necesito información sobre él. Todo lo que haya. Es un banquero. Su banco y sus empresas tienen negocios en África. No sé por dónde empezar.

–Escribe en un papel todos los nombres que conozcas que tengan relación con él. El de su banco, el de alguna empresa; si sabes su nombre de pila, si es miembro de alguna sociedad… –Daniel comenzó a anotar lo poco que sabía–. Primero vamos a buscar en Google. Después en los buscadores de periódicos belgas. Luego en sitios africanos. ¿Por qué te interesa tanto? ¿Es un trabajo de investigación para la universidad? No te pega nada.

–Si te digo que soy escritor ¿me crees?

–Algo más, pero no del todo. Mira: primer resultado. Escudo heráldico de los Lebeaux e historia de la familia.

–Todo sirve. ¿Podemos ir imprimiendo lo que encuentres?

–Aquí no. Tendríamos que ir a mi casa… o a un locutorio con ordenadores. Pero podemos apuntar ya todas las direcciones que vayamos encontrando.

El amor es una añagaza que nos tiende la naturaleza para la perpetuación de la especie. Frase impresionante cuando se lee a los diecisiete años, de las que ya no te abandonan, y te hacen maldecir al viejo Schopenhauer cada vez que sientes que te estás enamorando. ¡Detente! Es una trampa, para que acabes haciendo lo que en realidad no quieres hacer: reproducirte. Daniel se repitió mentalmente la frase como un mantra, y simultáneamente lamentó no haber hecho caso a Chantal: no se duchaba más a menudo, no cuidaba su aspecto físico, seguía siendo un espectáculo deprimente para sus congéneres y para sí mismo.

Chantal se enamoraba con frecuencia. ¿Era más feliz, más lúcida? Ella se había reproducido. ¿Había caído en una trampa? ¿Era Amélie la fuente de sus desdichas, o al contrario, era la niña la que la salvaba de escurrirse irremediablemente hacia el fondo del pozo?

–Su esposa es muy joven. Mira.

Lebeaux en una fiesta, una copa en la mano, a su lado, según el pie de foto, su bella esposa Sophie, el embajador congoleño ante la UE, y el abogado y asesor de Lebeaux, Michel Degand. Ella podría haber sido la nieta de Lebeaux; todos miraban hacia la cámara, menos ella, que contempla con algo así como adoración el perfil del viejo.

–Busca también lo que puedas sobre ese Michel Degand. ¿De dónde eres?

–Polaca. Lo que pasa es que ahora no tengo mucho tiempo; tengo que ir a arreglar unas cosas, papeleo de mi beca. Espérame hasta las dos y luego vamos a buscar un sitio por aquí cerca y nos dedicamos a la búsqueda y captura.

La opción de ir a su casa había desaparecido del programa, comprensible. Daniel la esperaría el tiempo que hiciese falta.

No, no, no.

No creía ni un instante que ella pudiera sentirse mínimamente atraída por él. Pero le bastaría con acompañarla un rato, con resultarle agradable. Quizá con volver a verse otro día.

No corras. Despacio, como todas las figuras de ese ballet de sombras que deambula por la biblioteca. Prescinde de objetivos. Disfruta que en estos momentos sus párpados hayan vuelto a alzarse un milímetro, su pupila te ha enfocado, palpa como los dedos de un ciego el relieve de tu rostro. Y además estaba sonriendo.

Daniel podría empezar a llorar de alegría. Así debía de sentirse un enfermo que después de pasar meses en la cama por fin reúne fuerzas para levantarse. Sus piernas tiemblan, por el peso desacostumbrado, pero lo sostienen. Asintió.

–Te espero –dijo. Y ella se fue.

Pero iba a volver.

Cuando Chantal empezó a robar coches con una banda de delincuentes de poca monta, Daniel al principio no entendió que estaba intentando separarse de él, como una esposa cansada de su marido tomaría un amante o, un ejemplo más cercano, como un hijo adolescente se dedicaría a cometer temeridades en moto. Maneras de rechazar la omnipresencia del otro, de imponer fronteras infranqueables a las razones o al chantaje sentimental, de recorrer espacios en los que el marido o los padres no se atreverían jamás a poner el pie.

Tres meses de cárcel, después varios años de los que Daniel no sabía casi nada –un tiempo en Francia, dos o tres hombres, trabajos ocasionales–; la mujer que regresó de un largo viaje traía consigo un rostro adulto y una niña en brazos. Pero no regresaba como vencida, hija pródiga que desea la absolución y el calor familiar. Una llamada: Daniel, estoy de vuelta. Te he echado de menos. Sin disculpas ni explicaciones superfluas, retomó con él la relación cariñosa, aunque de igual a igual, o quizá, la situación se había invertido y ella era la adulta y él el adolescente.

Si había querido dejarla fuera del chantaje era porque Chantal tenía antecedentes y una niña, no porque no confiara en ella. Por eso Daniel había respondido no, de ninguna manera, ni se te ocurra, ¿estás loca?

–No estoy loca. Lo que estoy es harta.

–¿De qué?

–De que las cosas me pasen sin decidirlas yo. Podrías tener esto un poco más limpio; no traes a muchas chicas ¿verdad?

Daniel no se molestó en acompañar la mirada con la que Chantal barrió el apartamento.

–No quiero que te metas en esta historia.

–No estamos hablando de lo que tú quieres, sino de lo que yo quiero. Anda, mientras hablamos vamos a recoger un poco.

–Estate quieta.

Daniel la detuvo tomándola por el brazo cuando ya se estaba levantando.

–¿Cuándo has estado con una mujer por última vez?

–Años. Llevo un celibato impecable. De santo eremita.

–¿Por qué?

–¿A ti te gustaría acostarte conmigo?

–No. Pero yo soy tu hermana.

–¿Y si no lo fueses?

–Es difícil de imaginar.

–Pues imagínatelo.

–No, no me gustaría. ¿Y eso qué prueba?

–Nada. Sólo tiene valor estadístico. A mí tampoco me gustaría acostarme conmigo. De hecho, no me gusta.

–Pues haz algo. Cambia.

A Daniel le parecía admirable Chantal. Tenía la expresión decidida de quien aún no se ha dado por vencido. Como quien se aferra a cualquier oportunidad no ya para no hundirse, sino para que el miedo a estarse hundiendo no invada toda su vida. Miraba como alguien capaz aún de enamorarse, sin cálculo, sin reservas, sin cicatrices.

–Eso estoy haciendo.

–¿Con el chantaje?

–Es un punto de partida. Y un acto de redención.

–O la catástrofe definitiva.

–No quiero que te metas en esto.

–Pretendes seguir protegiéndome.

–No te necesito. Ya lamento haber metido a Claude.

–Está preocupado.

Daniel se levantó de la silla. Fue hasta una de las ventanas con pasos malhumorados.

–¿Te llama? ¿Habla contigo para comentar mi situación, como dos progenitores inquietos por el comportamiento de su hijo?

–No sé por qué te extraña.

–No me extraña. Me molesta.

–Venga. Cuéntame.

–Qué.

–Lo que sabes de Lebeaux, y de Degand.

–El imbécil de Claude se ha ido de la lengua.

Daniel se dio cuenta de que Chantal estaba a su espalda, mirando como él por la ventana; el anochecer era tan brumoso que la ciudad había desaparecido casi por completo bajo un manto blanquecino; sólo algunas cúpulas y torres de iglesia, y la parte superior de los bloques más altos, flotaban sobre aquel mar lechoso como buques fantasmas.

–Es mentira. –Chantal lo abrazó por la espalda. En el vidrio Daniel vio el reflejo de los dos rostros, que también parecían flotar como apariciones–. Sí que me gustaría hacer el amor contigo.

El pecho y el vientre de Chantal pegados a su espalda; sentía lo mismo a veces viendo llover por la noche desde dentro del apartamento. Un bienestar casi doloroso por estar mezclado con la nostalgia de algo que nunca se tuvo. Recibió con una sonrisa el beso en la mejilla.

–Quieres decir, si no fueses mi hermana.

–Ajá.

–Pero es un tabú.

–No, no es un tabú. Es otra cosa. Es que siento mucho más cariño que deseo; y eso no funciona.

–Lo mismo pasa con los matrimonios que llevan mucho tiempo juntos.

–Ya, pero es el final, no el principio. Ven, vamos a fregar los cacharros.

Daniel la siguió a la cocina.

–¿Y Amélie?

–Con Rachid. Se la ha llevado al cine, o a no sé dónde.

–Ese hombre es un prodigio.

–¿Tienes un lanzallamas?

–Se va con Rachid tan campante. Estoy deseando conocerlo.

–O al menos un fusil. Entre tus platos habitan seres que podrían ser hostiles.

–No exageres.

–Podrías redescubrir por casualidad la penicilina; o nuevas formas de vida. Es una pena fregarlos; quizá te estamos privando del Nobel.

–Eres tú la hacendosa.

Chantal buscó bajo el fregadero hasta que consiguió encontrar una esponja.

–¿Jabón para vajillas?

–Ni idea.

–Pues este para las manos. Venga, ve secando mientras me cuentas.

–Qué.

–Lebeaux y el otro. Qué sabes de ellos. Qué puedo hacer. Y enséñame la foto.

–No sé mucho. Lebeaux es rico, presidente de un holding, miembro de no sé cuántos consejos de administración, juega al golf.

–Claude me contó la escena.

–¿Cuál?

–La del campo de golf. Recordaba a una del inspector Clouseau.

–Definitivamente, Claude es un bocazas. A lo que iba: Degand es su hombre de confianza. El holding está compuesto por bancos, supermercados, empresas de telecomunicaciones, participan en consorcios aeronáuticos y armamentísticos. Varias de las empresas han estado implicadas en diferentes procesos, se sospecha que venden armas a intermediarios que a su vez se las venden a países sometidos a embargo, pero nunca se ha demostrado nada grave, salvo un par de irregularidades. Lo más importante para nosotros: el holding es muy activo en África Central; metales, diamantes, coltán…

–¿Qué demonios es eso?

–Columbita-tantalita. Se usa en los móviles y en los portátiles. Buena parte de la producción en el Congo la controlan mercenarios y guerrillas, que se crean no por motivos políticos sino precisamente para eso, para controlar los territorios de extracción, con financiación occidental.

–Eres un pozo de sabiduría, hermano.

–Petra.

–¿Es una clave?

–Es una mujer. Me ha ayudado a encontrar la información. También sobre el tráfico de diamantes.

–Déjate de diamantes. ¿Quién es?

–Ya te lo he dicho: una mujer. Hemos pasado varias tardes investigando… ¿No querías fregar? Pues friega en lugar de mirarme como un pescado.

Chantal blandió un tenedor como posible arma arrojadiza.

–Detalles. Esto es un acontecimiento. Una mujer en la vida de mi hermano. ¿No habías dicho antes que hacía años…?

–Sí, pero hablábamos de follar, no de conversar. Detalles: es polaca y pelirroja, ha estudiado Periodismo y sabe hacer una búsqueda como dios manda en internet; está aquí con una beca. Ha encontrado un montón de información sobre diamantes; el banco de Lebeaux está en la lista negra de la ONU; por ahí podemos atacar.

–Vuelves a los diamantes.

–Querida hermana, tú me has preguntado; estamos preparando un chantaje, no mi boda.

–Pero te gusta.

Chantal lanzó el tenedor a la pila y dio un abrazo a Daniel, que se la quitó de encima con esfuerzo.

–Me siento como una solterona a la que la familia quiere casar.

–Eres una solterona. Pero no te voy a pedir que me la presentes; todavía.

–Gracias. Los diamantes (deja de fregar de una maldita vez, ven, vamos a sentarnos al salón); se sospecha que el grupo de Lebeaux participa en el contrabando de diamantes del Congo; no sé si en la extracción, pero sí en la compra de diamantes extraídos ilegalmente; pagan a políticos del Congo, de Ruanda y Uganda…

–¿Por qué de Ruanda y Uganda?

–Porque ambos países mantienen tropas y guerrillas en el este del Congo para controlar las regiones de extracción.

—OK. Ya sé suficiente por ahora. Luego me cuentas más. ¿Qué puedo hacer yo?

—No sé, Chantal, de verdad...

—Piensa. ¿Quieres que recoja yo el dinero?

—Tú estás loca.

—No será para tanto.

—Son asesinos.

—Qué peliculero.

—Imagínate que me pongo a vender armas a varios vecinos que se odian. ¿Sí?

—Vale.

—La venta es legal. Esos vecinos se matan unos a otros. Compro sus casas a buen precio. La compra es legal. Me enriquezco revendiéndolas. También legal. ¿Soy un asesino o un respetable hombre de negocios?

—Supongo que las dos cosas.

—Exactamente.

Daniel se quedó un momento pensativo. No iba a ser fácil quitarse de encima a Chantal; si le correspondía parte del botín, insistiría en participar en el chantaje. Cuestión de principios. Lo mejor era asignarle una tarea que dejase pocas pistas si algo salía mal.

—Se me ocurre que podrías hacer tú la próxima llamada. Para que piensen que somos un grupo grande; profesionales. Que no les basta con eliminar a uno o dos; eso hará más segura la entrega del dinero. Claude también ha llamado una vez. Pero no quiero que hagas nada más. Y Claude tampoco. Llamas a Lebeaux y desapareces. ¿De acuerdo?

—Con una condición: que me digas dónde y cuándo será la entrega. Quiero saber dónde empezar a buscar si eres tú el que desaparece. Te juro que no me presentaré allí; has conseguido meterme miedo.

Daniel se pasó varias veces los dedos como un peine entre los cabellos; sacudió la melena. Tamborileó con los nudillos contra la mesita de cristal. Exhaló un larguísimo suspiro.

—El jueves, a las 9.30, en la reserva natural que está junto a las vías del tren, más allá de la estación de Schaerbeek. Donde termina la reserva, junto a un viejo depósito de agua. Es raro que pase alguien por allí. Sobre todo a esas horas.

–Qué sitio. Me dan escalofríos de pensarlo.

Daniel asintió. Tomó la mano de su hermana. Le dio un apretón nervioso.

–A mí también.

Este

temblor.

Esta manera de

de

de tiritar como si estuviese tumbado en una cama de hielo.

Pastillas. De cualquier cosa. Tenía que tomar cualquier cosa. Un calmante o un estimulante. Con un poliadicto no se sabe cuál es

Las siete y media. Debería salir ya. A hacer la llamada, las instrucciones, la última amenaza.

¿De qué tengo síndrome de abstinencia? ¿Echo de menos la cafeína, la codeína, el Diazepam?

Tendría que

tendría que vestirme. Salir ahora a la calle. Moverme para quitarme de encima este, este temblor... ¿o es miedo? ¿Miedo puro y simple? Transformaciones químicas en mi cerebro no debidas al consumo de productos sintéticos, sino al rutinario trabajo del sistema nervioso ante una situación de peligro, el glutamato llevando de un lado para otro la voz de alarma, el hipotálamo enloquecido ante lo que se avecina –pero ni siquiera sabe lo que es–, la amígdala exigiendo a gritos un chute de noradrenalina,

yo qué sé.

Sólo sé que: dentro de unos minutos tengo que salir de casa, dirigirme al punto de encuentro; desde una cabina cercana llamar a Lebeaux, indicarle dónde se encuentra el móvil, esperar, llamarle al móvil, revelarle el lugar para la entrega. Recibir el dinero.

Bien. Todo de un tirón, lo he pensado todo de un tirón. Va a salir bien. No hay por qué tener miedo. Lo peor que puede pasar es

¿qué?

¿qué es lo peor que puede pasar?

Está todo perfectamente planeado. Claude observa si Lebeaux acude solo a recoger el móvil; llamo a Claude; si hay algún problema me dice que anulamos la cita –sin detalles, por si interceptan..., aunque quién, para qué–, y si todo va bien aguardo a Lebeaux junto al depósito, recibo el dinero, entrego la foto. Si hay problemas,

Chantal; lo peor que podría pasar es que relacionasen a Chantal con todo esto. Pero es imposible, yo, ni bajo tortura. Pero también está Claude, por eso él no debe saber dónde, quedarse al margen, así que lo peor que puede pasar es que

¿que me envíen a la cárcel?

O que me maten. Petra lo decía: no metas demasiado la nariz, parecen gente normal, pero mira lo que le pasó al que se interesó por la venta de hormonas ilegales, muerto, y todos aquellos asesinatos en supermercados en los ochenta, detrás había tráfico de armas, gente muy, muy poderosa, ministros..., ten cuidado, mejor escribe con seudónimo –cómo le iba a decir la verdad, para qué quiero las informaciones–. ¿Se preocuparía aún más? ¿O saldría corriendo y no querría volver a saber nada más de mí?

Ten cuidado. Se lo había dicho después de uno de sus parpadeos a cámara lenta. Ten cuidado. No, no, no puede pensar que Petra, imposible, pero el hecho de que haya dedicado unas cuantas tardes a ayudarle a seguir el rastro de Lebeaux y Degand, que haya quedado a tomar un café con él al día siguiente, que parezca haberse acostumbrado a su presencia, incluso que le haya llamado un par de veces sin motivo alguno, porque sí, para charlar con él. Cuando todo termine le contará la verdad, parte de la verdad. La invitará a cenar. O a hacer un viaje. Aunque Petra no querrá. ¿O sí?

¿Desde cuándo?

¿Desde cuándo no se sentía atraído por una mujer? ¿Es porque ha dejado de alimentarse con pastillas, de quitarse la sed con jarabes, de insertarse supositorios en el recto? ¿Eliminas la química y de pronto está ahí el mismo que estaba diez años atrás? No, el mismo no. Pero

Nada de peros. Ahora levántate. Termina esta historia. Ahí, la pistola de Kasongo. Da seguridad, aunque se trate de un viejo. ¿Pagaría? ¿Aparecería Lebeaux con una bolsa llena de billetes? No debía hablar mucho con él. Limitarse al intercambio, para no ablandarse, como en el campo de golf; había salido corriendo con tanta prisa no porque llegara el hombre aquél, sino porque le entró miedo de no poder: si seguía conversando con él, Lebeaux se concretaba en una persona, y Daniel dejaba de ver la abstracción, no tenía ante sí el capitalismo, la explotación, la falta de escrúpulos sino a un hombre de aspecto cansado, que oculta tras una pulcritud y elegancia excesivas los desarreglos inevitables de su cuerpo. Y ahora temía el momento de encontrarse con un viejo asustado, preocupado por la amenaza de Chantal contra su esposa.

Lo había hecho bien Chantal. Impresionantemente bien. De dónde sacaba esa rabia, qué sórdido residuo de la infancia y la adolescencia que parecía haber dejado atrás afloraba en ese reflejo agresivo. Cómo lograba combinar la violencia que latía allí debajo con su vida de madre, de mujer normal, con la ternura que a veces se descubría en sus gestos. A Daniel le alegraba que hubiese decidido retirarse del plan. Más valía tarde que nunca. Aunque no veía razón para que renunciara al dinero; de todas formas le regalaría una parte. Había sido un error involucrarla. Porque, aunque él nunca la mencionase si lo detenían, ni en el potro ni en la hoguera, seguro que Lebeaux había grabado su voz. ¿Sería capaz de dar con su rastro? No se lo perdonaría.

Pero todo saldría bien. Para Lebeaux quinientos mil euros eran una miseria. Se le consideraba uno de los hombres más ricos de Bélgica, aunque probablemente sólo se conocía una parte ínfima de su patrimonio. La gente así tiene su dinero en cuentas opacas, en paraísos fiscales, como activos de empresas que no son más que un apartado de correos.

¿Dónde estaba? La pistola. Hora de salir. Afuera nieva. En abril. La nieve disfraza la ciudad como para un escenario de cuento. He dejado de temblar. Ahora a terminar el trabajo. Y a regresar cuanto antes. Mañana he quedado con Petra. Tengo que preguntarle qué ha visto, qué la decidió a ayudarme. Sería una pena morir sin haberla abrazado una sola vez; un auténtico desperdicio. Por cierto: debo comprar otra caja de preservativos. Todo es posible.

Daniel recorría a pasos rápidos el contorno del depósito de agua intentando quitarse el frío. Había llegado en el bus 93 hasta la estación de tren de Schaerbeek; hizo la primera llamada, aguardó media hora, llamó al móvil que había comprado con nombre falso y que Claude había escondido esa misma mañana en una papelera del Parque del Cincuentenario. Lebeaux recibió las instrucciones de la primera llamada sin rechistar, llegó a tiempo a recoger el móvil en la papelera, repitió como grabando en la memoria sus indicaciones para llegar al lugar de entrega y dijo: allí estaré. Entonces Daniel se dirigió al depósito.

Al cabo de un rato de dar vueltas al muro de ladrillo cubierto de pintadas que lo rodeaba, poniendo cuidado para no pisar deyecciones ni basura difícil de identificar, se subió a él: desde allí dominaba con la vista las escaleras por las que bajaría Lebeaux y el pequeño prado donde debía hacerse la entrega. Nevaba como si fuese enero. Gruesos copos bajaban flotando a cámara lenta antes de depositarse en el suelo. Desde donde estaba podía ver también cómo las vías del tren se iban cubriendo de nieve. A cada pocos instantes la paz de la reserva natural se rompía por el estruendo de un avión que aterrizaba o despegaba en Zaventem, o por el estrepitoso paso de un tren.

Daniel cerró la cremallera de los bolsillos de su cazadora como si eso pudiese ayudarle a conservar mejor el calor corporal. Únicamente dejó sin cerrar el bolsillo en el que llevaba la pistola. Se quedó mirando un tren que entraba despacio en la estación. Hacía años que no montaba en tren. Cuando tuviesen el dinero iba a hacer un recorrido por Europa del Este. Le atraía visitar Hungría, Polonia, quizá Rusia. A lo mejor Petra quería acompañarle. Era cuestión de proponérselo. Consultó el reloj. Las nueve y veinticinco. Lebeaux debía de estar a punto de llegar. Sin embargo, quien estaba bajando la escalera de piedra que conducía al prado no era Lebeaux.

Eran dos. Jóvenes, con trajes grises y corbata, pelo corto, zapatos impecables, gabardinas abiertas, uno de ellos con un discreto bigote, habrían parecido dos oficinistas de no haber sido por su tamaño. Ninguno de los dos bajaba del metro ochenta y se movían con agilidad. Desde su atalaya, bien oculto entre los árboles que rodeaban el depósito, Daniel los contempló preguntándose si esos dos hombres sencillamente pasaban por allí, o si serían enviados de Lebeaux.

Pero por allí no se iba a ningún sitio, menos vestido de traje; el bosque era una extensión cortada por las vías del tren, y un poco más lejos por el canal. No había ni oficinas ni viviendas allá abajo. Se dirigían sin titubear hacia al prado que había indicado a Lebeaux. Ninguno de los dos llevaba una bolsa en la mano. Se detuvieron en el centro del prado. No se habían acercado lo suficiente a la linde del bosque como para descubrir el depósito o a Daniel encaramado en el muro. Pero ahora que no estaban tan lejos parecían menos jóvenes y menos oficinistas. Tenían rasgos más toscos que sus trajes.

Como para matar el tiempo, se pusieron a hacer bolas de nieve y a tirárselas. No hablaban, pero reían, esquivaban, daban saltos, jugaban como colegiales.

No pueden ser tan malos, pensó Daniel. Gente que juega con la nieve no te va a pegar un tiro un minuto después. Aun así, lo más prudente sería bajarse del muro sin hacer ruido y marcharse cuesta abajo hacia las vías..., operación abortada. Maldito Lebeaux. Los dos hombres habían dejado de perseguirse. El que llevaba bigote metió las manos en los bolsillos y pareció inspeccionar los alrededores sin moverse del sitio. El otro se apartó unos pasos y, de cara al bosque, se puso a mear. Aún estaba meando cuando su mirada se cruzó con la de Daniel. Pareció que guiñaba un ojo. Terminó lo que estaba haciendo sin ninguna prisa. Cuando acabó, mientras sacudía las últimas gotas, chistó a su compañero y señaló con la mano libre a Daniel. Se la guardó. Ambos se quedaron parados, el del bigote con la cabeza ligeramente ladeada, como si contemplase un cuadro abstracto y no acabase de decidir qué representaba.

Daniel se bajó con cierto esfuerzo del muro. No le quedaba más remedio que proseguir con el plan inicial, con o sin Lebeaux. Tuvo que apoyarse en un par de troncos y agarrarse a un arbusto para subir el terraplén, resbaladizo por la nieve, que los separaba.

Parecía un encuentro amistoso. Los dos hombres se habían quedado donde estaban. Sonreían. Daniel también sonrió, aunque se sintió un poco estúpido al hacerlo. Desde luego no era como lo había imaginado. Sólo faltaba que le estrechasen la mano.

–¿El dinero?

Daniel abrió la cazadora y sacó de ella el sobre que contenía la foto.

–Es como los mendigos –comentó sin volverse el que acababa de mear–. Se forra con papel para no pasar frío.

El otro dio unos pasos hasta llegar junto a su compañero y se apoyó sobre su hombro como temiendo resbalar.

–¿Habéis traído el dinero?

Se miraron como si cada uno esperase que fuese el otro quien lo llevara. Finalmente negaron con la cabeza.

–Entonces no hay foto.

Daniel se preguntó cómo podía marcharse sin darles la espalda. También pensó en echar a correr, pero estaba seguro de que lo alcanzarían si se lo proponían. Uno de ellos, no hubiese sabido decir cuál, chasqueó la lengua. Lo miraron otro rato sacudiendo la cabeza casi imperceptiblemente; parecían dos padres decepcionados ante las malas notas de sus hijos.

El que llevaba bigote echó una mano al bolsillo y sacó una porra que a Daniel le pareció de metal, aunque también habría podido ser de goma. El otro sacó un trozo de manguera; el extremo visible estaba tapado con cinta aislante. Daba la impresión de estar llena de guijarros.

–¿Qué chapuza es esa?

–No he encontrado la buena esta mañana.

El del bigote meneó la cabeza, miró a Daniel como buscando su complicidad. Qué desastre de compañero, parecía decir.

Aunque tenía la sensación de estar asistiendo a una comedia representada para él, Daniel, por si acaso, sacó la pistola. No les apuntó, se limitó a tenerla en la mano, con el brazo caído y algo retirado del cuerpo. Estaba a punto de mearse encima.

–Vamos a dejarlo –propuso, y dio un paso hacia atrás.

Los dos hombres comenzaron a caminar con las porras en la mano como si no se hubiesen dado cuenta de que estaba armado. Dieron cuatro o cinco pasos rápidos, y sólo se detuvieron cuando Daniel alzó la pistola y apuntó al cielo. Durante unos instantes los copos de nieve cayeron sobre tres figuras petrificadas. Entonces Daniel disparó, al tiempo que contraía involuntariamente el rostro anticipando el estampido.

No hubo tal.

Disparó otra vez. Y otra. Más bien, apretó el gatillo, se oyó un clic, algún mecanismo se desplazó en el interior de la pistola.

Clic.

Clic.

Clic.

Maldito seas, Kasongo. Loco de mierda.

Uno de los hombres se agachó, cogió un puñado de nieve, lo amasó lentamente y se lo arrojó a Daniel.

–Pum.

Ambos se rieron, el que había tirado la bola la nieve se limpió la mano en la gabardina, y se abalanzaron sobre Daniel.

Se dobló al primer golpe en el estómago; tosió y buscó el aire que acababa de escapársele; con el segundo, en la boca, recordó a qué sabe la sangre. Le resultó imposible oponer auténtica resistencia. Intentaba cubrirse, eso sí, proteger la cara y el vientre –demasiado tarde–; amagó algunos zarpazos ciegos que no encontraron más que el aire; no sabía de dónde sacar el odio suficiente para hacerles daño de verdad, para machacar su cara con una piedra o con la culata de la pistola. A fin de cuentas, en una pelea así el único papel que sabía desempeñar era el de víctima.

Que no me maten, acertó a pensar.

Siguió recibiendo golpes, con el puño, con las porras, con las rodillas, en la cara, en las piernas, en el vientre, no pegaban con furia, sino con dedicación; le clavaban la porra en el hígado como si lo hubiesen meditado largamente, uno le sujetaba la cabeza para que el otro descargase el golpe sin fallar. Uno, ya no sabía cuál, le asestó tres puñetazos seguidos en la nariz hasta que quedó satisfecho con el resultado. Cuando Daniel cayó de rodillas siguieron dando vueltas en torno a él, buscando el ángulo más adecuado para conectar el siguiente golpe. Que no me maten aún; unos días más, unas horas. Buscaba con la mirada los primeros brotes de los árboles, la nieve limpia unos metros más allá, una imagen que le recordase lo que era estar vivo.

A su alrededor, la nieve había desaparecido mezclada con el barro, las hojas caídas y la sangre, cuyas salpicaduras podían verse hasta unos metros más lejos. Daniel no estaba seguro de si tan sólo sangraba o si también vomitaba, cada vez veía menos, como si los ojos se le estuviesen cerrando de sueño. Acabó cayendo de cara contra la tierra húmeda, y a pesar de todo le agradó sentir su contacto frío.

Lo dejaron así un momento, sin que Daniel pudiese saber si iban a rematarlo o era el fin del tormento. Unos segundos más, pensó Daniel, unos segundos más de vida, y se esforzó en aspirar el aire frío de la mañana, ignorando el dolor en el pecho, alegrándose por la intensa luminosidad que rodeaba los árboles. Le sorprendió que en un momento así le viniese a la memoria la imagen de Petra.

Unos segundos más, por favor.

Escuchó el crujir de la nieve bajo pasos que se iban acercando. Giró la cabeza e intentó abrir los ojos, pero sólo consiguió abrir uno. Degand estaba parado junto a él. Se quitó las gafas y se las guardó en un bolsillo como si fuese a iniciar una pelea de patio de colegio. Se limitó a darle una patada en la cara. A Daniel le pareció que se le rompía la columna vertebral allí donde se unía con la nuca. Entonces también vio a Claude, corriendo ladera abajo, gritando como un bárbaro y enarbolando una barra de hierro doblada, quizá el manillar de una bicicleta, o un trozo de tubo de escape, sus cien kilos descendiendo a gran velocidad y resbalando en todas direcciones pero sin caer, su vozarrón enunciando un sonido indeterminado, una especie de amenaza o cántico tribal, embutido en su eterno mono azul, cien kilos de ira y decisión, como el jefe de una horda de bárbaros que se lanza al ataque seguro de que sus guerreros lo secundan con la misma rabia y el mismo ímpetu sangriento, convencido de que tras él llegan cientos de hombres dispuestos a masacrar al enemigo.

Pero detrás de Claude no iba nadie. Detrás de Claude se hacía un vacío como el que deja un coche que pasa a toda velocidad. Detrás de Claude Daniel sólo veía las ramas de los árboles agitadas por el viento, barriendo un cielo blanquecino. La distancia entre ellos debía de ser enorme, porque Claude aún bajaba gritando a todo correr, quizá más por incapacidad de frenar que por ímpetu propio, sus piernas casi desbordadas por el peso y la velocidad.

Claude, con la barra ahora apuntando hacia el frente como un bastón de mando, su grito de guerra casi ahogado en jadeos, estaba a punto de llegar a donde se hallaban; Degand se había salido del estrecho ángulo de visión de Daniel; los otros dos hombres se habían vuelto hacia Claude y sonreían, apacibles, como si un viejo amigo estuviese llegando a su encuentro.

Chantal está bien. Algo es algo.

Chantal se va con Rachid y Amélie a Túnez.

¿Y qué vais a hacer en Túnez?

¿Y qué vamos a hacer aquí?

Buen argumento.

Rachid quiere montar una pequeña empresa de taxis allí. Chantal le ha convencido. Túnez es un país relativamente abierto; las mujeres no tienen que llevar velo ni las lapidan por adulterio; y, sobre todo, Chantal tendría una perspectiva, la posibilidad de un cambio. También Rachid; además, en el fondo le parece una buena idea; con sus ahorros no podría montar la empresa en Bélgica, en Túnez sí. «Pero siempre podemos regresar. Es un intento. Nada definitivo. Nada es definitivo salvo el deseo de no conformarte.»

Amélie ha pintado un camello con tres jorobas. Ella va montada en la primera. En la segunda Chantal. En la tercera Rachid; ha escrito encima los nombres con rotulador rojo por si quedaba alguna duda. El camello avanza por una calle flanqueada de rascacielos. En el bajo de uno hay una farmacia y en el de otro un banco. Los rascacielos deben de ser aportación de Rachid. Para evitar desengaños. En otro de los edificios un cartel dice: Colegio. Pero alguien lo ha tachado con un montón de cruces.

Las iba a echar de menos.

Y ahora ¿qué?

Podría colocarse con Dolantine. En el hospital le habían dado un frasco por si los dolores se volvían muy intensos. Pero le ha prometido a Chantal no hacerlo.

No drogarse.

No deprimirse.

No rendirse.

Palabra de boy-scout.

Chantal, por su parte, le ha prometido que, si les van bien las cosas, le pagarán un pasaje de avión para que se vaya a vivir con ellos.

–¿Y qué voy a hacer allí?

–¿Y qué haces aquí?

–Además, Amélie tendría que pintar una cuarta joroba al camello. Va a parecer una oruga con patas.

–Lo digo en serio.

–Lo pensaré en serio.

Esa había sido su última conversación. Habían quedado en verse antes de que se marchasen.

El timbre sonó cinco veces seguidas. Adivina quién.

Daniel se apoyó sobre los brazos. Muy lentamente consiguió sentarse en la cama. Tomó la pierna derecha entre las manos, la trasladó cuidadosamente hasta que el pie tocó el suelo. Hizo lo mismo con la otra. Tardó dos minutos en llegar a la puerta. El timbre sonó veinte veces en dos minutos. Daniel levantó el auricular del portero automático y preguntó innecesariamente:

–¿Eres tú?

–Tu portera se ha vuelto loca.

Daniel abrió la puerta del portal y la del apartamento. Tardó lo mismo en llegar a la cama que Claude en subir los doce pisos.

–Cuando me ha visto, ha tirado la fregona y se ha encerrado en la portería. –Claude acercó una banqueta a la cama. En lugar de sentarse se inclinó sobre Daniel y pegó la nariz a la pintura de Amélie, clavada con chinchetas sobre la cabeza de la cama, como si quisiese descifrar la firma de un cuadro. Se sentó–. Se ha ido con el moro.

–Claude, si dices una idiotez te echo de mi casa.

–Bueno, pues no digo nada.

Pero para Claude es una tortura permanecer en silencio. Silbó. Carraspeó. Se rascó detrás de una oreja.

–He visto a Kasongo.

–¿Y?

325

–No lo he matado.

–Te estás civilizando.

–No. Ha salido por piernas en cuanto me ha visto.

–Ah.

–Tienes un aspecto de mierda.

Daniel se echó a reír. Tenía que sujetarse los costados con las manos. Seguía doliéndole al reír. También cuando respiraba.

–¿Te has mirado al espejo?

–De reojo. Y casi me doy los buenos días.

–En el hospital me han dicho que en dos o tres semanas habrán desaparecido los hematomas. La costilla rota tardará algo más. Y el pie izquierdo se me va a quedar torcido para siempre.

Claude se agarró la tripa con orgullo. Los michelines rebosaban entre sus manazas.

–Es la ventaja de estar gordo. Los golpes no afectan a los huesos.

–No sé cómo se te ocurrió meterte en el último minuto.

–Porque llegué tarde. Me perdí.

–Quiero decir que no tendrías que haberme seguido.

–No te seguí. Chantal me dijo dónde estabas, pero no era una descripción muy precisa.

–Chivata. ¿Y Marlene?

–¿Qué le pasa a Marlene?

–Que cómo está.

–Como siempre.

–No sé qué es como siempre.

–Quiere tener un hijo.

–¿Y tú?

–Le he dicho que cuando deje de beber. Desde entonces no prueba el alcohol, la muy jodida. ¿Y sabes lo que me ha dicho?

–Ni idea. Acércame el vaso, anda.

–¿Agua? Podéis formar una sección de Alcohólicos Anónimos.

–¿Qué ha dicho?

–Que como le ponga una mano encima al niño me deja. Y que como se la ponga a ella me denuncia.

–Suena razonable.

–Sí. Supongo.

Claude depositó en la mesilla el vaso vacío que le había tendido Daniel. Cogió el frasco de Dolantine y lo estudió con desconfianza; después observó a Daniel con idéntico gesto.

–No lo estoy tomando.

–Parece que todos vamos a cambiar de vida. Se me olvidaba: tengo dos preguntas.

–No estoy seguro de tener dos respuestas.

–Una: ¿por qué elegiste ese lugar para la entrega? ¿No podías haber citado a Lebeaux en un bar, en una discoteca, en cualquier sitio con gente, donde no pudiesen machacarte la cara sin testigos?

–Error táctico.

–Tu táctica me la paso por donde tú sabes.

–Pensé que desde allí me sería más fácil huir con el dinero sin que me siguiesen. Atravesar las vías, correr a la estación y tomar el primer tren.

–Ya. Excelente idea.

–Además, creía que podría ver llegar a Lebeaux, si iba solo, marcharme si algo me olía mal.

–¿Pero?

–Pero no es tan fácil. No era como en una película; tardas más en tomar decisiones, no sabes cómo reaccionar, si estás subido a un muro tienes que bajarte sin romperte un tobillo y sin hacer ruido. No sé; no me decidí a tiempo.

–Vale. Y dos: ¿por qué estamos vivos?

–Porque es muy trabajoso deshacerse de dos cadáveres.

–Venga ya.

–Porque un asesinato, incluso de dos pringados como tú y yo, se investiga, y siempre puede haber algún testigo, alguien al que le haya llamado la atención el coche en un lugar tan apartado... Mientras que una paliza no se investiga si nadie la denuncia. Y un chantajista no suele ir a la policía a quejarse de que le han pegado –y tienen razón; no hemos abierto la boca–. Así que para qué iban a correr riesgos inútiles. Son profesionales.

–Pero podríamos tener una copia de la foto. Volver a empezar con el chantaje.

–Claude, la foto les hace mearse de risa.

–Te la quitaron. Eso significa que les interesa.

–No sé si me la quitaron o la perdí. Pero la foto les da igual, lo mismo que nuestras amenazas sin pruebas. Eso es lo que vinieron a decirnos. Mientras me estaban machacando a porrazos, ni siquiera intentaron meterme miedo, no me dijeron que no se me volviese a ocurrir intentarlo, no me dijeron que me matarían. Pasaron un buen rato y se fueron.

–No nos han tomado en serio. ¿Es eso lo que me quieres decir?

–Más o menos.

–El mundo no es lo que era.

–El mundo es lo que ha sido siempre: los malos ganan.

Claude dio un gruñido.

–Ese Degand me molió a patadas. Tuvo suerte de que había tropezado y no pude levantarme. Si no, lo mato.

–Ha salvado la vida por poco.

–Lo que más me fastidia es que me han saltado un diente. Con lo que cuesta el dentista.

Levantó con un dedo el labio superior para mostrar la mella.

–Dile a Kasongo que te dé el de Lumumba.

Claude se quedó un momento sin palabras. Amagó un puñetazo en el hombro de Daniel pero le bastó con el daño que se hizo al intentar esquivarle.

–Mierda. Me duele todo.

Claude se echó a reír.

–Lo lleva al cuello.

–¿De qué hablas?

–Ese diente asqueroso. Se lo ha colgado del cuello con una cadena de oro.

–Pobre.

–No, si todavía te dará pena.

–Si la pistola hubiese funcionado…

–¿Habrías disparado? ¿Te los habrías cargado?

Daniel ahuecó la almohada. Se tumbó tan lentamente que apenas se le veía moverse.

–Me lo pregunto todo el rato. ¿Los habría matado? ¿Me habría atrevido a apretar el gatillo? ¿Cómo me sentiría ahora? ¿Qué haría el resto de mi vida?

Los dos se quedaron callados, pensando dónde estarían si Daniel hubiese matado a los dos tipos y a Degand. Mejor no darle muchas vueltas.

Claude se golpeó los muslos como para poner fin a sus reflexiones. La cara se le contrajo de dolor.

–Ay. A veces se me olvida. ¿Quieres ver cómo tengo esta pierna?

–Preferiría ahorrármelo.

–Me voy. Cuando estés en condiciones de trabajar, avísame. Y si necesitas algo, Marlene dice que la llames. Que viene a cocinar para ti si quieres: por tu cuenta y riesgo, claro. Bueno, eso, que nos llames cuando te dé la gana.

–Me han cortado la línea.

–Y un día te cortarán los huevos.

–Eso es en Irán.

–¿Ves? Y luego no me dejas hablar mal de los moros.

–Era una broma. En Irán no hay moros. Además, allí sólo cortan las manos y las orejas.

Claude meditó unos instantes la respuesta apropiada. Acabó dándose por vencido.

Al salir tiró de la puerta como si hubiese querido llevársela.

Daniel cerró los ojos y dormitó un rato. Cuando los volvió a abrir ya estaba oscureciendo. Se levantó y arrastró una silla hasta la ventana, dispuesto a ver anochecer. Las nubes tenían un color rojizo; parecía que iban a empezar a arder.

¿Habría disparado? Ni siquiera había tenido el coraje de apuntarlos con la pistola. Pero es difícil apuntar a alguien que está sonriendo.

Había querido ayudar a Chantal. No era la única razón; también quería ser una especie de justiciero enmascarado, robar a los ricos para dárselo a los pobres. Pero Chantal no le necesitaba; se marchaba a Túnez; iba a cambiar de vida, como quería. También a Daniel le gustaría cambiar de vida. Mientras le estaban golpeando, en medio del dolor y las náuseas, del pánico y la confusión, el pensamiento le había pasado por la cabeza: quiero vivir, quiero vivir de otra manera.

Había caído la noche. Desde la ventana del piso doce de un bloque de viviendas sociales, Daniel contemplaba la ciudad iluminada. Bruselas estaba despierta, y él también; se veían las bolas metálicas del Atomium, la pomposa basílica de Koekelberg; del desbarajuste de puntos luminosos emergían las torres de las iglesias, unas como sombras rectilíneas, otras, agujas blancas bajo los reflectores, y también imponían cierto orden los paralelepípedos brillantes que se elevaban sobre el mar de luces. Aquí y allá los parques abrían manchas oscuras; las luces de las grúas puntuaban de rojo el horizonte.

Le dio un escalofrío.

¿Por qué será que por la noche tiene uno más conciencia del fin que por el día?

Tenía treinta y tres años, a punto de cumplir treinta y cuatro.

Supón que te han matado en aquel bosque. Que quien se levantó después de yacer horas sobre la nieve es otro. Una persona diferente, sin pasado, sin conciencia del fracaso. ¿Qué te gustaría ser?

Habría que levantarse así todas las mañanas: como si hubieses muerto la noche anterior. Abrir los ojos como si no te despertaras con el peso del pasado, de los errores y las expectativas frustradas, y preguntarte: ¿qué quieres hacer?

Fotos. No tenía la menor duda. Realizar una documentación gráfica de las casas que vacía. Dejar constancia de los vestigios que van produciendo las vidas ajenas. Antes de que todo se borre, apresarlo en una imagen. Sería como seguir el rastro de un caracol, esa huella casi transparente que nos dice cuál fue su trayectoria, cuál la amplitud de su territorio, dónde fue a morir. Todos dejamos ese rastro que resume nuestras vidas.

Le habría gustado tener una cámara en esos momentos. Ya. Ahora mismo. Se imaginó enseñando las fotos a Petra, que iría pasándoles revista con esa caída de párpados de mujer fatal. Qué ganas de levantarse de la silla, de salir a la calle, de perderse en la ciudad, de recorrerla con Petra. De ponerse a hacer cosas; las que fuesen. De reanudar su vida interrumpida como un libro que olvida uno en cualquier parte. Se sentía como un adolescente que todavía cree que todas las posibilidades están a su alcance. Que puede elegir su futuro, que no tiene más límites que los que imponen su voluntad y su entusiasmo.

Lleno de ilusiones que probablemente no se cumplirán.

Pero mejor tener ilusiones vanas que no tener ninguna.

¿O no?

FIN (OTRA VEZ DEGAND)

Hacía años que Degand no pisaba la casa de Lebeaux. Tampoco es que lo hubiese echado de menos. Aunque llevaba trabajando para él más de una década, siempre había preferido mantener la relación puramente profesional. No es bueno mezclar las cosas: se pierde la perspectiva.

Había amanecido un día soleado, aunque como casi todas las mañanas las primeras nubes iban aproximándose por el norte. Probablemente a mediodía volvería a nublarse. La nieve se había derretido y las calles y las plantas parecían rezumar agua. Cuando, tras pasar la verja y saludar al guarda en la garita, Degand aparcó el Land Rover frente a los garajes y descendió del coche, se quedó escuchando a los mirlos que marcaban su territorio desde los tejados. Esta es mi casa, decían. No te acerques. Pura pose: bastaba la llegada de un arrendajo o de un gato o de una urraca para que los mirlos saliesen huyendo y dejasen el campo libre.

Degand subió las escaleras de piedra, bordeadas de ramilletes de pensamientos que apenas empezaban a florecer. La primavera llegaba con retraso. Degand consultó el reloj. Las diez. Él llegaba puntual.

No fue la criada quien acudió a abrir, sino Sophie, a la que vio a través del ventanal de vidrio blindado que enmarcaba la puerta. Llevaba unos pantalones vaqueros acampanados y un jersey de cuello alto color rosa cuyo borde se alzaba ligeramente a cada paso dejando ver el ombligo con un piercing de oro, y quizá lo que brillaba en el centro era un diamante. Degand se preguntó qué pensaba Lebeaux de que su esposa llevase taladrada la barriga. Por suerte, en su casa nadie hacía esas tonterías, ni siquiera la niña; y desde luego no habría permitido a su mujer hincarse un pendiente en el vientre.

Sophie abrió y le tendió una mano con uñas esmaltadas de color blanco.

–Buenos días, señor Degand. Gracias por venir.

Degand hizo un gesto ambiguo mientras respondía al saludo, un leve encogimiento de hombros para indicar que no se trataba de gentileza, sino de cumplir sus funciones.

–Es sábado –explicó ella.

Degand entró en la casa y siguió a Sophie hasta el salón, decorado con tallas africanas y asiáticas. El buda camboyano del Imperio jemer tenía los párpados cerrados y parecía no afectarle ninguno de los avatares del mundo. A Sophie, por el contrario, se la notaba nerviosa, como si a duras penas lograra contenerse para no empezar ya a decirle las razones por las que su marido le había llamado. Aparentemente Lebeaux empezaba a desvariar y había hecho partícipe de sus apuros a su mujercita.

Lebeaux estaba sentado en el salón, en un sillón de cuero blanco, y fingió que no le había oído llegar, volcado sobre un plano que Degand supuso el de la casa que se estaba construyendo en Suiza. El prohombre que, en cuanto le daban pie, pronunciaba un discurso patriótico sobre la responsabilidad de los empresarios belgas y su compromiso con el progreso del país estaba haciendo las maletas para ahorrarse buena parte de los impuestos.

No se crea que lo hago para pagar menos, le había dicho una vez. Allí también se paga, incluso hay impuestos que no existen aquí. Y ¿sabe que si quiero dejar a mis hijos la casa en herencia ellos no pueden conservarla? Sólo puedo hacerlo después de vivir allí cinco años. La gente se cree que en Suiza todo es gratis.

–¿Avanzan las obras o sucede también como aquí, que la construcción está en manos de polacos y musulmanes?

Lebeaux levantó la cabeza.

–Degand. Gracias por venir. Siéntese. ¿Quiere tomar algo? Quítese el abrigo. La casa va bien, Degand. Todo va muy bien.

Sin embargo tenía una expresión de miedo que no le conocía. La cara de un hombre acorralado que empieza a convencerse de que no va a encontrar la vía de escape.

–Me alegro, señor Lebeaux.

Degand se sentó en un sillón y fingió también estudiar los planos hasta que Lebeaux los plegó nerviosamente. Sophie acudió en su ayuda y terminó de plegarlos.

–¿Sabe que tenemos un refugio antiatómico?

Si no lo hubiese dicho frotando las manos contra los pantalones habría parecido un comentario despreocupado.

Degand le dedicó un amago de sonrisa.

–Espero que haya una litera para mí si las cosas llegan a ese extremo.

–Usted siempre será bienvenido. En cuanto la casa esté terminada haremos una fiesta. Espero que venga con su familia. ¿Cómo está su hija?

–Un poco chiflada para mi gusto, pero supongo que eso piensan todos los padres de sus hijos.

El hecho de que Lebeaux no interrumpiera el intercambio de banalidades decía mucho sobre lo mal que debía de estar sintiéndose. A Degand no le producía lástima alguna.

Hasta que apareció la criada, llevando una bandeja con un servicio de café de plata maciza –años veinte, si Degand no se equivocaba– y se hubo retirado sin pronunciar una palabra, Lebeaux no se decidió a abordar el tema.

–Degand, no me ha cumplido. Me ha dejado usted… –buscó largo rato la continuación, indagó los ojos de Sophie como si ella supiese las palabras apropiadas, pero él no encontró mejores que las primeras que se le habían venido a la cabeza–. Me ha dejado usted en la mierda.

Degand dio un sorbo a su café. Lo malo del diseño es que a veces prima la belleza del objeto pero descuida la función: el asa de la taza quemaba tanto como el borde al que acercó los labios. No respondió.

–Con la mierda hasta el cuello, si no más arriba –insistió Lebeaux. Degand esperó que no fuese aún más explícito con sus imágenes escatológicas. Había un chiste, ¿cómo era?, en el que los condenados del infierno están con la mierda hasta el cuello. Se le había olvidado. Era algo así como que eso era el recreo; luego los obligaban de alguna manera a sumergirse. Seguro que Sophie lo conocía.

—Confieso que no le entiendo.

Degand depositó la taza con sumo cuidado sobre el platillo. Se limpió los labios con la servilleta y dedicó a su jefe la mirada más vacía de la que era capaz.

—Me dijo usted que lo había resuelto. Que podía estar tranquilo.

Degand asintió.

—Así es, si estamos hablando de lo que yo creo.

—Sophie. —Ella no necesitó más. Se levantó casi de un brinco y subió por la escalera de mármol como si la persiguiesen. A los pocos segundos regresaba con una carpeta en las manos. Se la entregó a su marido y se sentó en el borde del sillón—. Pues explíqueme entonces cómo es que he recibido esto. —Lo blandió en el aire como un fiscal de película que, preparando el golpe de efecto, enseña al jurado los documentos que probarán la culpabilidad del acusado. Pero no le dio la carpeta—. Me dijo que había desaparecido para siempre.

—Hay sitios, cómo decirlo, de los que no se regresa, señor Lebeaux —Degand también dirigió una mirada a Sophie, pero o no entendía o había decidido que no iba con ella—. Salvo, con suerte, el día del Juicio Final.

—Ah, ¿no? Pues hágame el maldito favor de leer esos documentos.

—Cariño…

—Cállate.

—Pero el señor Degand…

—¡Cierra la boca! Si vas a estar aquí, cierra la boca porque no entiendes de qué estamos hablando. Mejor: lárgate a pintarte las uñas o a mirar tus revistas de decoración.

No es agradable. Al contrario, es francamente desagradable ver a alguien perder los papeles, y más aún asistir a una escena de enfrentamiento conyugal; él las conocía bien, esas escenas en las que uno aprovecha para soltar todo lo que no ha sido capaz de decir durante años, en las que, aunque no venga a cuento, se lanza a la cara del otro la repulsa por esos hábitos y manías quizá insignificantes en sí, pero que a la larga necesariamente acaban asqueando al cónyuge. Degand volvió a concentrarse en tomar la taza sin quemarse los dedos.

Sophie se levantó. No se marchó inmediatamente sino que esperó a que los dos hombres percibiesen que estaba a punto de echarse a llorar pero tenía demasiada dignidad como para montar una escena en esos momentos. Volvió a subir las escaleras, esta vez algo más despacio, y Degand observó casi con sorpresa que tenía un culo admirable. Podría haber hecho carrera como modelo de ropa interior. A Degand se le escapó una sonrisa: normalmente no se fijaba en esas cosas.

–¿Se está usted riendo, Degand?

–Es muy joven, señor Lebeaux. Todavía muy joven.

Lebeaux sacó con malos modos unos folios de la carpeta. Los arrojó hacia el lado de la mesa al que estaba sentado Degand.

–Dígame si me ha dejado o no en la mierda.

Degand extrajo del bolsillo superior de la americana un estuche de metal y de este unas gafas, con las que sustituyó las que llevaba puestas; leyó renglón por renglón, como si repasara un contrato. Asintiendo de vez en cuando y entremedias levantando la mirada por encima de los lentes como para confirmar con su jefe que lo que leía era correcto. Una lista completa de asociados en el Congo; el nombre de los ministros en nómina; datos de operaciones sensibles realizadas en paraísos fiscales; el número de algunos vuelos entre Kinshasa y Kisangani y Kigali, Kampala o Dubai; un esquema que reflejaba la relación entre hombres de paja, empresas ficticias, bancos en paraísos fiscales y las empresas del holding.

Lebeaux estaba al borde del infarto o del ataque de pánico.

Degand llegó por fin a la foto que conocía perfectamente; aun así la inspeccionó como si buscase en ella algún detalle nuevo. Era una fotocopia, pero se podía ver el racimo de manos nítidamente recortado contra el cielo.

–¿Cómo pueden saber todo esto? En realidad, no pueden.

—Bravo, Degand. Brillante conclusión. Recuérdeme que le suba el sueldo.

—¿Y quién? Quiero decir, si me permite, qué, cómo decirlo, los chantajistas, en fin...

—Me va a decir después de este elocuente preámbulo que están muertos ¿verdad?

Degand miró hacia la escalera. Probablemente Sophie estaba rondando por allí arriba, con la oreja pegada.

—Yo le aseguro...

—Degand, no me asegure nada. Por favor, no me diga que es imposible, ni que el problema está resuelto, porque le juro que me va a pagar...

No hubo reacción alguna en Degand, salvo la de cambiar otra vez de gafas. Siguió escuchando a su jefe como si esperase de él las instrucciones que le daba cada mañana.

Lebeaux manoteó en el aire, se dejó caer contra el respaldo. Hizo un nuevo intento de hablar, pero no fue capaz de añadir nada.

—¿Señor Lebeaux?

—...

—¿Señor Lebeaux?

Lebeaux suspiró. Imitó torpemente una sonrisa.

—Me tienen cogido por las pelotas, Degand. Y están empezando a apretar.

Degand prefirió no imaginar con mucho detalle la situación.

—¿Han llamado?

—Quince millones.

—¿Piden quince millones?

—Eso o revelan los datos a la prensa. Y además...

—Ajá.

—Ajá, ¿qué?

—Estaba pensando.

—Me alegra infinito que se ponga usted a pensar. Porque actuando no ha resultado un genio. Así que piense.

—Pensaba que de todo eso, sólo hay una cosa preocupante. Porque aun con esas informaciones sería arduo demostrar nada realmente grave.

—Se está revelando usted como un optimista.

—Quiero decir, que tenemos buenos abogados. Que las investigaciones a fondo son muy caras para el Estado y seguramente llegaríamos a una transacción extrajudicial con las autoridades. Aunque probablemente al final habría que pagar bastante más de lo que piden los chantajistas.

—¿Y cuál es ese detalle que le preocupa?

—Dubai.

En ese momento se escucharon los tacones de Sophie descendiendo la escalera. Lebeaux vigiló su aparición con la cara compungida del amante arrepentido de un desliz; alzó un brazo como si tendiera la mano para ayudarla a descender los últimos escalones. Era muy embarazoso contemplar la escena. Ella aún tenía el ceño fruncido mientras se dirigía hacia el sofá, pero en cuanto se sentó al lado de Lebeaux la frente se le alisó y tan sólo le quedaron ligeramente arrugados los morritos. Se recostó contra el pecho del banquero. Degand bajó la vista incómodo.

Estuvieron sin hablar dos o tres minutos. Afuera seguía cantando un mirlo; también se oían martillazos lejanos, quizá del guardés que aprovechaba el buen tiempo para hacer alguna reparación.

Lebeaux besó una de las manos de su esposa. Suspiró por enésima vez.

—Así que le preocupa Dubai.

—Creo recordar de qué vuelos se trata. Y por desgracia, todos llevaban carga extremadamente delicada. Aviones nuestros han transportado productos textiles y jabón por cuenta de comerciantes libaneses desde Dubai.

—¿Pantalones? ¿Blusas? ¿Habla usted en serio? Si eso es lo que más le preocupa estamos salvados.

—No lo vería yo así.

—No juegue a las adivinanzas conmigo, Degand.

—Esos productos se compran en Dubai con diamantes africanos, no siempre legales; y luego se venden a precios muy competitivos en, por ejemplo, el Congo; con ese dinero vuelven a comprarse diamantes; a veces oro. El dinero se recicla y se blanquea en el proceso. Y parte se usa en la compra de armas.

–Pero eso no es problema nuestro. Nosotros transportamos ropa y jabón. ¡Por Dios!

Su jefe no entendía nada. Verdaderamente no sabía en qué mundo vivía.

–Los comerciantes libaneses no son siempre libaneses. Los llaman así, pero no lo son.

–¿Sino?

Degand carraspeó varias veces seguidas, como si le resultase difícil abrir camino a las palabras que iba a pronunciar.

–Afganos, chechenos, de otras nacionalidades, algunos pertenecientes a grupos proiraníes. Y si aparecen sospechas fundadas de que hemos participado en transacciones con terroristas islámicos...

Sophie se llevó la mano a la boca, le salió por entre los dedos un gritito que a Degand le pareció teatral. Lebeaux acariciaba mecánicamente el cabello de su esposa.

–Nos hunden, quiere decir usted.

–Eso es. Ahí no habría arreglo de ningún tipo.

–Por transportar pantalones.

–Es una manera de verlo.

Degand aguardó con curiosidad; ¿le echaría la culpa de que empresas del consorcio hubiesen participado en esas operaciones? ¿De no haberle asesorado debidamente? Al menos a ese respecto tenía la conciencia tranquila. Había sido precisamente él quien poco después del 11S había dado orden de interrumpir los transportes. Por si acaso. Siempre había sido un hombre precavido.

–Ay, cariño –intervino Sophie.

–Sophie, déjanos hablar.

–Sí, mi amor. Pero que sepas que yo no te voy a abandonar nunca.

Degand se quitó las gafas y las limpió con una gamuza que sacó de la funda. Tenía que hacer verdaderos esfuerzos por no reírse ante ese culebrón. Incluso tenía la sensación de que le temblaba la mandíbula. «No te voy a abandonar, cariño», como si esa pudiese ser la principal preocupación de Lebeaux cuando estaban hablando, aunque no lo hubiesen dicho así, de la ruina y muchos años de cárcel. Si no cambiaban de tema iba a estallar en carcajadas. Cuando acabó de ponerse las gafas comprobó estupefacto que el viejo chocho contemplaba a su mujer con arrobo.

–Bueno, pues ¿quiere que le dé otro detalle para preocuparse? –preguntó Lebeaux volviendo con esfuerzo la vista hacia Degand.

–Con mucho gusto. Quiero decir, que le escucho.

–Dicen que también pueden denunciarnos por asesinato.

–Qué animales –exclamó Sophie.

–¿Denunciar ...nos?

–Sí. Nos. Usted está metido también en esto. Y lo saben. ¿Quiere escuchar una cita? «Su esbirro Degand tiene las manos manchadas de sangre, pero el asesino es usted.»

Degand pensó que lo más apropiado habría sido decir que tenía los pies manchados de sangre, pero se guardó para sí el comentario.

–Ajá.

–«Ajá», si mal no recuerdo, significa que está usted pensando. ¿Se le ocurre alguna otra observación?

–No, señor, por ahora no.

–Quince millones. Nada menos que quince millones. ¿Se han vuelto locos?

–Yo podría colaborar, al fin y al cabo, en la medida de mis posibilidades quiero decir.

–No es eso, por Dios. No le voy a hacer pagar nada, aunque lo merecería. Es que no comprendo cómo pueden volver a la carga. ¿Cuántos están metidos en esta porquería?

Degand pasó un rato mirando por la ventana. Seguía haciendo un día espléndido, uno de esos días en los que a Lebeaux le habría gustado ir a jugar al golf. No era probable que lo hiciese.

–Eran carne de cañón. –Si le entendió, Lebeaux no hizo ningún gesto que lo revelase. Parecía un flotador desinflándose poco a poco–. No contaban con que pagásemos. Suponían lo que íbamos a hacer.

Lebeaux levantó la mirada con desgana. Daba la impresión de empezar a aburrirse con la conversación. Como si tuviera preocupaciones más importantes. La situación le superaba.

–No podían saber.

–No. Pero lo calcularon. Si hubiese pagado usted, se habrían quedado con el dinero, y quizá hubiesen vuelto a por más con nuevas amenazas; pero confiaban en que no pagásemos. Y en que eliminásemos a los intermediarios.

–Cabrones.

–Nos han tendido una trampa para poder jugar todas sus cartas. Por eso no nos contaron todo lo que sabían desde el principio. Sacaron esas mamarrachadas de la foto y cuatro datos muy vagos, porque estaban seguros de que con eso no íbamos a pagar. Emplearon a dos aficionados, sabiendo que los descubriríamos, los usaron como cebo.

–¿Dos? Eran tres.

–La mujer es una alcohólica, señor. No sirve ni para fregar la peluquería en la que trabaja. Se limitó a hacer la llamada.

–Quiere decir que casi nos han empujado a… –los dos hombres observaron a Sophie; no parecía escandalizarse por la conversación–, a una solución radical, para tenernos aún más a su merced.

–Exactamente.

–Cabrones.

–Y ahora estamos en sus manos. Como usted decía, bueno, cogidos…

Degand, a pesar de todo, no se decidió a completar la imagen.

–Pero, si pago los quince millones. ¿Cómo sé que es el final, que no volverán por más?

–¿Han especificado cómo quieren el pago?

–En una cuenta en un banco de Gibraltar.

–Probablemente se conformarán. Para qué arriesgar más, si se llevan quince millones de euros. Saben que los buscaremos por todas partes. Preferirán desaparecer a jugarse una suma tan considerable.

–Degand, si estuviese usted en mi pellejo. ¿Pagaría?

Degand tardó un rato en responder, al menos dos minutos en los que Lebeaux no le apremió; ni siquiera pareció impacientarse cuando Degand volvió a tomar los documentos, a cambiar de

344

gafas, a leer cada renglón. Los dejó en la mesa. Empujó con un dedo la fotografía.

–Degand –la voz sonó casi suplicante–. Si estuviese usted en mi pellejo, ¿pagaría?

Degand miró por encima de sus gafas; parecía un médico que va a dar una mala noticia a un paciente y busca las palabras. Pero no buscaba nada. Estaba haciendo tiempo, saboreando el instante. El viejo Lebeaux era un fantoche. Un calzonazos que se consolaba con los mimos de esa niña en lugar de plantar cara; un pobre diablo que le iba a pagar quince millones de euros, una cantidad suficiente para acabar de llegar de A a B, para no tener que pasar el resto de sus días sirviendo a gente que no le llegaba a la suela de los zapatos. Conocía tan bien al viejo que incluso había sabido antes de empezar la conversación que Lebeaux acabaría haciéndole esa última pregunta.

Más que pronunciar la respuesta, Degand la recitó, porque se la había aprendido de memoria.

–Yo, señor Lebeaux, si estuviese en su pellejo, pagaría hasta el último euro.

Índice